田園詩人 陶淵明 詩選

전원시인 도연명 시선

신영대 편역(編譯)
김도경 사진(寫眞)

백산출판사

머리말

한 사람의 시인이나 시를 유추하거나 연구할 때, 그 시에서 우러나오는 시감(詩感)이나 의경(意境)을 통해서 시대적 상황과 작가의 인물됨, 철학적 소양과 문학적 기질 등을 엿볼 수 있다. 그 시의 내면에는 정치적·사회적·시대적 상황이 상호 결합되어 복합적이고 다양한 요소가 점철되어 있다. 도연명(陶淵明)이 활약한 시대는 정치, 사회적으로 혼란이 극에 달했던 난세였으며, 현풍(玄風)과 청담(淸談)이 성행하고, 유가(儒家), 불가(佛家), 도가(道家)사상이 상호 유기적인 관계를 맺으며 발전한 시대이기도 했다. 천성이 본래 자연을 좋아했던 도연명은 세상에 나아가 자신의 뜻을 이루고자 했지만 당시 처한 혼탁하고 불안한 세상의 모순과 생활고(生活苦)를 극복하기 위한 갈등 속에서 출사(出仕)와 은퇴(隱退)를 번복하다가 끝내 선원으로 돌아와 고궁절(固窮節)과 궁경(躬耕)을 몸소 실천한 진순(眞淳)한 시인으로 평가받고 있다. 안도고절(安道孤節)과 평담자연(平淡自然)한 시풍(詩風)으로 세인들의 깊은 흠모와 사랑을 받고 있는 도연명은 동진(東晉) 시기에 활약한 전원시인이며 은일(隱逸)시인의 시조로 알려져 있다. 전원시단의 원류이자, 중국문학사에서 대표적인 시인으로 칭송되는 도연명에 관해서는 고금을 통해 많은 학자들에 의해 그의 인품, 사상성·시품(詩品) 등 각 방면에 이르기까지 많은 연구가 진행되어져 왔다. 특히 도연명은 중국시가(中國詩歌)의 수준을 한 단계 높여 놓았으며, 중국문단에 새로운 전원문학과 참된 문학의 장을 열었다. 후세의 전원문학을 대표하는 자연시파(自然詩派) 시인들에게 깊은 영향을 끼쳤다.

도연명의 시는 주로 오염되고 혼탁한 관직으로부디 멀리 이탈한 「고개(孤介)」, 전원생활에 기탁한 즐거움과 기쁨에서 오는 체득인 「자연(自然)」, 고궁절(固窮節)을 지기는 「지족(知

足)」, 그리고 흉금이 광달(曠達)한 「인후(仁厚)」가 대자연의 정취(情趣)와 어울려 독특한 생명력으로 작품에 나타나 있다. 물질적 욕망을 벗어나 몸소 경작하는 삶을 견지하며 참다운 자연의 경계에서 유유자적(悠悠自適)한 인생을 보내고자 한 시인의 노력이 표출되어 있다. 특히, 최고의 명문으로 손꼽히는 도연명의 〈귀거래혜사(歸去來兮辭)〉는 스스로 체득한 삶의 세계와 더불어 소박하고 평범한 내용 속에 초극적인 자연관과 인생관이 잘 담겨져 있다. 어려운 집안 살림 속에서 처자를 먹여 살려야 했던 도연명은 본성이 자연을 닮아 인위적인 세속에 어울릴 수 없었던 그였기에 난세의 벼슬살이에 적응하지 못하고 결국 고향 전원으로 돌아오게 되는 심정과 인간적 고뇌가 절실하게 나타나 있다. 이 〈귀거래혜사〉는 훗날 세상 사람들에게 많은 감동을 불러 일으켰고 널리 애창되고 있는 사(辭) 중의 하나이다.

도연명의 시에는 인생의 참다운 가치가 진정 무엇인지를 돌이켜 보게 하는 내용들로 가득 차 있으며, 오늘의 시대를 살아가는 우리에게 시사하는 바가 크다. 벼슬을 버리고 자연으로 돌아온 시인의 탈속한 심정과 안도가 전편에 흐르고 있으며, 세속의 틀에 얽매이지 않고 전원을 벗 삼아 궁경(躬耕)의 길을 열어가는 소박한 정취와 시인의 고원한 심정이 시편마다 절절이 녹아나 있다. 심오한 대자연의 섭리는 우리 인간에게 늘 평범한 변화의 도리로 삶의 문제에 명백한 현상을 깨닫게 해준다. 시(詩)로서의 가치뿐만 아니라 물질만능 풍조에 휘말려 도덕적 가치와 인간성 회복이 절실히 요구되는 작금의 시대에 인문학적 소양은 물론 온갖 사회적 모순으로부터 심신을 정화하고 치유하는 힐링(healing)의 서(書)로 자리매김하였으면 하는 바람이다.

본서의 특징을 이야기하자면, 첫째로 한글세대를 위하여 한자의 독음과 주석을 상세하게 수록하여 도연명 시, 더 나아가 한시의 이해를 돕는 데 노력을 아끼지 않았다. 둘째로, 시감(詩感)과 시각적인 느낌을 더하기 위해 제주의 민속마을과 오름을 배경으로 한 제주의 자연풍경과 중국의 실크로드 등 사진영상 분야의 작가이기도 한 김도경(金渡炅) 교수의 주옥같은 작품사진들이 실려 있다. 아무쪼록 본서가 중국시가를 학습하는 분들께 조금이나마 보탬이 되었으면 하는 기대를 해본다. 본서를 대하다 보면 전체적으로 소루(疏漏)한 점도 적지 않을 것이라 생각되며 부족한 부분과 오류에 대해서는 독자 여러분들의 아낌없는 질정(叱正)을 기대한다.

끝으로 이 책이 나오기까지 많은 도움을 주신 모든 분들께 진심으로 감사한 마음을 전하고자 한다. 먼저 본인이 몸담고 있는 대학으로서 평소 학문연구에 아낌없는 지원과 격려로 큰 힘과 용기를 주시고 계신 존경하는 제주관광대학교 김성규(金性圭) 총장님께 깊은 감사를 드린다. 전원 속에서 초탈한 삶을 견지하며 통찰과 시유를 통해 독창적인 서법의 예술

세계를 추구해 가시는 한산(寒山) 강태규(姜泰奎) 선생님을 비롯하여 한시를 통해 제주의 전통문화 창달에 힘쓰고 계신 사단법인 영주음사(瀛州吟社)의 모든 회원 선생님들께 감사의 마음을 전한다. 오랜 세월 중국문학을 위시하여 주역(周易)의 문학적 연구를 통하여 시대적 사고에 대한 인식의 새로운 가치기준과 전환을 제시해 주신 부산대학교 인문대학 중어중문학과에 계신 범산(凡山) 김세환(金世煥) 교수님, 서애(西厓) 류성룡(柳成龍) 선생의 12대 후손으로 대학에서 한시전공분야에서만 30년 이상 경력을 지니신 부산대학교 인문대학 중어중문학과에 계신 류명희(柳明熙) 교수님께도 깊은 감사의 마음을 전한다. 제주의 아름다운 자연을 배경으로 동굴음악회 등 다양하고 독특한 음악의 예술세계를 열어 가시는 농굴소리연구회와 제주소리연구소 소장이신 현행복(玄行福) 선생님, 고금을 꿰뚫는 학문의 열정으로 사서오경(四書五經)을 포함한 중국고전은 물론 유불도(儒佛道) 삼가사상(三家思想)에 두루 정통하시고 중문학계에 인문학(人文學) 부흥과 열풍을 일으키고 계신 제주대학교 임동춘(林東春) 교수님, 중국고전과 도교문화를 비롯해 수많은 학술냉저 번역과 왕성한 학술연구와 필력으로 학술 진흥에 큰 획을 그으신 심규호(沈揆昊) 교수님, 이 시대의 진정한 선비이자 학자이시며 심원한 학문연구와 더불어 명실공히 北宋(북송)의 대문호 蘇東坡(소동파)에 대해 30년이 넘도록 연구를 해 오시며 학계에서 높은 경지를 이루신 조규백(曹圭百) 교수님께 깊은 감사와 존경의 마음을 전한다. 우주만물의 이치와 본체적 진리를 궁구하며 역리(易理)와 풍수지리 연구에 여념이 없으신 경암풍수지리연구회(景巖風水地理研究會) 모든 회원선생님과 전원 속에서 발상의 전환과 모범적 자연농법으로 대자연과 소통하며 헌신과 열정으로 지역발전에 이바지하고 계신 제주시 한경면 저지마을 김진봉(金珍奉) 전 이장님, 그리고 이 책이 세상에 나오도록 기꺼이 허락해주신 백산출판사 진욱상 사장님을 비롯하여 노고를 아끼지 않으신 편집부의 모든 임직원 여러분께 다시 한 번 머리 숙여 깊은 감사를 드린다.

제주도 한경면 낙천리(樂泉里) 초려(草廬)에서

申榮大 識

차례

전원에 돌아오다(歸園田居)

　〈귀원전거(歸園田居)〉는 모두 다섯 편으로 이루어져 있다. 도연명의 나이 42세가 되던 義熙(의희) 2년(406년), 그가 彭澤令(팽택령)의 벼슬을 마지막으로 사직하고 고향으로 돌아와 몸소 농사를 지으며 생활한 지 2년째 되던 해에 쓴 작품이다. 본시의 1절에서는 벼슬을 버리고 전원으로 돌아온 솔직한 심경과 시인 자신이 몸소 농사를 지으며 자급하고자 하는 躬耕(궁경)의 결심이 강하게 나타나 있다. 2절에서는 전원에서 농사짓는 즐거움을 생동감 있게 묘사하고 있고, 3절에서는 시골 마을의 순박한 농부들과의 사심 없는 왕래를 소박하게 묘사하고 있다. 4절에서는 전원에 묻혀 농사를 지으며 느끼는 소회를 통해 꿈결처럼 잠시 환상과 같은 인생의 유한성을 空(공)과 無(무)로 대변하고 있으며, 마지막 절에서는 주변의 景物(경물)을 두루 돌아보고 오면서 자신에게 주어진 삶을 있는 그대로 받아들이며 밤새 이웃들과 갓 익은 술을 마시며 즐거워하는 모습이 역력하다. 시 전편에 넘쳐나는 진솔한 감정과 아름다운 구절은 시인 자신이 직접 체득한 궁경의 즐거움이 없었다면 얻어질 수 없는 것이기에 〈귀원전거〉는 고대 전원시 중에서 가장 아름다운 시편으로 인식되어 오늘에 이르고 있다. 시 속에는 도연명의 생기 넘치는 전원의 생활과 주변의 자연 경치를 시 속에 담고 있으며, 충만한 대자연의 생명력이 시 속에 결합되어 절정을 이루고 있다. 이것은 궁경의 경험에서 우러나온 진솔한 삶의 기쁨이며 外物(외물)을 감수하면서 시인 스스로 자득한 삶의 일상이라 할 수 있다. 예술적인 특징으로 볼 때, 본 〈귀원전거〉는 시인의 소박함, 진실함, 담박함, 허정함의 풍격이 대표적으로 집중되어 나타난 시편이라 할 수 있다.

歸園田居(귀원전거) 一首

少無適俗韻, (소무적속운)[1]
性本愛丘山. (성본애구산)[2]
誤落塵網中, (오락진망중)[3]
一去三十年. (일거삼십년)[4]
羈鳥戀舊林, (기조연구림)[5]
池魚思故淵. (지어시고연)[6]
開荒南野際, (개황남야제)[7]
守拙歸田園. (수졸귀전원)[8]
方宅十餘畝, (방택십여무)[9]
草屋八九間. (초옥팔구간)[10]
榆柳蔭後簷, (유류음후첨)[11]
桃李羅堂前. (도리라당전)[12]
曖曖遠人村, (애애원인촌)[13]
依依墟里煙. (의의허리연)[14]

전원에 돌아오다 (1수)

젊어서부터 속세의 기질에 맞지 않아,
천성이 본래 산수자연을 좋아했다.
세상의 그물 속에 잘못 빠져서,
어느새 30년이 훌쩍 지나가 버렸다.
조롱의 새는 옛 수풀을 그리워하고,
연못의 물고기는 옛 살던 물 생각한다.
황폐한 남쪽 들밭을 개간하고자,
어리석음을 고수하며 전원으로 돌아왔다.
반듯하니 택지 300여 평에,
초가집은 그저 8, 9칸 정도 되건만,
느릅나무와 버드나무는 뒤뜰에 그늘 지우고,
복숭아나무와 자두나무는 집 앞에 늘어섰네.
아스라이 보이는 먼 마을에,
모락모락 피어오르는 허름한 촌락의 연기.

---

1) 適(적) : 어울리다. 맞다. 俗韻(속운) : 속세의 기풍. 기질.

2) 性(성) : 여기서는 本性(본성)을 의미함. 丘山(구산) : 언덕이나 산. 『論語(논어)』에 "仁者樂山(인자요산)"이라는 말이 나오는데, 본 시 문에서 "천성이 본래 자연을 좋아했다."라는 말은 도연명 자신이 세상의 명리나 분위기에는 잘 맞지 않고, 본성이 자연을 좋아했다는 것은 시인의 천성이 어진 仁者(인자)이기 때문이다.

3) 誤落(오락) : 잘못하여 떨어지다. 塵網(진망) : 티끌세상의 그물. 명리를 다투는 세상.

4) 一去(일거) : 어느덧 훌쩍 세월이 지나다. 三十年(삼십년) : 도연명이 처음 出仕(출사)를 한 시기는 江州(강주)에 祭酒(제주)로 나간 일이며, 당시 그의 나이는 29세 때인 太元(태원) 18년(기원 393년)이다. 팽택령을 마지막으로 은퇴한 시기가 41세 때인 의희 원년(405년)이므로 13년간 벼슬살이가 된다. '30년'이라고 풀이한 판본도 있다. 여기에서 '三'과 '十年'의 뜻은 魏晋(위진)시대에는 聲韻學(성운학)이 점차 흥기했던 시기여서 시인은 본래 "一去十三年(일거십삼년)"을 廉平(염평)의 音調(음조)에 따라 "一去三十年(일거삼십년)"으로 바꿨을 것으로 여겨진다.

5) 羈鳥(기조) : 새장안의 새. 조롱의 새. 나그네새(떠돌이새), 즉 '羇鳥(기조)'로 된 판본도 있다.

6) 羈鳥(기조) : 戀舊林(연구림) : 옛 수풀을 그리워하다.

7) 開荒(개황) : 황무지를 개간하다. 南野際(남야제) : 남쪽 들판.

8) 守拙(수졸) : 순수함을 지키다. 어리석음을 지키다. 『老子(노자)』에 "大巧若拙(대교약졸)"이란 구절에 나온다.

9) 方宅(방택) : 네모난 택지. 반듯한 택지. 十餘畝(십여무) : '畝'는 약 30평 정도이므로 여기서는 약 300평.

10) '間(간)'은 기둥과 기둥 사이를 가늠하는 단위.

11) 榆柳(유류) : 느릅나무와 버드나무. 蔭(음) : 그늘. 簷(첨) : 처마.

12) 桃李(도리) : 복숭아나무와 자두나무. 羅(라) : 늘어져 있다. 堂前(당전) :

13) 曖曖(애애) : 아스라이 먼 모습. 어둡고 흐릿한 모양.

14) 依依(의의) : 헤어지기 섭섭한 모양. 길게 늘어진 모양. 여기서는 연기가 모락모락 피어오르는 모양. 墟(허) : 머물던 터. 墟里(허리) : 허름한 시골 마을.

狗吠深巷中, (구폐심항중)[15]　　　　깊숙한 골목에서 개는 짖어대고,

鷄鳴桑樹顚. (계명상수전)[16]　　　　닭은 뽕나무 꼭대기에서 울어댄다.

戶庭無塵雜, (호정무진잡)[17]　　　　집 뜰에는 잡스런 먼지 하나 없고,

虛室有餘閑. (허실유여한)[18]　　　　빈 방엔 오직 한가로움이 남아돈다.

久在樊籠裏, (구재번롱리)[19]　　　　오랫동안 세상의 새장 속에 갇혀 있다가,

復得返自然. (부득반자연)[20]　　　　이제야 다시 자연으로 돌아왔노라.

---

15) 狗吠(구폐) : 개가 짓다. 深巷(심항) : 깊은 골목.

16) 鷄鳴(계명) : 닭이 울다. 桑樹顚(상수전) : 뽕나무 꼭대기.

17) 戶庭(호정) : 집안의 뜰. 塵雜(진잡) : 먼지와 잡스러운 것.

18) 虛室(허실) : 고요하고 텅 빈방. 『莊子(장자)』「人間世(인간세)」편에 "瞻彼闋者(첨피관자), 虛室生白(허실생백)."이라는 구절이 있다. 이 뜻은 세속의 명리나 영화에 집착이 없고 마음을 비운 초연한 상태. 有餘閑(유여한) : 여유와 한가로움이 있다.

19) 樊籠(번농) : 새장 속에 갇히다. 여기서는 오랫동안 벼슬살이에 구속되어 있었다는 뜻. 여기에서 '樊(번)'은 『莊子(장자)』「人間世(인간세)」편에 "若能入遊其樊(약능인유기번), 而無感其名(이무감기명)"이란 구절에 나온다.

20) 返自然(반자연) : (속세를 떠나) 자연(전원)으로 돌아오다.

작품해설

　고금을 막론하고 많은 사람들에게 사랑을 받으며 회자되고 있는 시이며, 전원시인 도연명의 참다운 모습을 보여주는 대표적인 작품이라 할 수 있다. 시의 분위기로 볼 때, 한적한 시골마을의 소담스러운 풍경은 번잡한 세상과 격리된 듯, 때 묻지 않은 순수한 기운이 감돌고 있는 가운데 세속의 이해관계가 전혀 없는 한가로움의 극치가 시감을 더욱 자아내고 있다. 시 중의 "狗吠深巷中(구폐심항중), 鷄鳴桑樹顚(계명상수전)."의 구절은 청각적인 언어로 승화되어 動靜(동정)의 조화를 이루고 있다. 만약 개와 닭의 소리가 없고, 집안의 한가로움만 묘사했다면 오히려 閒趣(한취)의 경계가 반감되었을 수도 있으며, 동적인 상징인 '狗吠(구폐)'와 '鷄鳴(계명)'의 절묘한 배치로 詩韻(시운)을 더욱 높여주고 있다.

歸園田居(귀원전거) 二首　　　　　전원에 돌아오다 (2수)

野外罕人事, (야외한인사)[1]	들 밖이라 번거로운 인간사 드물고,
窮巷寡輪鞅. (궁항과윤앙)[2]	외진 골목이라 세도가의 마차 왕래 적다.
白日掩荊扉, (백일엄형비)[3]	대낮에도 사립문은 닫혀있고 ,
虛室絕塵想. (허실절진상)[4]	빈방엔 잡스런 생각 끊어졌다.
時復墟曲中, (시부허곡중)[5]	때로 허름하고 구석진 마을에서,
披草共來往. (피초공래왕)[6]	풀을 헤치며 사람들과 왕래도 한다.
相見無雜言, (상견무잡언)[7]	서로 만나도 잡스런 말은 없고,
但道桑麻長. (단도상마장)[8]	다만 뽕과 삼 잘 되는가 물을 뿐이다.
桑麻日已長, (상마일이장)[9]	뽕과 삼은 나날이 무럭무럭 자라나고,
我土日已廣. (아토일이광)[10]	나의 농토는 나날이 넓어져 간다.
常恐霜霰至, (상공상산지)[11]	늘 걱정스러운 것은 서리와 싸라기 내려,
零落同草莽. (영락동초망)[12]	잡초처럼 시들어 떨어질까 하는 일이다.

---

1) 野外(야외) : 들 밖. 시골. 농촌. 전원. 罕人事(한인사) : 사람들과의 번잡한 일이 적다.

2) 窮巷(궁항) : 외진 골목. 궁핍한 마을. 寡輪鞅(과윤앙) : (세도가의) 수레나 마차의 왕래가 적다.

3) 白日(백일) : 한 낮. 대낮. 掩(엄) : (문을) 닫다. 掩荊扉(엄형비) : 사립문을 닫다.

4) 塵想(진상) : 잡스러운 생각. 잡념.

5) 時復(시부) : 때로는. 墟曲(허곡) : 허름하고 구석진 시골마을.

6) 彼草(피초) : 풀을 헤치다. 共來往(공내왕) : (사람들과) 서로 왕래하다.

7) 相見(상견) : 서로 만나다. 無雜言(무잡언) : 잡스러운 말이 없다.

8) 但道(단도) : 다민 말하다. 桑麻長(상미장) : 뽕니무외 삼이 잘 지리디.

9) 日已長(일이장) : 나날이 자라다.

10) 日已廣(일이광) : 나날이 넓어지다.

11) 常恐(상공) : 늘 우려하다. 霜霰至(상산지) : 서리와 싸라기 내리다.

12) 零落(영락) : 시들어 떨어지다. 同草莽(동초망) : 우거진 풀과 같이 되다.

작품해설

　인간사의 모든 잡스런 생각이나 번잡한 일들은 대체로 名利(명리)와 연결되어 있다. 세상의 구차한 일들을 훌훌 털어버리고 전원으로 돌아온 것이 바로 도연명이다. 이 시에서는 세상의 일들을 멀리한 채 오로지 농사일에 전념하며 농작물이 잘 되기만을 염원하는 시인의 초탈한 모습을 연상할 수 있다.

歸園田居(귀원전거) 三首

種豆南山下, (종두남산하)[1]
草盛豆苗稀. (초성두묘희)[2]
晨興理荒穢, (신흥이황예)[3]
帶月荷鋤歸. (대월하서귀)[4]
道狹草木長, (도협초목장)[5]
夕露霑我衣. (석로점아의)[6]
衣霑不足惜, (의점부족석)[7]
但使願無違. (단사원무위)[8]

전원에 돌아오다 (3수)

남산 아래 콩을 심었으나,
풀만 무성하고 콩 싹은 드물다.
새벽에 일어나 거친 잡초를 손질하고,
달을 벗 삼아 호미 메고 돌아온다.
길은 좁고 초목은 길게 우거져서,
저녁 이슬이 내 옷깃을 적신다.
옷 젖는 것이야 아까울 게 없지마는,
다만 농사일 어긋나지 않기를 바랄 뿐이다.

---

1) 種豆(종두) : 콩을 심다.
2) 草盛(초성) : 풀이 무성하다. 豆苗(두묘) : 콩싹.
3) 晨興(신흥) : 새벽에 일어나다. 理荒穢(이황예) : 거친 잡초를 손질하다.
4) 帶月(대월) : 달을 동반하다. 달을 벗삼다. 尙鋤歸(하서귀) : 호미 메고 돌아오다.
5) 道狹(도협) : 길이 좁다. 草木長(초목장) : 초목이 길게 우거지다.
6) 夕露(석로) : 저녁 이슬. 霑我衣(점아의) : 내 옷을 적시다.
7) 不足惜(부족석) : 아까울 게 없다.
8) 無違(무위) : 어긋나지 않다. 위배되지 않다.

작품해설

이 시는 도연명이 전원으로 돌아와 몸소 농사짓는 모습이 비교적 잘 나타나 있다. 시의 전반에 흐르는 분위기로 볼 때, 세속의 잡스런 일에 초연하면서 오로지 농사일에 매달려 진솔한 삶의 자세를 견지하는 躬耕自足(궁경자족)의 인생관이 드러나 있다. 농경생활의 생생한 체험 속에서 힘들여 가꾼 콩밭에 콩은 얼마나지 않고 잡초만 무성하지만 이른 새벽 밭에 나가 경작하고 저녁에 달을 벗 삼아 돌아오는 모습이 생동감 있게 잘 나타나 있다. 시구 중에 '願(원)'은 농작물의 수확에 대한 바람보다는 자연의 품에 귀의하는 삶을 의미한다고도 볼 수 있다.

歸園田居(귀원전거) 四首

久去山澤游,(구거산택유)[1]
浪莽林野娛,(낭망임야오)[2]
試携子姪輩,(시휴자질배)[3]
披榛步荒墟,(피진보황허)[4]
徘徊丘壟間,(배회구롱간)[5]
依依昔人居,(의의석인거)[6]
井竈有遺處,(정조유유처)[7]
桑竹殘朽株,(상죽잔후주)[8]
借問採薪者,(차문채신자)[9]
此人皆焉如,(차인개언여)[10]
薪者向我言,(신자향아언)[11]
死沒無復餘,(사몰무부여)[12]
一世異朝市,(일세이조시)[13]
此語眞不虛,(차어진불허)[14]
人生似幻化,(인생사환화)[15]
終當歸空無,(종당귀공무)[16]

전원에 돌아오다 (4수)

오랜만에 산과 물 찾아 놀러 나와,
넓은 임야를 보니 즐거움이 넘친다.
시험 삼아 자식 조카 녀석들 손을 잡고,
덤불숲을 헤치며 황폐한 옛터를 거닌다.
언덕 위 무덤 사이를 서성이면서,
옛 살던 사람을 그리워한다.
우물과 부뚜막 흔적이 남아 있고,
뽕과 대나무는 썩은 그루만 남아 있다.
잠시 나무꾼에게 물어보노라,
여기 살던 사람들 모두 어찌 되었소?
나무꾼이 나에게 말을 하기를,
모두 세상을 떠나고 남은 사람이 없다오.
한 세대 안에 세상이 달라진다는 것을,
이 말이 참으로 빈말은 아니로다.
인생은 마치 환상과 같아서,
끝내는 空(공)과 無(무)로 돌아가리라.

---

1) 山澤游(산택유) : 산과 물, 즉 자연을 찾아 유람하다.
2) 浪莽(낭망) : 크고 광대하다.
3) 試携(시휴) : 시험 삼아 손을 잡고. 姪輩(질배) : 조카 녀석들.
4) 披榛(피진) : 덤불나무 숲을 헤치다. 荒墟(황허) : 황폐한 옛터.
5) 徘徊(배회) : 서성이다. 배회하다. 丘壟(구롱) : 언덕, 무덤.
6) 依依(의의) : 그리워하는 마음. 아쉽고 안타까운 모양.
7) 井竈(정조) : 우물과 부뚜막. 有遺處(유유처) : 흔적이 남다.
8) 殘朽株(잔후주) : 썩은 나무만 남다.
9) 借問(차문) : 잠시 물어보다. 採薪者(채신자) : 나무꾼.
10) 焉如(언여) : 어찌 되었는가?
11) 薪者(신자) : 나무꾼. 向我言(향아언) : 내게 말하다.
12) 死沒無復餘(사몰부부여) : 모누 죽고 남은 이가 없다.
13) 一世(일세) : 한 세대. 朝市(조시) : 국가와 사회, 즉 인간사회.
14) 眞不虛(진불허) : 참으로 빈말이 아니다.
15) 似幻化(사환화) : 마치 환상과 같다.
16) 終當(종당) : 끝내. 歸空無(귀공무) : 허무로 돌아가다. 空(공)과 無(무)로 돌아가다.

작품해설

번잡한 세상의 벼슬을 버리고 자연으로 돌아온 도연명은 자식 조카 손을 잡고 주변의 산과 들로 마냥 거닐며 감회에 젖고 있다. 세월이 흘러 황폐해버린 숲엔 옛 살던 사람도 세상을 떠나 없고 우물과 부뚜막 흔적만이 무상한 인생을 돌아보게 할 뿐이다. 한 세대가 지나면 세상이 바뀐다는 말을 시인 자신이 통감하면서 결국 공과 무로 돌아가는 꿈같은 인생에 대한 철리를 반추하며 본시의 끝을 맺고 있다.

歸園田居(귀원전거) 五首

恨恨獨策還, (창한독책환)[1]
崎嶇歷榛曲. (기구역진곡)[2]
山澗淸且淺, (산간청차천)[3]
可以濯吾足. (가이탁오족)[4]
漉我新熟酒, (록아신숙주)[5]
隻雞招近局. (척계초근국)[6]
日入室中闇, (일입실중암)[7]
荊薪代明燭. (형신대명촉)[8]
歡來苦夕短, (환래고석단)[9]
已復至天旭. (이부지천욱)[10]

전원에 돌아오다 (5수)

처량한 심정으로 홀로 지팡이 짚고 돌아오는데,
험한 산길에 가시덤불 숲을 헤치며 지나왔다.
산골짜기 계곡물은 맑고 또 깊지 않아서
충분히 나의 발을 씻을 수 있었다.
내 새로 담근 갓 익은 술을 거르고,
한 마리 닭으로 가까운 이웃을 초청했다.
해는 떨어지고 방안은 어두워져서,
싸리나무로 밝은 촛불을 대신하였다.
즐거움에 밤 짧은 것이 한스럽기만 한데,
어느새 다시 아침 해가 밝아온다.

---

1) 슬프고 처량한 마음. 獨策還(독책환) : 홀로 지팡이 짚고 돌아오다.
2) 岐嶇(기구) : 산길이 험한 모양. 歷(역) : 지나오다. 榛曲(진곡) : 가시덤불 등이 우거진 산길.
3) 山澗(산간) : 산골짜기 계곡. 淸且淺(청차천) : 맑고도 깊지 않다.
4) 可以濯吾足(가이탁오족) : 屈原(굴원)의 〈漁父詞(어부사)〉에 "滄浪之水淸兮(창랑지수청혜), 可以濯吾纓(가이탁오영) 滄浪之水濁兮 (창랑지수탁혜), 가이탁오족(可以濯吾足).(창랑의 물이 맑으면, 내 갓끈을 씻을 수 있고, 창랑의 물이 탁하면 내 발을 씻으리.)"란 구절이 있다.
5) 漉(녹) : 거르다. 新熟酒(신숙주) : 갓 익은 술.
6) 隻雞(척세) : 한 마리 닭. 招近局(초근국) : 가까운 이웃을 부르다.
7) 日入(일입) : 해가 들어가다. 해가 지다.
8) 荊薪(형신) : 땔나무. 싸리나무. 大明燭(대명촉) : 등불을 대신하다.
9) 苦夕短(고석단) : (즐거움으로 인해) 시름의 긴 밤이 짧다. 여기에서 '來'는 趨向補語(추향보어).
10) 已復(이부) : 어느새. 至天旭(지천욱) : 날이 밝다.

작품해설

이 시에서는 굴원(屈原)의 〈漁父詞(어부사)〉의 "滄浪之水淸兮(창랑지수청혜), 可以濯吾纓 (가이탁오영), 滄浪之水濁兮(탕랑지수탁혜), 可以濯吾足(가이탁오족).(창랑의 물이 맑으면, 내 갓끈을 씻을 수 있고, 창랑의 물이 탁하면 내 발을 씻으리.)"라는 구절의 일부를 인용하고 있다. 출사와 은퇴를 거듭하다가 결국 전원으로 돌아온 도연명은 혼탁한 세상의 그물 속에서 완전히 벗어나 자연과 더불어 초탈한 躬耕(궁경)의 삶을 고수해가는 자신의 결심을 거듭 확인이라도 하듯 〈어부사〉의 구절로 대신하고 있다. 한바탕 꿈과 같은 허무한 속성의 유한한 인생을 그대로 받아들이며 이웃 사람들과 즐겁게 술잔을 나무며 밤이 짧음을 아쉬워하고 있는 시인의 모습이 그려져 있다.

陶徵君潛田居(도징군잠전거)　　　도징군 잠 전원에 살다

江淹(강엄)[1]

種苗在東皐,(종묘재동고)[2]	동쪽 언덕에 씨를 뿌리니,
苗生滿阡陌.(묘생만천맥)[3]	밭두둑마다 새싹이 가득 돋았다.
雖有荷鋤倦,(수유하서권)[4]	호미질 힘들어 지칠 때도 있지만,
濁酒聊自適.(탁주료자적)[5]	막걸리로 잠시 스스로 달래본다.
日暮巾柴車,(일모건시거)[6]	해질 무렵 땔감 수레를 덮노라니,
路闇光已夕.(로암광이석)[7]	해는 이미 기울어 길은 어둡다.
歸人望煙火,(귀인망연화)[8]	밥 짓는 연기 바라보며 돌아오는데,
稚子候簷隙.(치자후첨극)[9]	어린 자식이 처마 밑에서 기다린다.
問君亦何爲,(문군역하위)[10]	묻노니 그대 무엇을 어쩌자는 것인가?
百年會有役.(백년회유역)[11]	평생 동안 무슨 일이든 할 수 있겠지.
但願桑麻成,(단원상마성)[12]	다만 원하는 것은 뽕나무 삼대 잘 자라고,
蠶月得紡績.(잠월득방적)[13]	누에치는 계절에 실을 짤 수 있으면 한다.
素心正如此,(소심정여차)[14]	내 오랜 소원이 바로 이와 같을지니,
開徑望三益.(개경망삼익)[15]	길을 트고 좋은 벗 오는지 기다린다.

---

1) 江淹(강엄, 44-505) : 중국 南朝(남조)의 문학가이며, 字(자가)가 文通(문통)이다. 남조 송나라에서 출생하여 儒佛道(유불도)에 두루 통하였으며, 양나라에서 金紫光祿大夫(금자광록대부)를 역임했고, 후에 醴陵侯(예릉후)에 봉해졌다.

2) 種苗(종묘) : 씨앗을 뿌리다. 東皐(동고) : 동쪽 언덕.

3) 苗生(묘생) : 새싹이 나다. 阡陌(천맥) : 산기슭이나 밭두둑.

4) 荷鋤(하서) : 호미질하다. 倦(권) : 피곤하다. 힘이 들다.

5) 濁酒(탁주) : 탁주. 막걸리. 自適(자적) : 얽매이지 않고 마음 내키는 대로 편안하게 즐김.

6) 日暮(일모) : 저물다. 巾柴車(건시거) : 수레를 덮다.

7) 路闇(로암) : 길이 어둡다. 光已夕(광이석) : 해가 지다.

8) 望煙火(망연화) : (밥 짓는) 연기를 바라보다.

9) 稚子(치자) : 어린 자식. 候(후) : 기다리다.

10) 問君(문군) : 그대에게 묻다. 여기서는 시인 자신에게 하는 말.

11) 百年(백년) : 한 평생. 有役(유역) : 맡을 만한 일이 있다.

12) 只願(지원) : 다만 바라는 것. 桑麻成(상마성) : 뽕과 삼 잘 자라다.

13) 蠶月(잠월) : 누에치는 계절. 紡績(방적) : (누에)실을 뽑다. 실을 짜다.

14) 素心(소심) : 본마음. 오랜 소원. 正如此(정여차) : 바로 이와 같다.

15) 開徑(개경) : 길을 트다. 길을 열다. 三益(삼익) : 사귀어서 이로운 세 가지 벗을 의미하는데, 즉 심성이 곧은 벗, 믿음직한 벗, 견문이 넓은 벗을 말한다. 《論語(논어)》〈季氏(계씨)〉16장에 "益者三友(익자삼우), 損者三友(손자삼우). (유익한 벗이 셋이 있고, 해로운 벗이 셋이 있다.)"라는 구절이 있다.

작품해설

이 시는 《古文眞寶(고문진보)》에는 도연명의 시로 되어 있으나 원래의 작자는 江淹(강엄)의 시로 알려져 있다. 강엄은 漢代(한대)부터 晉宋(진송)까지의 시인 약 30명의 시를 모방해서 지은 《雜體詩(잡체시)》 30수 등이 있는데 시의 내용으로 보아 〈귀원전거〉를 의고하여 지은 시로 여겨지며, 마치 도연명이 쓴 것 같은 착각을 불러일으킨다.

음주 20수(飮酒 二十首)

序文(서문)

한가하게 사노라니 기쁜 일이 적고, 게다가 요즘은 밤마저 길어졌다. 우연히 좋은 술이 생겨서 저녁마다 마신다. 내 그림자를 응시하면서 진창 마시고 나면 어느 사인가 다시 취한다. 취하고 난 후에는 곧 몇 구절 시를 지어 스스로 즐기곤 했다. 시를 쓴 종이가 마침내 많아지고 글에는 앞뒤 차례가 없다. 이것들을 잠시 친구에게 적게 하여 즐겁게 웃음거리로 삼고자 할 따름이다.

飮酒(음주) 20首 幷序(병서)

余閑居寡歡,(여한거과환) 兼秋夜已長.[1](겸추야이장) 偶有名酒,(우유명주) 無夕不飮.(무석불음) 顧影獨盡,(고영독진) 忽焉復醉.(홀언부취) 旣醉之後,(기취지후) 輒題數句自娛.(첩제수구자오) 紙墨遂多,(지묵수다) 辭無詮次.[2](사무전차) 聊命故人書之,(요명고인서지) 以爲歡笑爾.(이위환소이)

---

1) 兼秋夜已長(겸추야이장) : 태양이 춘분점과 추분점에 있을 때 낮과 밤의 길이가 같고, 하지에는 밤이 짧고 낮이 길다. 동지에는 낮이 짧고 밤이 가장 길다. 밤이 길어지는 때는 일반적으로 음력 9월초인 寒露(한로)부터 시작됨.

2) 辭無詮次(사무전차) : 글이 순서의 배열이 없음.

飮酒(음주) 其一

衰榮[1]無定在,[2] (쇠영무정재)
彼此更共之.[3] (피차갱공지)
邵生[4]瓜田中, (소생과전중)
寧似[5]東陵時.[6] (영사동릉시)
寒署有代謝,[7] (한서유대사)
人道每如玆. (인도매어자)
達人解其會,[8] (달인해기회)
逝[9]將不復疑.[10] (서장불부의)
忽與一觴酒, (홀여일상주)
日夕[11]歡相持.[12] (일석환상지)

음주시 (1수)

빈천과 부귀는 정해져 있지 않으며
피차에 번갈아 가며 돌게 마련이다.
오이 밭을 갈던 邵平(소평)이가
어찌 東陵侯(동릉후) 때와 같겠는가.
차고 더움도 뒤바뀌어 순환하는데
인간의 도리도 늘 이와 같다.
통달한 사람은 그 이치를 깨달아
다시는 미혹되지 않으리라.
홀연히 한잔 술과 더불어
날 저물면 즐거이 상대를 한다.

---

1) 衰榮(쇠영) : 잘살고 못사는 것. 쇠락과 번영. 인간의 빈천과 부귀.
2) 無定在(무정재) : 정해져 있지 않음.
3) 彼此更共之(피차갱공지) : 영고성쇠를 돌려가며 서로 겪는 것.
4) 邵生(소생) : 邵平(소평)이며 秦人(진인)으로 東陵侯(동릉후)를 지칭함. 《史記(사기).蕭相國世家(소상국세가)》에 나옴.
5) 寧似(녕사) : 어찌 닮았겠는가?
6) 東陵時(동릉시) : 東陵侯(동릉후)를 지낼 때.
7) 寒署有代謝(한서유대사) : 서로 바뀌어 순환함. 교체하다.
8) 會(회) : '會(회)'는 도리나 법칙이 모인 근원처.《易經(역경).繫辭(계사)》에 나옴.
9) 逝(서) : 조사.
10) 不復疑(불부의) : 다시는 망설이지 않다.
11) 日夕(일석) : 날이 저물다. 해 진 저녁.
12) 歡相持(환상지) : 술과 더불어 기꺼이 상대한다.

작품해설

　外物(외물)에 구애받지 않고 초탈한 삶을 살아가는 陶淵明(도연명)의 자연 철학과 이상 그리고 인생관이 잘 나타나 있는 시이다. 첫 구절에서 인간의 빈천과 부귀를 말하고 있는데 邵生(소생)의 典故(전고)를 들어 자신의 신세를 묘사하고 있다. 동시에 인생의 쇠락과 흥왕, 번성하고 쇠하는 것은 모두가 대자연의 이치에 있음을 드러내고 있다. 인생의 이치도 봄, 여름, 가을, 겨울이 오가는 것처럼 榮枯盛衰(영고성쇠)나 富貴貧賤(부귀빈천)도 이와 같이 뒤바뀌는 이치를 거듭하고 있음을 암시하고 있다. 후반부에서는 俗韻(속운)에 구애받지 않고 인간세상의 깊은 철리를 자득한다면 미혹되거나 망설이는 일이 없을 것이라고 스스로를 위안하고 있다.

飮酒(음주) 其二

積善云有報,[1](적선운유보)
夷叔在西山,[2](이숙재서산)
善惡苟不應,[3](선악구불응)
何事立空言.[4](하사입공언)
九十行帶索,[5](구십행대삭)
飢寒[6]況當年.[7](기한황당년)
不賴[8]固窮節,[9](불뢰고궁절)
百世當誰傳.[10](백세당수전)

음주시 (2수)

착한 일을 많이 하면 마땅히 복을 내린다 했거늘
백이와 숙제는 어찌하여 서산에서 굶어 죽었는가?
만약 선과 악이 제대로 보응되지 않는다면
무엇 때문에 공연히 이런 격언이 있었겠는가?
90세 된 노인도 새끼줄을 매고 다니는데
한창인 내가 춥고 굶주린들 어떠리오!
곤궁의 절개에 의지하지 않는다면
후세에 누구에게 이름을 전하리오.

---

1) 積善云有報(적선운유보) : 선을 쌓으면 보답이 있음.《易經(역경)》,《書痙(서경)》,《左傳(좌전)》 등에 나옴.
2) 夷叔在西山(이숙재서산) : 伯夷(백이)와 叔齊(숙제)가 의롭지 못한 주나라의 곡식을 먹지 않겠다며 절개를 지키려고 수양산(首陽山)에 들어가 고사리를 캐먹고 살다가 굶어 죽었음을 말함.
3) 善惡苟不應(선악구불응) : 선과 악에 대한 응보가 바르게 보응되지 않는다면.
4) 何事立空言(하사입공언) : 무엇 때문에 공연한 말을 내세웠는가?
5) 九十行帶索(구십행대삭) : 90살인데도 새끼줄로 띠를 매고 다니다.《列子》에 나오는 榮啓期(영계기)를 지칭함.
6) 飢寒(기한) : 굶주림과 추위.
7) 況當年(황당년) : 한창 나이인데 어찌 기한을 두려워하겠는가. 라는 뜻.
8) 不賴(불뢰) : (만약) 의지하지 않는다면.
9) 固窮節(고궁절) :《논어》에 나오는 말로 군자는 곤궁의 절개를 지킨다는 뜻.
10) 百世當誰傳(백세당수전) : 마땅히 누가 백세 즉, 후세에 전할 것인가. 라는 뜻.

작품해설

　본 장에서는 善惡(선악)에 대한 報應(보응)은 존재하지 않지만 자신은 여전히 困窮(곤궁)의 절개를 견지하고 있음을 나타내고 있다. 또한 시인 자신이 세상의 도리를 곤궁의 절개에 의지하여 세워 나가고 있음을 드러내고 있다. 《논어》에 "固窮節(고궁절)"이란 말이 있는데 이는 군자는 본래 세속의 명리에 연연하지 않고 곤궁의 절개를 지키며 도를 이루어가는 것이 근본임을 중시하고 있는데 도연명 자신의 삶도 이와 무관치 않음을 시사하고 있다.

飮酒(음주) 其三

道喪[1]向[2]千載,[3] (도상향천재)
人人惜其情.[4] (인인석기정)
有酒不肯飮,[5] (유주불긍음)
但顧世間名.[6] (단고세간명)
所以貴我身,[7] (소이귀아신)
豈不在一生.[8] (기부재일생)
一生復能幾,[9] (일생부능기)
倏如流電驚.[10] (숙여유전경)
鼎鼎[11]百年內,[12] (정정백년내)
持此欲何成.[13] (지차욕하성)

음주시 (3수)

大道(대도)를 잃은 지 어언 천년이 되는데
사람마다 진실한 정 주기를 아끼는구나.
술이 있어도 어울려 마시려 들지 않고
세속의 명리만을 추구할 따름이다
내 몸을 귀하게 해주는 것들도
고작 한 평생에 있지 않은가.
한 평생은 또 얼마나 되겠는가?
홀연 번쩍하고 지나가는 번개 같거늘.
기껏해야 백 년도 채 안 되는 시간인데
그것에 집착해서 무엇을 이루려고 하는가?

---

1) 道喪(도상) : 노자가 말한 無爲自然(무위자연)의 대도 즉, 하늘의 도리인 天道(천도)를 잃었다는 뜻.
2) 向(향) : 곧 다가오다.
3) 千載(천재) : 어언 천 년이 되어간다.
4) 人人惜其情(인인석기정) : 사람마다 진실한 정 주기를 아낀다. 사욕만 돌아보고 예의를 돌아보지 않음.
5) 有酒不肯飮(유주불긍음) : 술이 있어도 마시기를 꺼린다.
6) 但顧世間名(단고세간명) : 단지 세속의 명리만 돌아본다.
7) 所以貴我身(소이귀아신) : 내 몸을 귀하게 해주는 것들. 예컨대, 재물이나 명예 같은 것들.
8) 豈不在一生(기불재일생) : 기껏해야 한 평생에 국한되다.
9) 一生復能幾(일생부능기) : 일생이 얼마나 될 수 있겠는가.
10) 倏如流電驚(숙여유전경) : 순간 번쩍하고 스쳐가는 번갯불과 같다.
11) 鼎鼎(정정) : 보잘 것 없다. 자질구레한 소인의 모양.
12) 百年內(백년내) : 백 년을 넘지 못하다.
13) 持此欲何成(지차욕하성) : 이렇게 보잘 것 없는 것을 가지고 무엇을 이루겠다는 것인가. 라는 뜻.

작품해설

　본 장에서는 많은 사람들이 자신의 榮達(영달)을 위해 세상의 名利(명리)를 쫓아가지만 백년이 지난 먼 훗날에 무엇이 남아 있겠느냐고 반문하고 있다. 인생이 번갯불처럼 순간 번쩍하고 지나가는 아주 짧은 시간임에도 불구하고 사람들은 부질없이 그것에 얽매여 소중한 도리를 잊고 살아가고 있음을 꼬집고 있다. 동시에 인생의 참다운 가치가 진정 무엇인지를 돌이켜 보게 하는 내용이다. 도덕적 가치가 상실되어 가는 오늘날 물질만능 시대를 살아가는 우리에게 시사하는 바가 크다.

飮酒(음주) 其四

栖栖[1]失群鳥,[2] (서서실군조)
日暮猶獨飛. (일모유독비)
裵回無定止,[3] (배회무정지)
夜夜聲轉悲 (야야성전비)
厲[4]響思淸晨,[5] (여향사청신)
遠去何所依. (원서하소의)
因値[6]孤生松, (인치고생송)
斂翮[7]遙來歸. (염핵요래귀)
勁風無榮木[8], (경풍무영목)
此蔭獨不衰. (차음독불쇠)
託身已[9]得所, (탁신이득소)
千載不相違.[10] (천재불상위)

음주시 (4수)

무리를 떠난 새는 불안에 떨며
해가 졌는데도 홀로 날고 있다.
이리저리 날면서 둥지를 정하지 못하고
밤마다 우는 소리 더욱더 슬퍼만 간다.
격앙된 울음소리로 맑은 새벽을 기다리며
밀리밀리 날아가지만 어느 곳에 의지할 것인가?
마침 외로이 서 있는 소나무를 발견하고
날갯죽지 오므리고 먼 곳에서 되돌아온다.
매서운 찬바람에 모든 나무들 시들었지만
오직 소나무 깊은 그늘만은 시들지 않았네.
몸을 의지할 수 있는 둥지를 이미 얻었으니
영원토록 머물며 떠나가지 않으리라.

---

1) 栖栖(서서) : 마음이 불안한 모양.
2) 失群鳥(실군조) : 무리를 잃은 새.
3) 定止(정지) : 정착하여 머물다.
4) 厲(여) : (말소리 감정이) 격앙되다. 고조되다.
5) 淸晨(청신) : 맑은 새벽.
6) 因値(인치) : 마침 만나다.
7) 斂翮(염핵) : 날갯죽지를 오므리다.
8) 榮木(영목) : 무성한 나뭇가지와 잎.
9) 已(이) : 이미. 旣(기)와 같은 뜻.
10) 不相違(불상위) : (소나무와) 헤어지지 않다.

작품해설

본 편에서는 무리를 떠난 새와 외로운 소나무를 비유하여 자기모순의 심리를 토로하고 있다. 동시에 곧은 절개를 지키며 俗韻(속운)에 어울리지 않고 전원으로 돌아와 스스로 농사를 지으며 고결함을 지키려는 시인의 마음이 표출되어 있다. 시인 자신을 무리를 떠난 새로 비유하며 出仕(출사)와 隱退(은퇴) 사이에서 고민하고 있는 심정을 묘사하고 있는 가운데 躬耕自足(궁경자족)하며 고고한 절개로 超克(초극)하며 살아가려는 시인의 의지가 잘 나타나 있다.

飮酒(음주) 其五

結廬在人境,[1](결려재인경)
而無車馬喧.(이무거마훤)
問君何能爾,[2](문군하능이)
心遠地自偏.[3](심원지자편)
采菊東籬下,(채국동리하)
悠然見南山.[4](유연견남산)
山氣日夕佳,[5](산기일석가)
飛鳥相與還.[6](비조상여환)
此中有眞意,[7](차중유진의)
欲辨而忘言.[8](욕변이망언)

음주시 (5수)

사람들 틈에 초가집 짓고 사니
시끄러운 수레소리 들리지 않네.
묻노니 그대는 어찌 그럴 수 있는가?
마음이 머니 땅은 절로 외지는 거요.
동쪽 울타리 아래 국화를 따노라니
유연히 남산이 바라다 보이네.
산빛은 저녁놀에 잠겨 고운데
나는 새들 어울려 돌아오네.
이 가운데 참뜻 있으니
말하려 하다 이미 할 말을 잊었네.

---

1) 結廬(결려) : 초가집(오두막) 집을 지음.

2) 君(군) : 시인 자신을 지칭함.

3) 偏(편) : 僻(벽)과 같은 의미. 즉 치우치다. 후미지다.

4) 悠然(유연) : 유유하고 한가로운 심정. 한가롭고 맑은 심점. 見(견) : 보이다. '見'은 '望(망)'과 차이가 있다. '望'은 의식적으로 바라보는 것이지만, '見'은 보려고 애를 쓰지 않아도 저절로 바라보인다는 의미.

5) 山氣(산기) : 산 사이로 흐르는 雲霧(운무)의 기운. 산을 감도는 운치나 山色(산색).

6) 相與還(상여환) : 무리와 합하여 서로 짝을 지어 돌아옴.

7) 此中(차중) : 이 속에. '此'는 노을 진 여산의 아름다운 풍경에 동화된 심경을 의미하는데, 당시 바라다 보인 그 순간의 심정을 이 '此中'에 구체적으로 상징한 것이라 볼 수 있다.

8) 忘言(망언) : 할 말을 잊다.

작품해설

　　이 시는 전원에 돌아온 후 시인이 무궁한 자연의 정취를 누리며 소일하는 즐거움을 묘사하고 있다. 특히 "見南山(견남산)"의 시구에 대해 北宋(북송)의 蘇東坡(소동파)는 《東坡題跋(동파제발)》권2에서 "因采菊而南山(인채국이남산), 境與意會(경여의회), 此句最有妙處(차구최유묘처) 국화꽃을 꺾었기에 산이 보였으며, 뜻과 意境(의경)이 어우러진 이 구절이 가장 절묘함을 갖고 있다."라고 했다. 蘇門學士(소문학사) 晁補之(조보지)는 《鷄肋集(계륵집)》권33에서 "本自愛菊(본자애국), 無意望山(무의망산). 適舉首而見之(적거수이견지), 故悠然忘情(고유연망정). 원래 국화를 좋아해 꺾으려 한 것이지 의식적으로 산을 바라보려고 한 것은 아니었으며, 때마침 머리를 들자 산이 바라다 보여 유연히 감정을 잊게 되었다."라고 말해 한층 진일보한 의미를 밝혀냈다. "忘言(망언)"의 의미는 《莊子(장자)·知北遊(지북유)》편에 "狂屈曰(광굴왈), 唉(애). 子知之(자지지), 將語若(장어약). 中欲言而忘其所欲言(중욕언이망기소욕언). 광굴이 가로되, 아! 그것은 내가 알고 있는데, 그대에게 알려주지. 하고는 말을 하려다 말 하고자 하는 마음을 잊어버렸다."라고 한 것과 《莊子(장자)·外物(외물)》편에 "筌者所以在魚(전자소이재어), 得魚而忘筌(득어이망전) : 蹄者所以在兎(제자소이재토), 得兎而忘蹄(득토이망제) : 言者所以在意(언자소이재의), 得意而忘言(득의이망언). 吾安得夫忘言之人而等言哉(오안득부망언지인이등언재). 통발은 고기를 잡는데 쓰이기 때문에 고기를 잡고 나면 통발은 잊어버려야 하고, 토끼를 잡고 나면 그물은 잊어버려야 하는 것이다. 나는 어떻게 저 말을 잊은 사람을 만나서 그와 더불어 말할 수 있을꼬?"라고 했는데 이 시의 "此中有眞意(차중유진의), 欲辨而忘言(욕변이망언)"은 莊子(장자)의 사상에서 나왔다고 볼 수 있다.

飮酒(음주) 其六

行止[1]千萬端,[2](행지천만단)
誰知非與是?[3](수지비여시)
是非[4]苟[5]相形,[6](시비구상형)
雷同[7]共譽毁.(뇌동공예훼)
三季[8]多此事,(삼계다차사)
達士似不爾.[9](달사사불이)
咄咄[10]俗中愚,(돌돌속중우)
且當從黃綺.[11](차당종황기)

음주시 (6수)

무엇을 하든지 간에 천만가지 구별이 있는데
그 누가 옳고 그름의 일들을 알겠는가?
제멋대로 겉만 보고 시비를 판단하고
줏대 없이 이구동성으로 칭찬과 비방을 해댄다.
삼대(三代) 말엽에 이런 일들이 많았지만
통달한 선비는 서로 어긋나지 않은 듯하다.
하찮은 일에도 놀라는 속세의 어리석은 자들아!
나는 상산의 사호를 따라 속세를 떠나가리라.

---

1) 行止(행지) : 행동거지.
2) 端(단) : 종류. 계통.
3) "誰知非與是(수지비여시)"는 비표준의 차이로 인해서 나온 구절.
4) 是非(시비) : 여기에서는 세속에서 표준으로 삼는 옳고 그름을 가리킴.
5) 苟(구) : 내키는 대로. 마음대로. 함부로.
6) 相形(상형) : 형상의 비교.
7) 附和雷同(부화뇌동)과 같은 뜻. 줏대없이 남의 의견을 따르다.
8) 三季(삼계) : 夏(하), 商(상), 周(주) 三代(삼대)의 말엽.
9) 似不爾(사불이) : 어긋나지 않은 듯하다.
10) 咄咄(돌돌) : 하찮은 소리에 놀라다. 이상한 소리에 놀라다.
11) 黃綺(황기) : 夏黃公(하황공)과 綺里季(기리계). 중국 진시황 때에 난리를 피하여 산시성(陝西省) 상산(商山)에 들어가서 숨은 네 사람을 가리킴. 東園公(동원공), 綺里季(기리계), 夏黃公(하황공), 角里先生(각리선생)을 말함. 호(皓)란 본래 희다는 뜻으로, 이들이 모두 눈썹과 수염이 흰 노인이었다는 데서 유래.

작품해설

　본 편에서는 陶淵明(도연명) 자신이 받았던 비난을 묘사하고 있는데 아마도 벼슬할 때에 받았던 비난을 가리키고 있는 것으로 짐작된다. 〈感士不遇賦(감사불우부)〉의 "坦至公而無猜(탄지공이무시), 卒蒙恥以受謗(졸몽치이수방)"이란 구절에서도 은퇴 이후에 전원에 돌아와 躬耕(궁경)하는 자신에 대해 이해하지 못하는 사람들의 비난을 묘사하고 있다. 세상에는 천태만상의 일들이 있지만 사실 그 누가 분별하여 어떤 일이 옳고 그르다고 단정 지을 수 없다. 인간사회가 시대의 형편에 맞추어 제멋대로 규정해 놓고 저마다 시비를 판가름하고 附和雷同(부화뇌동)하여 칭찬과 비난을 일삼는다. 인간 사회에 절대적인 것은 있을 리 없고 모두가 자신들의 논리와 이익에 부합된 상대적인 시비만 난무할 뿐이다. 요즘의 정치풍토가 그렇고 사회 풍토가 그렇다. 老子(노자)의 무위자연을 돌아보고 "道可道(도가도), 非常道(비상도), 名可名(명가명), 非常名(비상명)"을 음미하며 사색의 오솔길을 걸어보자.

飮酒(음주) 其七

秋菊有佳色,(추국유가색)
裛¹⁾露掇²⁾其英.(읍노철기영)
汎³⁾此忘憂物,(범차망우물)
遠我遺⁴⁾世情.(원아유세정)
一觴⁵⁾雖獨進,(일상수독진)
杯盡壺自⁶⁾傾.(배진호자경)
日入群動⁷⁾息,(일입군동식)
歸鳥趨林鳴.(귀조추림명)
嘯⁸⁾傲東軒下,(소오동헌하)
聊⁹⁾復得此生.(요부득차생)

음주시 (7수)

가을 국화가 너무나 아름다워
이슬에 젖은 국화꽃을 딴다.
근심을 잊게 하는 술 속에 꽃잎을 띄워
속세의 마음에서 더욱 멀어지게 한다.
하나의 술잔을 대하고 홀로 술을 마시지만
술잔 속에 술이 다하면 술병도 절로 기운다.
해 넘어가면 온갖 사물의 움직임도 멈추어지고
돌아가는 새들도 울며 나무숲 둥지로 향한다.
동쪽 추녀 아래서 내키는 대로 높게 읊조리니
잠시나마 생명의 순수함을 감득한다.

---

1) 裛(읍) : (흠뻑) 젖다.
2) 掇(철) : (국화꽃을) 따다.
3) 汎(범) : (국화를 술에) 띄우다.
4) 遺(유) : 버리다.
5) 一觴(일상) : 하나의 술잔.
6) 自(자) : 절로.
7) 群動(군동) : 각각 활동하고 있는 사물의 종류.
8) 高歌(고가) : 소리 높여 노래를 부르다.
9) 聊(요) : 잠시나마.

작품해설

　본 편에서는 국화꽃을 자신의 고결한 품격의 상징으로 삼고 있으며 가식을 버리고 진실로 돌아가려는 시인의 마음이 잘 나타나 있다. 벼슬을 버리고 자연으로 돌아온 시인의 탈속한 심정과 안도가 전편에 흐르고 있다. 술과 국화를 벗 삼아 快然自足(쾌연자족)하며 안위하는 시인의 고원한 심정과 달관한 삶의 깊이가 느껴지는 시이다. 세상의 틀에 얽매이지 않고 참된 삶을 추구하며 궁경의 길을 열어가는 소박한 정취가 담겨져 있다. 물질만능 풍조에 휘말려 인정이 메말라가는 오늘날 도연명의 시는 많은 것을 시사하고 있다.

飮酒(음주) 其八

靑松在東園,[1](청송재동원)
衆草沒其姿.(중초몰기자)
凝霜殄異類,[2](응상진이류)
卓然見高枝.(탁연견고지)
連林人不覺,(연림인불각)
獨樹衆乃奇.(독수중내기)
提壺撫寒柯,[3](제호무한가)
遠望時復爲.[4](원망시부위)
吾生夢幻間,(오생몽환간)
何事絏塵羈.[5](하사설진기)

음주시 (8수)

정원의 동쪽에 자라난 푸른 소나무
뭇 잡초에 묻혀 모습 보이지 않다가
찬 서리에 다른 초목들 시들고 나니
높이 솟은 나뭇가지 탁월하게 보인다.
나무숲에 가리어 사람들 알지 못했는데
무리 중에 홀로 남으니 더욱 기묘하다.
술병을 들어 겨울 나뭇가지에 걸어놓고
멀리 바라보기를 몇 차례 되풀이 한다.
짧은 나의 삶은 마치 꿈과 환상 같은데
어찌하여 속세의 굴레에 매어야 하는가.

---

1) 東園(동원) : 정원의 동쪽.
2) 殄(진) : 다하다. 滅盡(멸진). 끊어지다.
3) 撫(무) : '桂 (계)'로 된 판본도 있음. 柯(가) : 나무의 가지.
4) 爲(위) : 여기서는 멀리 바라보는 遠眺(원조)의 동작을 가리킴.
5) 絏(설) : 고삐. 매이다. 묶다. '拴(전)'의 뜻. 塵(진) : 塵世(진세). 속세. 羈(기) : 굴레.

작품해설

본 장은 무리 중에 고고한 자태로 드러난 푸른 소나무를 벗삼아 칭송하고 있다. 술을 마시다가 나뭇가지에 술병을 걸어놓고 한가로이 靑松(청송)을 바라보다가 삶과 부합된 내면의 도연한 심정을 기탁하고 있다. 공자의 《論語(논어)·子罕(자한)》편에 "歲寒然後知松栢之後凋(세한연후지송백지후조) 날이 추워진 뒤에야 (뭇 나무들보다) 소나무와 잣나무 뒤늦게 시듦을 안다.)"라고 한 것처럼, 태평한 세상에서는 소인이 군자와 다를 것이 없으나 오직 이해타산을 당하고 어려운 일을 만난 뒤에야 소인과는 달리 군자의 지킴을 볼 수 있을 것이라고 한 공자의 말과 부합되는 대목이다.

飲酒(음주) 其九   음주시 (9수)

清晨聞叩門,[1](청신문고문)   이른 새벽 문 두드리는 소리를 듣고

倒裳往自開.[2](도상왕자개)   옷 뒤집어 입고 나가 손수 문을 연다.

問子爲誰歟,(문자위수여)   댁은 뉘신지요? 하고 물어보니

田父有好懷.(전부유호회)   늙은 농부가 좋은 마음 품고 오신 거라.

壺漿遠見侯,[3](호장원견후)   멀리서 술병 들고 인사차 왔다 하며

疑我與時乖.(의아여시괴)   세상을 등지고 사는 나를 의아해한다.

襤縷茅簷下,[4](남루모첨하)   "남루한 차림으로 초가집에 사는 신세가

未足爲高栖.(미족위고서)   고답한 삶이라고만은 할 수 없겠지요.

一世皆尚同,[5](일세개상동)   세상 모두 한통속으로 어울리길 바라니

願君汨其泥.[6](원군골기니)   댁도 그 진흙탕 속에 빠져보시구려"

深感父老言,(심감부로언)   "어르신 말씀 깊이 감사합니다만

稟氣寡所諧.(품기과소해)   기질이 본래 남과 어울리지 못합니다.

紆轡誠可學,[7](우비성가학)   벼슬살이 하는 것쯤이야 배울 수는 있겠지만

違己詎非迷.(위기거비미)   자신을 어기는 일이 어찌 미혹됨이 아니겠는지요.

且共歡此飲,(차공환차음)   잠시 함게 이 술이나 즐기시지요

吾駕不可回.[8](오가불가회)   내 인생길은 되돌릴 수가 없답니다."

---

1) 清晨(청신) : 맑은 새벽.

2) 倒裳(도상) : '裳'은 下衣(하의)를 뜻하며, 여기서는 급한 마음에 위 . 아래 옷을 뒤집어 입었다는 뜻. 《詩經(시경) . 齊風(제풍) . 東方未明(동방미명)》에 "東方未明(동방미명), 顚倒衣裳(전도의상)('동녘이 밝지도 않았는데. 옷을 거꾸로 입었네.')라는 구절이 나온다.

3) 漿(장) : '酒(주)'를 뜻함. 술. 見(견) : 여기서는 '받다'의 뜻. 候(후) : 안부를 묻다.

4) 襤縷(남루) : 옷이 낡아 해진 모양.

5) 尙(상) : 崇尙(숭상)하다. 중시하다. 同(동) : 속세와 서로 같다.

6) 汨(골) : 흐르다(流). 빠지다. 잠기다. 진흙에 빠지다. 여기서는 '혼탁한 진흙탕을 휘젓다.'의 뜻.

7) 紆(우) : 굽다. 구부러지다. 紆轡(우비) : 말의 고삐. 여기서는 '벼슬살이'를 뜻함.

8) 吾駕(오가) : 나의 멍에(수레). 여기서는 (자신이 짊어지고 가야 할) 인생길.

작품해설

　본 장에서는 늙은 농부가 시인에게 세상을 등지고 살지 말고 혼탁한 세상 밖으로 나가 세상 사람들이 바라는 바를 따라 인생의 방향을 바꿀 것을 권면하지만, 자신이 선택한 삶을 꺾지 않겠다는 뜻을 완강하게 피력하고 재차 隱逸(은일)하며 躬耕(궁경)의 뜻을 견지할 것임을 내비추고 있다.

飮酒(음주) 其十

在昔曾遠遊,[1] (재석증원유)
直至東海隅,[2] (직지동해우)
道路迥且長,[3] (도로형차장)
風波阻中塗,[4] (풍파조중도)
此行誰使然,[5] (차행수사연)
似爲飢所驅,[6] (사위기소구)
傾身營一飽,[7] (경신영일포)
少許便有餘. (소허편유여)
恐此非名計,[8] (공차비명계)
息駕歸閑居.[9] (식가귀한거)

음주시 (10수)

지난날엔 일찍이 먼 길을 떠나
곧장 동해 부근까지 벼슬을 나갔었다.
길은 아득히 멀고도 멀었는데
바람과 파도가 길을 가로 막았다.
이 벼슬길을 가도록 누가 시켰던가?
굶주림에 몰려서 그랬던 것 같다.
힘을 다해 한바탕 배부르고자 하였다면
조금만 힘을 기울여도 여유가 있었을 것이다.
아무래도 이것은 공명을 구하는 일이 아닌 것 같아
가던 길 멈추고 돌아와 한가롭게 산다.

---

1) 遠遊(원유) : 먼곳으로 벼슬살이를 나가다. 시인은 35-36세 경에 일찍이 江陵(강릉)에서 관직을 맡은 적이 있었으며, 40세에 京口(경구)로 부임하여 鎭軍叅軍(진군참군)을 지낸적이 있다.

2) 東海隅(동해우) : 동해 부근으로 京口(경구)를 가리킴.

3) 迥(형) : 멀다.

4) 阻(조) : (길을) 막다. 험하다. 시인은 36세 때 江陵(강릉)에 관리로 가다가 중도에서 큰 바람을 만났는데, 〈庚子歲五月中從都還阻風於規林(경자세오월중종도환조풍어규림)〉에 그 정황이 그려져 있다.

5) 使然(사연) : 그렇게 하도록 시키다.

6) 飢所驅(기소구) : 굶주림에 몰리다.

7) 傾身(경신) : 혼신의 힘을 다하다.

8) 名(명) : 功名(공명)을 가리킴.

9) 息駕(식가) : 수레를 멈추다. 여기서는 '관직을 버리다.'의 뜻.

작품해설

　본 장에서는 일찍이 시인이 가난과 굶주림에 몰려 生計(생계)를 해결하기 위해 멀리 동해 부근으로 벼슬길에 나가는 도중 풍파를 만나 길이 막히자 심경의 변화를 일으켰다. 생계를 핑계로 벼슬에 나가는 자신의 처지가 儒家(유가)의 대의적 名分(명분)과 道義(도의)에 부합하지 않음을 깨닫고 가던 길 멈추고 스스로 전원으로 돌아와 躬耕(궁경)하며 한가롭게 사는 것을 그리고 있다.

飮酒(음주) 其十一   음주시 (11수)

顔生[1]稱爲仁, (안생칭위인)   안회(顔回)는 어진 사람으로 알려져 있고

榮公言有道.[2] (영공언유도)   영계기(榮啓期)도 덕행을 지녔다고 말한다.

屢空不獲年,[3] (루공불획년)   안회는 늘 궁핍하였고 오래 살지 못했지만

長飢至于老.[4] (장기지우로)   榮公(영공)은 내내 굶주리면서 말년에 이르렀다.

雖留身後名, (수류신후명)   죽은 후에 이름을 남기기는 하였으나

一生亦枯槁. (일생역고고)   일생동안 역시 초췌하게 밀라 지냈다.

死去何所知, (사거하소지)   죽은 후에 아는바 또 무엇이 있겠는가?

稱心固爲好. (칭심고위호)   만족할 수 있는 삶이 본래 좋은 것이다.

客[5]養千金軀, (객양천금구)   어떤 이는 천금을 들여 몸을 보양하지만

臨化[6]消其寶. (임화소기보)   죽음에 이를 때면 천금의 몸도 사라진다.

裸[7]葬何必惡,[8] (나장하필오)   벌거숭이로 장사지낸들 굳이 싫어할 일이 있겠는가?

人當解意[9]表.[10] (인당해의표)   사람들은 마땅히 생각 밖의 참뜻을 알아야 한다.

---

1) 顔生(안생) : 顔回(안회)를 가리킴. 자가 자연이고 공자가 가장 신임한 뛰어난 제자. 《論語(논어).雍也(옹야)》에 "回也(회야), 其心三月
   不違仁(기심삼월불위인), 其余則日至焉而已矣(.기여즉일월지언이이의) (안회는 그 마음이 석 달을 어짊에서 떠나지 않으나, 그 나
   머지는 하루나 한 달 동안 머물 따름이다.)" 라는 구절이 있다.

2) 榮公言有道(영공언유도) : 榮啓期(영계기)가 도를 터득했다고 말함.

3) 屢空不獲年(누공불획년) : 이 구절은 顔回(안회)를 겨냥하여 말함. 屢空(누공)은 늘 곤궁함을 의미. 不獲年(불획년)은 不得壽(부득수)
   를 가리킴. 안회(顔回)는 29세에 요절함.

4) 長飢至于老(장기지우로) : 이 구절은 榮公(영공)을 겨냥하여 말함.

5) 客(객) : 존귀하고 귀한 손님.

6) 化(화) : 大化(대화)를 가리키며 죽음을 의미함.

7) 裸(나) : 벌거숭이 몸.

8) 惡(오) : 증오하다. 미워하다.

9) 裸葬(나장)을 가리킴.

10) 表(표) : 명백하게 드러내다. 즉 자연에 다시 돌아감을 나타냄. 당시 사치스러운 장례식 풍조는 貴族大官(귀족대관)에 이르기까지
   심했는데 先秦(선진)·兩漢(양한)·魏晉(위진)시대까지 끊이지 않고 이어졌다.

작품해설

　본 장에서는 仁(인)으로 道(도)를 삼아서 곤궁에서 벗어날 수는 없지만 그 무엇과도 바꿀 수 없는 정신의 소중함을 강조하고 있다. 천금의 보배로 몸을 가꿀지라도 죽음 앞에서는 모두가 함께 사라지는 헛되고 부질없는 것임을 우회적으로 말하고 있다. 물질만능 시대를 살아가는 오늘의 우리에게 정신과 도덕적 가치라는 측면에서 많은 것을 시사하고 있다.

飮酒(음주) 其十二

長公[1]曾一仕,(장공증일사)
壯節[2]忽[3]失時.[4](장절홀실시)
杜門不復出,(두문불부출)
終身與世辭.(종신여세사)
仲理歸大澤,[5](중리귀대택)
高風[6]始[7]在玆,(고풍시재자)
一往便當已,(일왕편당이)
何爲復狐疑?[8](하위부호의)
去去[9]當奚[10]道,[11](거거당해도)
世俗久相欺.(세속구상기)
擺落悠悠談,[12](파락유유담)
請從[13]余所之.(청종여소지)

음주시 (12수)

장공(長公)은 일찍이 한 차례 벼슬을 지낸바 있으나
기운이 왕성하던 젊은 시절에 돌연 세상을 버렸다.
문을 닫고 다시는 관직에 나가지를 않았고
죽을 때까지 문을 닫고 속세로 나가지 않았다.
양중리(楊仲理)가 大澤(대택)으로 돌아오자
고매한 기풍이 여기에서 시삭뇌었다.
한번 돌아왔으면 마땅히 단념해야 할 일이지
무엇 때문에 다시 망설이고 있는 것인가?
돌아가자, 돌아가자, 또 무슨 할 말이 있는가?
세속에서는 오래도록 서로 속이며 살아 왔는걸!
세상의 온갖 쓸데없는 허튼소리 집어치우고
내 마음이 뜻한 바를 따라 살아가고자 하노라.

---

1) 西漢(서한)의 張摯(장지)를 가리킴. 字(자)가 長公(장공)으로 張釋之(장석지)의 아들. 大夫(대부)의 벼슬을 지냈으나 俗韻(속운)과 맞지 않아 물러난 후 더 이상 벼슬에 나가지 않음.《史記·張釋之列傳》에 보임.

2) 壯節(장절) : 고고한 節操(절조).

3) 忽(홀) : 일시에. 갑자기.

4) 失去(실거) : 잃어버린 세상의 운(기회).

5) 仲里歸大澤(중리귀대택) : 東漢(동한)의 학자 楊倫(양륜)을 가리킴.《後漢書·儒林列傳》에 보임.

6) 高風(고풍) : 고상한 풍격이나 풍모.

7) 始(시) : 본래. 본시.

8) 何爲復狐疑(하위부호의) : 여우의 성질이 의심이 많듯이 우물쭈물하며 결단성이 없는 것을 의미함. 본 구절은 楊倫(양륜)을 이야기하고 있음.

9) 去去(거거) : 자연에 돌아가 隱居(은거)함을 의미함.

10) 奚(해) : 何(하)와 같은 의미. 어찌. 구태여.

11) 道(도) : 議論(의론). 責(책)의 의미.

12) 悠悠談(유유담) : 제멋대로 시비를 논하는 허튼소리.

13) 從(종) : 縱(종)과 같은 의미. 자유에 맡기다. 하고 싶은 대로 하다.

작품해설

  본 장에서는 張長公(장장공), 楊倫(양윤) 두 사람이 속세를 등지고 隱居(은거)한 예를 들며 다시는 俗見(속견)에 물들지 않고 확고하게 歸隱(귀은)의 길을 가리라 다짐하고 있다. 속세의 사람들은 사리사욕으로 가득하고 이해관계에 따라 서로 속이는 일들이 많음을 꼬집고 있다. 특히 表裏不同(표리부동)하고 이치에 어긋나는 일이 많은 정치권력과 악을 방조하는 벼슬의 무리들을 배척하는 마음이 나타나 있다.

飮酒(음주) 其十三

有客[1]常同止,[2] (유객상동지)
趣舍[3]邈異境. (취사막이경)
一士常獨醉, (일사상독취)
一夫終年醒. (일부종년성)
醒醉還相笑,[4] (성취환상소)
發言各不領.[5] (발언각불령)
規規[6]一何愚, (규규일하우)
兀[7]傲差[8]若穎.[9] (올오차약영)
寄言[10]酣中客,[11] (기언감중객)
日沒燭當炳.[12] (일몰촉당병)

음주시 (13수)

두 사람은 언제나 함께 거주하면서
삶의 선택에서는 마음의 경계가 각기 다르다.
한 사람은 늘 혼자서 취해 있고
한 사람은 일 년 내내 술에서 깨어 있다.
깬 사람과 취한 사람이 서로를 보며 웃지만
말을 하게 되면 서로 통하지 않는다.
고지식한 자는 너무 어리석기만 하고
술 취한 이가 도리어 똑똑하게 보인다.
술에 흠뻑 취한 이에게 말을 붙이노니
날 저물면 촛불 밝혀 계속 술을 마시라고.

---

1) 有客(유객) : 여기에서는 두 사람을 가리킴.
2) 止(지) : 거주함.
3) 趣舍(취사) : 取捨(취사)의 의미. 취함과 버림.
4) 相笑(상소) : 깬 자는 취한 사람을 보고 웃고, 취한 자는 깬 자를 보고 웃음.
5) 領(령) : 이해하다. 깨닫다. 不領(불령)은 말이 서로 통하지 않는 것을 가리킴.
6) 規規(규규) : 여기에서는 무의미하게 깨어 있는 사람을 가리킴. 우물 안의 개구리. 고지식한 사람.《莊子·秋水》에 나오는 寓言(우언).
7) 兀(올) : 높이 돌출됨. 높이 튀어나옴. 兀傲(올오)는 술에 취해 우쭐대는 모양.
8) 差(차) : 도리어. 약간. 여기에서는 취한 사람을 가리킴.
9) 若穎(약영) : 영악하게 보임.
10) 寄言(기언) : 말을 붙이다. 말을 전하다.
11) 酣中客(감중객) : 술에 취한 사람.
12) 炳(병) : 밝다.

작품해설

　본 장에서는 술에 취한 사람과 깨어 있는 사람을 설정하여 두 사람에 대해 비교와 평가를 해내고 있다. 그러나 두 사람은 시인의 자신 속에 있는 두 갈래의 마음일 수도 있다. 어쩌면 타락하고 썩은 세상의 모습을 맨 정신으로 볼 수 없는 까닭에 술에 취해 인생의 참뜻을 관조하며 躬耕(궁경)하고자 하는 시인의 심정을 엿볼 수 있다. 俗韻(속운)을 멀리하고 자연인으로 돌아와 스스로 경작하며 자연과 더불어 超克(초극)하고자 하는 시인의 깊은 哲理(철리)가 배어있는 작품이다.

飮酒(음주) 其十四

故人[1]賞我趣,(고인상아취)
挈[2]壺相與至.(설호상여지)
班[3]荊[4]坐松下,(반형좌송하)
數斟[5]已復醉.(수짐이부취)
父老[6]雜亂言,(부로잡난언)
觴酌失行次.(상작실행차)
不覺知有我,(불각지유아)
安知物爲貴.(안지물위귀)
悠悠[7]迷所留,(유유미소유)
酒中有深味.[8](주중유심미)

음주시 (14수)

친구들이 내 취향을 좋아하여
술병을 손에 들고 함께 몰려 왔다.
관목을 깔고 소나무 아래 앉아
서너 잔 술에 이내 거듭 취한다.
촌로들이 뒤섞여 잡담을 주고받으니
몇 잔 돌았는지 차례도 잊어버린다.
내가 있다는 사실 조차도 모르는데
어찌 명리를 좇는 일이 귀한 줄 알겠나.
마시며 아득한 마음의 경지에 드니
술 속에 깊고 오묘한 뜻 들어 있구나.

---

1) 故人(고인): 고향의 옛 친구.
2) 挈(설): 손에 들다.
3) 班(반): 나누다. 늘어놓다. '分(분)'과 '列(열)'의 의미. 깔다.
4) 荊(형): 낙엽관목. 나뭇가지를 바구니처럼 엮을 수 있음.
5) 數斟(수짐): 몇 잔의 술을 마시다.
6) 父老(부로): 마을의 어른들. 촌로.
7) 悠悠(유유): 유구하다. 아득히 멀다. 요원하다.
8) 深味(심미): 깊은 맛. 심오한 철리.

작품해설

본 장에서는 고향의 벗들과 술을 마시는 가운데 느끼는 무궁한 흥취와 즐거움을 묘사하고 있다. 세속의 名利(명리)나 外物(외물)에 구애받지 않고 消日(소일)하는 참다운 달관의 경지를 드러내고 있다.

飮酒(음주) 其十五

貧居[1]乏人工,[2] (빈거핍인공)
灌木[3]荒余宅. (관목황여택)
班班[4]有翔鳥, (반반유상조)
寂寂[5]無行跡.[6] (적적무행적)
宇宙一何悠, (우주일하유)
人生少至百. (인생소지백)
歲月相催逼, (세월상최핍)
鬢邊[7]早已白. (빈변조이백)
若不委窮達,[8] (약불위궁달)
素抱[9]深可惜.[10] (소포심가석)

음주시 (15수)

가난한 생활이라 집 손질 못하여
관목이 내 집을 거칠게 덮었구나.
분명한 것은 나는 새들만 있을 뿐
적적하여 지나가는 사람의 자취도 없다.
우주는 어찌하여 유구하고 영원한가?
사람의 인생은 백 살도 못사는데
세월은 재촉이나 하듯이 너무도 빨라
귀밑머리는 이미 하얗게 세어버렸다.
곤궁과 영달의 마음을 버리지 않는다면
본래 품었던 마음에 어긋나 매우 애석하리라.

---

1) 貧居(빈거) : 가난하게 살아감.
2) 乏人工(핍인공) : 집안 손질을 못함.
3) 灌木(관목) : 키가 작고 한곳에 모여 자라며 원줄기와 가지가 뚜렷하게 구별이 가지 않는 목본식물.
4) 班班(반반) : 분명한 모양. 명백한 모양.
5) 寂寂(적적) : 적적하다. 고요하다.
6) 行跡(행적) : 지나간 흔적. 발자취.
7) 鬢邊(빈변) : 양쪽 귀밑머리.
8) 委窮達(위궁달) : '委'는 一任(일임)의 의미. '窮達'은 困窮(곤궁)과 顯達(현달)을 뜻함.
9) 素抱(소포) : 평소에 품은 생각이나 포부.
10) 深可惜(심가석) : 매우 애석하다.

작품해설

　본 상에서는 빈궁한 생활 속에서 덧없이 늙어가고 있는 도연명 자신의 모습에 대해 담담한 심정을 토로하고 있다. 인생사 貧富貴賤(빈부귀천)의 마음을 버리지 않는다면 오히려 본래 품었던 소박한 마음에 어긋나 자신이 지녔던 생각을 망치게 되어 후회하게 될 것임을 피력하고 있다.

飮酒(음주) 其十六

少年罕人事,(소년한인사)
遊好¹⁾在六經.²⁾(유호재육경)
行行³⁾向不惑,⁴⁾(행행향불혹)
淹留⁵⁾遂無成.(엄류수무성)
竟⁶⁾抱固窮節,(경포고궁절)
飢寒飽所更.⁷⁾(기한포소갱)
弊廬⁸⁾交悲風,(폐려교비풍)
荒草沒前庭.(황초몰전정)
披褐⁹⁾守長夜,(피갈수장야)
晨鷄不肯鳴.(신계불긍명)
孟公¹⁰⁾不在兹,(맹공부재자)
終以翳吾情.¹¹⁾(종이예오정)

음주시 (16수)

어려서부터 사람들과의 교제가 적었고
즐겨 배우는 취미는 육경(六經)에 있었다.
세월이 흘러 불혹의 나이로 접어들었어도
제자리에 머물러 있었고 결국 이룬 게 없다.
결국 가난함에 굴하지 않는 절개를 지키며
굶주림과 추위를 저리도록 겪어야 했다.
낡은 초막에는 슬픈 바람이 불어 닥치고
거칠게 자란 잡초가 앞뜰을 뒤덮고 있다.
헐어빠진 베옷 걸치고서 긴 밤을 지새우자니
새벽닭마저 좀처럼 울려고 하질 않는다.
맹공같은 이가 이곳에는 없는 터이라
끝내 나의 가슴은 흐리기만 하구나.

---

1) 遊好(유호) : 상상 속에서 두루 돌아다니다. 즐겨 배우고 익힘.
2) 六經(육경) : 儒家經典(유가경전)으로 《詩(시)》, 《書(서)》, 《禮(예)》, 《樂(악)》, 《易(역)》, 《春秋(춘추)》를 뜻함.
3) 行行(행행) : 세월이 흐르고 흘러.
4) 不惑(불혹) : 40세를 가리킴. 《論語(논어)·爲政(위정)》편에 "四十而不惑(사십이불혹)" 이란 구절이 있음.
5) 淹留(엄류) : 오랫동안 머물다. 隱退(은퇴)를 가리킴. 미적미적하다.
6) 竟(경) : 始終(시종). 끝내.
7) 更(갱) : 지나다. 過(과)나 歷(역)의 의미. 飽所竟(포소경) : 마음껏 경험하다.
8) 弊廬(폐려) : 낡고 헐어진 집.
9) 褐(갈) : 거친 베옷. 헐어진 옷.
10) 孟公(맹공) : 東漢(동한)의 劉龔(유공).
11) 翳吾情(예오정) : 나의 마음을 가린다.

작품해설

본 장에서는 시인이 일생동안 지향하는 흥취와 마음의 세계를 표출하고 있는 가운데 자신이 걸어온 인생의 과정도 드러내고 있다. 가난함에 굴하지 않는 절개를 지켜가기 위한 의지를 표출하면서도 마음을 알아주는 진정한 知音(지음)이 부족함을 애석해하고 있다.

飮酒(음주) 其十七

幽蘭[1]生前庭,(유란생전정)
含薰[2]待淸風,(함훈대청풍)
淸風脫然[3]至,(청풍탈연지)
見別[4]蕭艾[5]中.(견별소애중)
行行[6]失故路,(행행실고로)
任道[7]或能通.(임도혹능통)
覺悟當念還,[8](각오당념환)
鳥盡廢良弓.[9](조진폐량궁)

음주시 (17수)

그윽한 난초가 앞뜰에 피어나
향기 머금고 맑은 바람 기다리네.
맑은 바람이 후련히 불어오자
쑥대 틈에서 구별됨을 알겠네.
속세에서 오가는 사이 본연의 길 잃었지만
자연에 순응하면 혹 통할 수도 있으리라.
깨달았으면 마땅히 본래의 길로 돌아가야지
새들 모두 잡히면 좋은 활은 버려지게 되느니라.

---

1) 幽蘭(유란) : 그윽한 난꽃. 蘭花(난화). 시인 자신을 비유함.
2) 薰(훈) : 난초의 향기.
3) 脫然(탈연) : 가볍고 빠른 모양.
4) 見別(견별) : 구별됨. 난꽃이 다른 꽃과 구별됨.
5) 蕭艾(소애) : 쑥대. 여기에서는 잡초에 비교됨.
6) 行行(행행) : 가고 또 감.
7) 任道(임도) : 자연에 순응하는 도리. 隱耕(은경)을 가리킴.
8) 當念還(당념환) : 마땅히 돌아갈 생각을 함.
9) 남을 이용하고 쓸모가 없으면 버리는 비정한 위정자를 가리킴.《史記》에 "狡免死走狗烹(교토사주구팽), 飛鳥盡良弓藏(비조진양궁장). 약삭빠른 토끼가 잡히면 사냥개를 삶아 먹고, 날던 새를 모두 잡으면 좋은 활도 버려진다.)" 라는 구절이 나온다.

작품해설

　본 장에서는 난초를 시인 자신과 비교하며 마음에 품고 있는 고결한 품격을 드러내고 있다. 자연에 순응하는 도리를 따라 전원으로 돌아가고자 하는 명분과 이유에 대해 답하고 있다.

飲酒(음주) 其十八

子雲[1]性嗜酒,(자운성기주)
家貧無由得.(가빈무유득)
時賴好[2]事人,[3](시뢰호사인)
載醪[4]祛所惑.[5](재료거소혹)
觴來爲之盡,(상래위지진)
是諮[6]無不塞.[7](시자무불색)
有時不肯言,(유시불긍언)
豈不在伐國.[8](기불재벌국)
仁者用其心,(인자용기심)
何嘗[9]失顯默.[10](하상실현묵)

음주시 (18수)

揚子雲(양자운)은 본래 술을 즐기는 성품이나
집이 가난하여 술을 얻어 마실 수가 없었네.
때로 마음을 열고 글을 좋아하는 사람들이
술을 싣고 와 학문상의 의혹을 풀기를 청했다.
술잔을 받으면 서슴없이 벌컥 들어 마시고
묻는 실문에 막힘없이 대답해 주었지.
때로는 말할 마음이 내키지 않았던 것은
나라를 정벌하는 일 때문이 아니었겠나.
어질고 인덕 있는 이가 마음을 쓴다면야
어찌 말할 때와 침묵을 지킬 때를 그르치겠는가.

---

1) 子雲(자운) : 揚雄(양웅)을 가리킴. 자는 자운이고 서한 사람이며 〈甘泉賦(감천부)〉, 〈長楊賦(장양부)〉를 지었으며, 《太玄(태현)》, 《法言(법언)》 등의 저서가 있음.

2) 好(호) : 애호하다.

3) 好事人(호사인) : 본래의 뜻은 많은 일을 좋아하는 사람. 여기서는 학문을 게을리 하지 않고 열정적이며 마음이 통하는 사람을 가리킴.

4) 載醪(재료) : 막걸리를 수레에 싣다.

5) 祛所惑(거소혹) : 학문상의 의혹을 풀다. 제거하다.

6) 諮(잠) : 자문하다.

7) 無不塞(무불색) : 막힘이 없다.

8) 在伐國(재벌국) : 남의 나라를 치는 일에 대한 것.

9) 何嘗(하상) : 어찌하겠는가?

10) 失顯默(실현묵) : '失'은 도리를 잃어 버리다. '顯'은 드러내다. 참여하다. '默'은 침묵을 지키고 벼슬에서 은퇴하다. 歸隱(귀은)하다.

작품해설

　도연명은 빈궁한 삶으로 인해 때로 친구들이 갖다 주는 술을 받아 마시며 固窮節(고궁절)을 지켜나갈 수밖에 없는 어려운 형편이있다. 본 장에서는 揚雄(양웅)이 술을 받아주는 사람들에게 학문을 가르쳐 주던 典故(전고)를 들어 자신과 비유하고 있다. 또 술을 받아 주는 사람일지라도 도리의 원칙에서 벗어나면 입을 굳게 다물고 대꾸를 하지 않는 자신의 일관된 소신을 우회적으로 드러내고 있다.

飮酒(음주) 其十九

疇昔[1]苦長飢,(주석고장기)
投[2]耒[3]去學仕,(투뢰거학사)
將養[4]不得節,[5](장양부득절)
凍餒固纏己.(동뇌고전기)
是時向立年,[6](시시향립년)
志意多所恥.(지의다소치)
遂盡介然分,[7](수진개연분)
拂衣歸田里.(불의귀전리)
冉冉[8]星氣流,[9](염염성기류)
亭亭[10]復一紀.(정정부일기)
世路廓[11]悠悠,[12](세로곽유유)
楊朱所以止.[13](양주소이지)
雖無揮金事,[14](수무휘금사)
濁酒聊[15]可恃.(탁주료가시)

음주시 (19수)

전에는 오랜 굶주림에 시달리다가
쟁기 내던지고 벼슬자리에 나갔었지.
그래도 가족들 제대로 부양할 수 없어서
줄곧 춥고 배고픔에서 얽매여 있었지.
그 때는 30에 가까운 나이였는데
뜻과 마음에 부끄러움도 많았다.
결국 내 고매한 본분을 지키고자
벼슬 버리고 전원으로 돌아왔노라.
별 따라 세월도 하염없이 흘러서
어느덧 다시 12년이 지나버렸네.
세상의 길은 넓고도 아득하여
양주(楊朱)도 길 몰라 망설였었지.
비록 돈 뿌리고 쓸 일은 없지마는
탁주만큼은 그럭저럭 믿을 만하구나.

---

1) 疇昔(주석): '疇'는 發聲詞(발성사). 옛날.
2) 摘下(적하): (과일 등을) 따다.
3) 耒(뢰): 농기구를 가리킴.
4) 將養(장양): 부양하다.
5) 節(절): 적응. 적합.
6) 向立年(향입년): 근 30세. 도연명은 29세에 江州祭酒(강주제주)라는 벼슬을 시작함.
7) 遂(수): 마침내. 결국. '盡'은 완전. '介'는 정직하다. 강직하다.
8) 冉冉(염염): 유연하게 흔들거리는 모양. 아래로 늘어진 모양.
9) 星氣(성기): 星辰(성신)과 節氣(절기)
10) 亭亭(정정): 먼 모양.
11) 郭(곽): 광활하다. 매우 넓다.
12) 悠悠(유유): 아득히 먼 모양.
13) 楊朱所以止(양주소이지): 楊朱(양주)는 字가 子居(여거). 전국시대 철학자. 쾌락주의자.
14) 揮(휘): 흩어지다.
15) 聊(요): 그럭저럭. 잠시나마.

작품해설

본 장에서는 出仕(출사)는 했지만 결국 벼슬살이 뒤로하고 전원으로 돌아오는 과정을 묘사하고 있다. 30을 바라보는 나이에 본의 아니게 벼슬자리에 나가 부끄럽게 여겨 그 해를 넘기지 못하고 그만두고 돌아왔다가 다시 主簿(주부)로 초빙됐으나 이 역시 거절하였다. 그 후 가난에 시달리다가 몇 차례 출사를 했다가 오래지 않아 다시 돌아오곤 했다. 40세에 劉敬宣(유경선)의 參軍(참군)을 지냈고 41세에 彭澤令(팽택령)을 끝으로 결국 벼슬을 버리고 은퇴하였다. 이 때 지은 辭(사)가 바로〈歸去來辭(귀거래사)〉이다. 출사와 은퇴 사이에서 고민하던 시인의 마음을 솔직하게 나타나 있다. 후반부는 歸隱(귀은) 후 12년이 흘러버린 소감을 述懷(술회)하고 있으며 隱耕(은경)의 困苦(곤고)함을 결합하여 자신의 솔직한 심정을 나타내고 있다.

飮酒(음주) 其二十

義農[1]去我久,[2] (희농거아구)
擧世少復眞.[3] (거세소부진)
汲汲[4]魯中叟,[5] (급급노중수)
彌縫使其淳.[6] (미봉사기순)
鳳鳥[7]雖不至, (봉조수부지)
禮樂暫得新.[8] (예악잠득신)
洙泗[9]輟微響,[10] (수사철미향)
漂流逮狂秦.[11] (표류체광진)
詩書[12]復何罪, (시서부하죄)
一朝[13]成灰塵.[14] (일조성회진)
區區[15]諸老翁, (구구제노옹)
爲事[16]誠殷勤.[17] (위사성은근)
如何絕世[18]下, (여하절세하)
六籍[19]無一親. (육적무일친)

음주시 (20수)

복희와 신농시대는 너무 먼 옛날이므로
세상엔 참된 도리 찾는 사람들이 적구나.
문란한 세상을 노나라의 늙은 공자가
미봉하여 순박한 세상을 만들고자 했다.
봉황새는 비록 나타나지 않았지마는
예법과 음악은 잠시나마 새로움을 얻었다.
수사(洙泗)에서는 공자의 강론 소리 그치고
광기 띤 진(秦)나라까지 표류해 이어졌다.
시경이나 서경 같은 책이 무슨 죄가 있다고
하루아침에 불태워 잿더미가 되어 버렸나.
한나라의 보잘 것 없는 여러 노학자들이
문헌정리 사업에 정성껏 착실하게 임하였다
어찌하여 옛날과 동떨어진 지금 세상에는
육경(六經)을 가까이 하는 이가 없는 것인가?

---

1) 義農(희농) : 伏羲氏(복희씨)와 神農氏(신농씨)를 가리킴. 전설 속의 상고시대 제왕.
2) 去我久(거아구) : 아주 오래 되었다는 뜻. 나로부터 멀리 멀어지다.
3) 眞(진) : 淳朴(순박)한 無爲自然(무위자연)의 道(도)를 가리킴.
4) 汲汲(급급) : 절박하고 멈추지 않는 모양.
5) 魯中叟(노중수) : 노나라 늙은 사람, 즉 孔子(공자)를 지칭함.
6) 彌(미) : 보충하다. 합하다. 彌縫(미봉) : 터진 곳을 꿰매다.
7) 鳳鳥(봉조) : 옛날에는 봉황은 신령스런 새로 여겼으며 상서로움을 나타냈다. 만약 봉황새가 날아들면 성인이 출현해 태평성대가 된다는 예시를 담고 있다. 《論語(논어)》 子罕(자한)편에 "鳳凰不在(봉황부재), 河圖不出(하도불출), 吾已矣夫!(오이의부) 봉황새도 날아오지 않고, 황하에서 龍馬(용마)가 나오지 않으니 나도 어찌할 도리가 없구나!"라는 구절이 있다.
8) 暫得新(잠득신) : 잠시나마 새롭게 이루어지다.
9) 洙泗(수사) : 노나라에 있는 두 개의 강. 洙水(수수)와 泗水(사수). 공자가 일찍이 이 두 강에서 詩(시), 書(서), 禮(예), 樂(악)을 가르치자 제자들이 많이 모여 들었다고 함.
10) 輟(철) : 끊어지다. 微響(algid) : 공자가 강론하는 그윽하고 오묘한 소리를 비유함.
11) 漂流(표류) : 여기서는 춘추전국시대에는 전란이 끊이지 않아 백성들이 피흘려 죽음을 비유함. 역사가 표류함. 逮狂秦(체광진) : 역사가 미치광이 진나라에 이어짐을 뜻함. 학문서적을 불태우고 학자들을 생매장한 焚書坑儒(분서갱유)를 의미함.
12) 詩書(시서) : 시경과 서경.
13) 一朝(일조) : 하루아침.
14) 灰塵(회진) : 흙과 재.
15) 區區(구구) : 사소하고 작은 일. 한나라 때 訓詁學(훈고학)을 연구하는 학자들의 태도를 가리킴.
16) 爲事(위사) : 진나라에 의해 소실되고 없어진 六經古書(육경고서) 등 문헌들을 수집하고 정리하는 학자들을 가리킴.
17) 慇懃(은근) : 정성껏 임함.
18) 絕世(절세) : 漢末(한말), 魏晉(위진) 말을 가리킴.
19) 六籍(육적) : 六經(육경)을 가리킴. 易經(역경), 詩經(시경), 書經(서경), 禮記(예기), 春秋(춘추), 樂(악)을 가리킴.

終日馳車走,²⁰⁾(종일치거주)　　　명리를 쫓아 부지런히 수레를 몰아 다니지만

不見所問津,²¹⁾(불견소문진)　　　공자가 나루터를 물었던 어진 사람은 보이지 않네.

若²²⁾復不快飮,²³⁾(약부불쾌음)　　　만약에 또다시 통쾌하게 마시지 않는다면

空負頭上巾,²⁴⁾(공부두상건)　　　머리에 쓴 망건을 부질없이 버리는 것이라.

但恨多謬誤,²⁵⁾(단한다류오)　　　다만 내가 한 말에 오류가 많을까 두렵지만

君當恕醉人.²⁶⁾(군당서취인)　　　부디 그대들은 술 취한 사람이라 용서해 주리라.

---

20) 終日馳車走(종일치거주) : 벼슬아치들이 모순된 정치사회에서 명리를 위해 분주하게 이리저리 왔다 갔다 하는 것을 뜻함.

21) 不見所問津(불견소문진) : 나루터 묻는 사람이 보이지 않음. 《論語 · 微子》편에 공자가 길을 가다가 농사를 짓는 隱者(은자)인 長沮(장저)와 傑溺(걸익)을 만나 나루터를 물어본 일이 있음을 비유함. 여기서는 도연명이 장저나 걸익 같은 은자가 없다는 뜻으로 씀.

22) 若(약) : 만약.

23) 快飮(쾌음) : 통쾌하게 술을 마심.

24) 空負(공부) : 헛되게. 頭上巾(두상건) : 머리에 쓰는 망건. 《宋書(송서) 隱逸傳(은일전)》에 나옴. 머리에 쓴 s망건으로 막걸리를 걸러서 마셨다고 함.

25) 多謬誤(다류오) : 내뱉은 말에 잘못이 많음.

26) 恕醉人(서취인) : 취한 사람을 용서하다.

작품해설

　본 장에서는 역사의 전 과정을 착안하여 전통적으로 내려온 道義(도의)가 當代(당대)에 와서 어긋나고 무너진 것에 대한 안타까움을 토로하고 있으며 술에 취한 이유가 바로 이러한 것에 연유하고 있음을 귀결시키고 있다. 오늘의 세상과 다를 바 있겠는가. 날이 갈수록 도덕적 기준과 잣대가 방향을 잃고 모호하게 적용되어 가는 추세에 비추어 음미해 볼만한 시이다.

庚戌歲九月中於西田[1]獲早稻[2]
(경술세구월중어서전획조도)

경술년 9월에 서쪽 밭에서 햅쌀을 거두다
(庚戌歲九月中於西田)

人生歸有道,[3] (인생귀유도)
衣食固[4]其端,[5] (의식고기단)
孰是[6]都不營, (숙시도불영)
而以求自安. (이이구자안)
開春[7]理常業,[8] (개춘리상업)
歲功[9]聊可觀. (세공요가관)
晨出肆微勤,[10] (신출사미근)
日入負耒還. (일입부뢰환)
山中饒[11]霜露, (산중요상로)
風氣亦先寒. (풍기역선한)
田家豈不苦, (전가기불고)
弗獲[12]辭此難.[13] (불획사차난)

인생은 바른 도리에 귀착하지만
입고 먹는 일은 생존의 근본이다.
누구든 이 일을 관여치 않는다면
어찌 안락함을 구할 수 있겠는가?
이른 봄부터 착실히 농사를 지어야
가을에 그 결실을 바라볼 수가 있다.
이른 새벽에 나가 힘써 일하고
저녁이면 쟁기 메고 돌아온다.
산중이라 서리 이슬 흠뻑 내리고
바람 또한 평지보다 먼저 차갑다.
농사일이 어찌 고달프지 않겠냐만
그 어려움을 그만둘 수 없는 일이다.

---

1) 西田(서전) : 서쪽에 있는 전답을 가리킴.
2) 獲早稻(획조도) : 햅쌀을 거두어들이다.
3) 道(도) : 正道(정도). 常道(상도). 옳고 바른 길. 歸(귀) : 귀착하다. 귀의하다.
4) 固(고) : 당연. 물론.
5) 端(단) : 근본. 처음. 으뜸.
6) 是(시) : 의식을 가리킴.
7) 開春(개춘) : 봄이 되다. 이른 봄부터.
8) 業(업) : 農事(농사).
9) 歲功(세공) : 힘을 들인 결과. 한 해의 성과.
10) 微勤(미근) : 매우 적은 노동. 대단치 않은 노동.
11) 饒(요) : 풍성한. 많은.
12) 弗獲(불획) : 수확할 수 없다. 할 수 없다.
13) 難(난) : 농사짓는 어려움과 고생.

四體[14]誠乃[15]疲,(사체성내피)
庶[16]無異患干.[17](서무이환간)
盥濯[18]息簷下,(관탁식첨하)
斗酒[19]散襟顏.(두주산금안)
遙遙[20]沮溺[21]心,(요요저익심)
千載乃相關.(천재내상관)
但願常如此,[22](단원상여차)
躬耕非所嘆.[23](궁경비소탄)

온 몸이 몹시 피곤하여 고달파도
뜻밖의 환란 없기만 바랄뿐이다.
손발 씻고 처마 밑에 쉬면서
한잔 술에 가슴과 얼굴을 활짝 펴노라니
오랜 옛날 농사짓던 장저와 걸익의 마음이
천년후의 내 마음과 서로 상통한다.
언제까지 이와 같게 되길 바랄 뿐
몸소 농사짓는 일을 한탄할 바 아니다.

14) 四體(사체) : 온 전신. 손발.
15) 誠乃(성내) : 참으로.
16) 庶(서) : 몇 차례.
17) 干(간) : 침범하다.
18) 盥濯(관탁) : 손과 발을 씻다.
19) 斗酒(두주) : 큰 술잔.
20) 遙遙(요요) : 아득히 멀리.
21) 沮溺(저익) : 長沮(장저)와 桀溺(걸익)을 가리킴.
22) 常如此(상여차) : 변함없이 이처럼.
23) 非所嘆(비소탄) : 한탄할 바 아니다.

작품해설

  본 시는 도연명의 나이 46세 때 지은 것이며, 농사지으며 겪는 일상적인 생활을 모습을 묘사하고 있다. 농사지을 때의 고생과 가을 추수 때 농작물의 결실을 보고난 후의 즐거운 심정이 병행되어 나타나 있다. 躬耕(궁경)의 삶 속에서 어지러운 세상의 잡스러운 일들을 잊고 초연히 전원의 삶에 기탁하고 있는 진솔한 삶이 잘 드러나 있다. 동시에 마음의 근심과 번뇌가 없는 참다운 자연의 경계에서 무한한 閒趣(한취)를 벗 삼아 悠悠自適(유유자적) 한 인생을 보내고자 하는 시인의 노력이 표출되어 있다.

乞食(걸식)[1]

飢來驅[2]我去,(기래구아거)
不知竟[3]何之.[4](부지경하지)
行行[5]至斯里,(행행지자리)
叩門[6]拙言辭.[7](고문졸언사)
主人解余意,[8](주인해여의)
遺贈[9]豈虛來.[10](유증기허래)
談諧[11]終日夕,(담해종일석)
觴至輒[12]傾杯.(상지첩경배)
情欣[13]新知歡,(정흔신지환)
言詠遂賦詩.[14](언영수부시)
感子漂母惠,[15](감자표모혜)
愧[16]我非韓才.(괴아비한재)
銜戢[17]知何謝,(함즙지하사)
冥報[18]以相貽.[19](명보이상이)

걸식(乞食)

굶주림에 몰리어 나섰지만
어디로 가야할지 망설였다.
가다가다 이곳 마을에 도착해서
문을 두드리고는 말을 얼버무린다.
주인장이 내 마음 알아차리고
베풀어 주니 헛된 걸음이 아니었네.
이야기하다 보니 하루해 저물어
술상 들어와 단숨에 잔 비운다.
새로 마음의 벗 얻은 듯 기쁨에 젖어
마침내 시를 지어 읊어 보노라.
빨래하던 표모의 은혜 가슴에 사무치건만
韓信(한신)같은 재능이 없어 부끄럽도다.
깊은 이 은혜 어찌 갚으리오.
죽은 후에나마 갚게 될는지.

---

1) 乞食(걸식) : 빌어서 먹다.
2) 驅(구) : 몰다. 여기서는 '굶주림에 몰리다'의 뜻.
3) 竟(경) : 마침내. 결국.
4) 之(지) : 가다. 往(왕)의 의미.
5) 行行(행행) : 가고 또 감.
6) 叩門(고문) : 문을 두드림.
7) 拙言辭(졸언사) : 말을 더듬다.
8) 余意(여의) : 내 마음.
9) 遺贈(유증) : 베풀다.
10) 豈虛來(기허래) : 어찌 헛되이 왔겠는가?
11) 談諧(담해) : 서로 어울리며 이야기 함.
12) 輒(첩) : 이내.
13) 情欣(정흔) : 마음으로 기뻐함.
14) 賦詩(부시) : 시를 지음.
15) 漂母惠(표모혜) : 빨래하던 부녀자의 은혜. 《史記》〈淮陰侯列傳(회음후열전)〉에 나옴.
16) 愧(괴) : 부끄럽게 여김.
17) 銜戢(함즙) : 고마움을 깊이 새기다.
18) 冥報(명보) : 저승에서 보답함. 죽어서 보답함.
19) 相貽(상이) : 그대에게 전해주다.

작품해설

본시는 도연명이 청년시기에 지은 것으로 추측된다. 年譜(연보)에 의하면 晉(진), 太元(태원) 10년(385) 그의 나이 21세 때로 추산할 수 있다. 내용에서 알 수 있듯이 도연명이 양식이 떨어져 구걸하러 나서야만 했던 통절함이 반영된 시이기도 하다. 비록 걸식에 나섰지만 자신을 따스하게 맞이해준 주인을 《史記》〈淮陰侯列傳(회음후열전)〉에 나오는 빨래하던 여인과 韓信(한신)의 고사를 인용하여 주인이 베풀어준 고마운 마음을 진솔하게 표현하고 있다.

깨달음이 있어서 짓다(有會而作)

묵은 곡식은 이미 다 없어지고 새 곡식은 아직 수확하지 않았다. 익숙한 농군이라 불릴 정도로 애썼지만 재해를 당하고 보니 세월은 아직도 멀어 근심이 끊이질 않는다. 추수를 거두어들일 일도 바랄 수 없게 되었고, 조석 끼니에도 겨우 불을 피울 정도이다. 열흘 전부터 굶주림과 가난을 염려하게 되었다. 한 해는 저물어 가는데 한스럽게 깊은 생각에 잠긴다. 지금 내가 말하지 않으면 훗날 자손들이 어찌 알겠는가?

有會而作(유회이작) 1首　幷序(병서)

舊穀旣沒(구곡기몰), 新穀未登(신곡미등),[1] 頗爲[2]老農(파위노농), 而値年災(이치년재). 日月尙悠(일월상유), 爲患未已(위환미이). 登歲之功(등세지공),[3] 旣不可希(기불가희), 朝夕所資(조석소자),[4] 煙火裁[5]通(연화재통). 旬日[6]已[7]來(순일이래), 始念飢乏(시념기핍). 歲云夕矣(세운석의), 慨然永[8]懷(개연영회). 今我不述(금아불술), 後生[9]何聞哉(후생하문재).

---

1) 未登(미등) : 아직 수확을 하지 못하다. 아직 이르지 못하다.
2) 頗爲(파위) : ~로 불릴 수 있다.
3) 登歲之功(등세지공) : 1년 농사의 수확. 秋收(추수).
4) 資(자) : 먹을거리. 끼니.
5) 裁(재) : "才(재)"의 借字(차자). 겨우.
6) 旬日(순일) : 열흘. 10일.
7) 已(이) : "以(이)"의 借字(차자).
8) 永(영) : "詠(영)"의 借字(차자).
9) 後生(후생) : 자손. 젊은 사람.

弱年逢家乏,(약년봉가핍)　　　어린 나이엔 집안이 궁핍하였는데

老至更長飢.(노지갱장기)　　　늙어지니 더욱 오래 굶주리고 있네.

菽¹⁾麥實所羨,(숙맥실소선)　　실로 바라는 것은 콩과 보리뿐이니

孰敢慕甘肥.²⁾(숙감모감비)　어찌 감히 달고 기름진 것을 생각하겠나?

惄³⁾如亞九飯,⁴⁾(역여아구반)　허기져도 한 달에 아홉 끼니 먹지 못하고

當暑厭寒衣.(당서염한의)　　　더위가 되어서야 겨울 옷 싫증내네.

歲月將欲暮,(세월장욕모)　　　세월은 바야흐로 저물어 가려는데

如何辛苦悲.(여하신고비)　　　어찌하여 쓰라린 고통으로 슬퍼하는가?

常善粥者⁵⁾心,(상선죽자심)　죽 주던 이의 마음 언제나 좋게 여기고

深念蒙袂⁶⁾非.(심념몽몌비)　소매를 가리며 받지 않은 일 깊이 생각하네.

嗟⁷⁾來何足吝,⁸⁾(차래하족린)측은하다 여기며 준들 한탄할 게 무엇이랴

徒沒⁹⁾空自遺.(도몰공자유)　부질없이 받지 않으니 공연히 스스로 버린 것이지.

斯濫¹⁰⁾豈彼志,(사람기피지)함부로 한 행동이 어찌 뜻한 일이였겠나?

固窮夙¹¹⁾所歸.¹²⁾(고궁숙소귀)곤궁함을 지키는 것이 오래 전부터 뜻한 바라.

餒¹³⁾也已矣夫,(뇌야이의부)　굶주린다 해도 그뿐인 것이니

在昔余多師.¹⁴⁾(재석여다사)나에게는 옛날의 스승이 많이 계시다네.

---

1) 菽(숙) : 콩류의 총칭.

2) 甘肥(감비) : 맛난 음식과 기름진 음식.

3) 惄(역) : 허기지다. 배고프다. 굶주리다.

4) 亞九飯(아구반) :《說苑(설원)·立節(입절)》에 "子思居于衛(자사거우위), 緼袍無表(온표무표), 三旬而九食(삼순이구식).", 즉 "공자의 손자인 子思(자사)는 衛(위)나라에 지내면서, 30일에 아홉 끼니를 먹었다 한다." 란 구절이 있다.

5) 粥者(죽자) : 죽을 베풀어 준 사람.

6) 蒙袂(몽몌) : 옷소매로 가리며 거절함.

7) 嗟(차) : 탄식하는 소리.

8) 吝(인) : 몹시 증오하다.

9) 徒沒(도몰) : 부질없이 번자 않아 없음. 죽다.

10) 斯濫(사람) : 약속 없이. 함부로 하는 행동. 생각 없이 하는 허튼 짓.

11) 夙(숙) : 평소. 늘. 오래 전부터.

12) 歸(귀) : 뜻한 바. 歸依(귀의).

13) 餒(뇌) : 굶주리다.

14) 余多師(여다사) : 나는 많은 스승이 계시다.

작품해설

   이 시는 南朝(남조) 宋(송)·元嘉(원가) 3년(426)에 도연명의 나이 62세에 지은 작품이다. "會(회)"는 "悟(오)"의 의미로, 즉 깨달음이 있어서 지은 시이다. 순서대로 문장을 보면, 재해를 만나 묵은 곡식은 다 떨어지고 새 곡식은 아직 수확하지 않았는데 세월은 아직도 멀어 내년을 또 어떻게 지낼 수 있을지 끊임없는 근심과 초조한 심정을 묘사하고 있다. 그러나 시인은 끼니를 걱정하면서 공연히 한탄도 해 보지만 옛 古賢(고현)들의 固窮(고궁)을 거울삼아 자신이 본래 곤궁함을 지키고자 했던 뜻을 상기시키며 스스로를 다짐하며 안위하고 있음이 잘 나타나 있다.

蠟日(사일)[1] 一首

風雪送餘運,[2] (풍설송여운)
無妨時已和,[3] (무방시이화)
梅柳夾門植, (매류협문식)
一條[4]有佳花. (일조유가화)
我唱[5]爾言得, (아창이언득)
酒中適[6]何多. (주중적하다)
未能明多少, (미능명다소)
章山[7]有奇歌. (장산유기가)

사일(蠟日) (1수)

눈보라 속에 남은 날들을 보내니
어느새 시절은 이미 따스해진다.
문 사이에 심어 놓은 매화와 버드나무
한 가지에 아름다운 꽃이 피어났네.
나는 노래 부르고 너는 감상하는데
술 마시며 나와 뜻이 많이 통했는지!
마음에 들었는지 아닌지는 알 수 없으나
章山(장산)에는 기묘한 노래가 있다네.

---

1) 蠟日(사일) : 민간이나 조정에서 동지 뒤의 셋째 술일(戌日)에 조상이나 종묘 또는 사직에 제사 지내던 날.
2) 餘運(여운) : 연말. 歲暮(세모).
3) 時已和(시이화) : 陰(음)의 계절이 다하고 陽(양)의 시작인 冬至(동지)가 시작된다. 동지 이후에는 이미 땅 속에는 따스한 양의 기운이
　　움트기 시작한다. 절기로 보아 점차 따스한 봄의 기운이 가까워진다는 의미.
4) 條(조) : 나뭇가지.
5) 唱(창) : 시를 읊다. 노래를 부르다.
6) 適(적) : 마음에 들다.
7) 章山(장산) : "天子鄣(천자장)"이라고도 부름.《水經注》에 기록되어 있는데 廬山(여산)의 북쪽을 말함.

작품해설

　이 시는 南朝(남조) 宋(송) 永初(영초) 2년(421), 도연명의 나이 57세에 지은 작품이다. 이 시는 節日(절일)의 감흥을 적은 시로써 눈보라 날리는 歲暮(세모)의 정경을 묘사하고 있는 가운데 내년에 올 봄날의 아름다운 풍경을 동시에 암시하고 있다. 두 사람이 술을 주고받는 가운데 意趣(의취)가 무궁하고, 마치 郭山(장산)을 대하는 것처럼 상상하며 속되지 않은 우아한 흥취가 무르익어 가고 있음을 드러내고 있다.

挽歌詩(만가시)[1] 一首

有生必有死,(유생필유사)
早終[2]非命促.[3](조종비명촉)
昨暮同爲人,(작모동위인)
今旦[4]在鬼錄.[5](금단재귀록)
魂氣散何之,(혼기산하지)
枯形[6]寄空木.[7](고형기공목)
嬌兒[8]索父啼,[9](교아색부제)
良友撫我哭.(양우무아곡)
得失[10]不復知,(득실불부지)
是非安能覺.(시비안능각)
千秋萬歲後,(천추만세후)
誰知榮與辱.(수지영여욕)
但恨在世時,(단한재세시)
飮酒不得足.(음주부득족)

만가시(挽歌詩) (1수)

태어남이 있으면 반드시 죽음이 있으니
일찍 죽는다고 명이 짧은 것은 아니다.
어제 저녁에는 다 같은 사람이다가
오늘 아침에는 귀신 명부에 올라 있다.
혼의 기운은 흩어져 어디로 가는가?
마른 신체만이 빈 나무 관에 속에 있다.
귀여운 자식들은 아비 찾으며 슬피 울고
좋은 벗들은 내 몸 어루만지며 통곡을 한다.
이제는 이해득실 다시는 알지 못하는데
옳고 그름을 어떻게 알 수 있겠는가.
천년만년 세월이 흐른 뒤에는
영화와 치욕을 그 누가 알겠는가.
오직 한스러운 것은 세상에 있을 때
마냥 술을 흡족하게 마시지 못한 것이다.

---

1) 挽歌詩(만가시) : 일종의 장송곡(葬送曲이)라 볼 수 있으며, 죽은 자를 실은 상여(喪輿)를 끌고 가며 부르는 노래. 도연명 자신이 죽은 후를 상상하며 부른 노래를 사전에 시로 지은 것임.
2) 早終(조종) : 정상적인 수를 누리지 못하고 일찍 죽는 것으로 단명(短命)을 의미.
3) 命促(명촉) : 타고난 자신의 命(명)대로 살지 못하고 일찍 비명에 죽는 것. 수명이 단축된 것.
4) 今旦(금단) : 오늘 아침.
5) 在鬼錄(재귀록) : 귀신 명부에 올라 있다.
6) 枯形(고형) : 마르고 썩은 육체. 생명이 없는 죽은 시체.
7) 空木(공목) : 텅빈 木棺(목관). 죽은 사람의 시체를 넣는 棺(관)
8) 嬌兒(교아) : 귀여운 아이. 귀여운 자식.
9) 索父啼(색부제) : 아버지를 찾으며 운다.
10) 得失(득실) : 얻고 잃음. 잘 살고 못산 것을 의미.

작품해설

이 시는 도연명 시인이 언젠가 다가올 자신의 죽음을 생각하며 지은 작품이다. 사람이 한 번 태어나면 언제이든 한 번은 죽음을 맞이하는 것은 필연적인 생명의 이치이다. 〈挽歌詩(만가시)〉 외에도 〈自祭文(자제문)〉 등의 시를 지은 것을 보면 평소 도연명은 죽음의 문제에 대해 깊이 생각했던 것으로 생각된다. 시인 자신이 현실과 속세를 벗어나 자연에 맡겨 유연한 삶을 지탱하면서도 술과 관련해서는 인간적인 미련을 버리지 못하는 솔직한 심정이 잘 드러나 있다. 이 가운데서도 삶에서 일어나는 여러 가지 번거로운 일들과 과정을 초극하고 자연 속에서 술을 마시며 안위하며 살아가는 소박한 그의 인생관이 잘 드러나 있는 시이다.

挽歌詩(만가시) 二首

在昔[1]無酒飮, (재석무주음)
今但湛空觴.[2] (금단담공상)
春醪[3]生浮蟻,[4] (춘료생부의)
何時更能嘗. (하시갱능상)
肴案[5]盈我前, (효안영아전)
親舊哭我傍. (친구곡아방)
欲語口無音, (욕어구무음)
欲視眼無光. (욕시안무광)
昔在高堂[6]寢, (석재고당침)
今宿[7]荒草鄕.[8] (금숙황초향)
一朝出門去, (일조출문거)
歸來夜未央.[9] (귀래야미앙)

만가시(挽歌詩) (2수)

예전에는 마실 술이 없어 못 마셨는데
오늘 아침엔 공연히 술잔이 넘쳐 흐른다.
봄 막걸리에 술구더기 생겨 떠 있어도
어느 때에 다시 맛을 볼 수가 있겠는가.
내 앞에는 안주상 가득히 고여 있는데
친구들은 내 곁에서 곡을 하며 슬피 운다.
말을 하고 싶어도 입에는 소리가 나지 않고
보려고 해도 눈에는 빛이 없네.
전에는 높은 집에서 누워 잤지마는
지금은 거친 풀 덮인 땅에 묻혀 있다.
일단 하루아침 문 밖을 나가 버리면
돌아오려 하여도 어두운 밤은 끝이 없으리.

---

1) 在昔(재석) : 자신이 살았던 옛날.
2) 湛空觴(담공상) : 빈 술잔에 술이 가득 채워진 것.
3) 春醪(춘료) : 봄 막걸리.
4) 浮蟻(부의) : 동동주 위에 뜨는 술거품. 술구더기. 누룩.
5) 肴案(효안) : 술안주가 놓여 있는 장례 제상.
6) 高堂(고당) : 높고 큰 집.
7) 今宿(금숙) : 죽은 지금에는 무덤에 묻혀 있다.
8) 荒草鄕(황초향) : 황량한 풀이 우거진 무덤가.
9) 夜未央(야미앙) : 끝이 없는 어두운 밤.

작품해설

이 시는 도연명 자신이 죽음을 맞이하고 세상을 떠나고 난 후의 일들을 노래한 시이다. 사람이 죽고 나면 자신의 영정 앞에 제물을 차려 놓고 술을 따르고 슬퍼하며 곡을 하지만, 정작 자신은 죽은 몸인지라 생전에 그토록 좋아하던 술도 마시지 못하고 맛나게 진설된 제사 음식도 먹지 못하게 됨을 표현한 구절이다. 그 다음에 운구하여 장지로 이동하게 되는데 황량한 잡초가 있는 산야에 묻혀 다시는 집으로 돌아오지 못함을 표현하고 있다. 이러한 과정이 사람이라면 언젠가 한 번은 맞이하게 될 모든 이들의 모습일 수도 있다. 대자연의 섭리 안에 인간은 약한 존재이며, 죽음 앞에서는 누구도 어쩔 수 없는 필연이지만 삶은 임시로 기우하는 것이고 죽음은 본연의 도리일지도 모른다. 시의 내용에는 짧은 인생에서 부질없는 세상의 명리에 사로잡혀 소중한 인생의 시간을 허둥대며 소비하지 말고 참다운 자연의 이치를 궁구하며 살아가는 시인의 인생관을 엿볼 수 있다. 세상의 시비에 얽혀 본연의 도리를 잊지 말고 자연의 소박한 이치에 맡겨 궁경하며 자연을 벗 삼아 술이라도 부족함 없이 마시며 초탈한 삶을 살다가 세상을 하직하는 것이 옳은 길이라는 시인 자신의 자족과 안위의 마음이 잘 드러나 있다.

挽歌詩(만가시) 三首

荒草何茫茫,[1] (황초하망망)
白楊亦蕭蕭.[2] (백양역소소)
嚴霜九月中, (엄상구월중)
送我出遠郊. (송아출원교)
四面無人居, (사면무인거)
高墳正蕉蕘.[3] (고분정초요)
馬爲仰天鳴, (마위앙천명)
風爲自蕭條.[4] (풍위자소조)
幽室[5]一已閉, (유실일이폐)
千年不復朝. (천년불부조)
千年不復朝. (천년불부조)
賢達[6]無奈何 (현달무내하)
向來[7]相送人, (향내상송인)
各自還其家. (각자환기가)
親戚或餘悲, (친척혹여비)
他人亦已歌. (타인역이가)
死去何所道, (사거하소도)
託體[8]同山阿. (탁체동산아)

만가시(挽歌詩) (3수)

황량한 풀들은 엉키어 우거졌고
백양나무도 쓸쓸하게 서 있다.
된서리 내리는 차가운 9월 중에
나의 상여를 먼 교외로 나오게 했다.
사방에는 머물러 사는 사람 없고
높은 분묘들만이 우뚝우뚝 솟아 있다.
말도 하늘 우러러 소리 내어 울고
바람은 스스로 쓸쓸히도 불어댄다.
묘지 구덩이 한 번 닫혀 버리면
천년이 가도 다시는 아침을 보지 못하고.
천년이 가도 다시는 아침을 보지 못한다.
현달한 사람도 어찌 할 도리가 없다.
전에 나를 장지에 보내준 사람들도
저마다 집으로 돌아가 버렸다.
친척들은 간혹 남은 슬픔 있을 것이나
다른 사람들이 다시 만가를 불러 줄 것이다.
죽어버린 내가 무슨 말을 할 것인가.
몸은 산에 묻힌 채 산언덕처럼 흙이 될 것을.

---

1) 茫茫(망망) : 아득하고 자욱한 모습.
2) 蕭蕭(소소) : 나무가 흔들리는 소리. 쓸쓸한 모양.
3) 蕉蕘(초요) : 울룩불룩 솟아있는 모양.
4) 蕭條(소조) : 쓸쓸한 모양.
5) 幽室(유실) : 묘지 광내. 무덤 속.
6) 顯達(현달) : 현명하고 통달함.
7) 向來(향래) : 전까지. 아까.
8) 託體(탁체) : 몸을 맡기다.

　이 시는 도연명 자신이 죽고 난 후 장례를 치를 때와 무덤에 묻혔을 때의 일을 상상하며 노래한 시이다. 사람은 누구나 죽음에 이르러 일단 묻히고 나면 그 이상도 없다. 풀 덮인 무덤에서 영원히 아침햇살 같은 밝음을 보지 못할 것이다. 뛰어난 현인이나 달통한 사람들도 죽음 앞에는 별 도리가 없다. 만가를 불러주던 사람들도 언젠가는 또 다른 사람들에 의해 만가를 듣게 될 것이다. 죽은 사람은 살아 있는 모든 대상이나 사물에 참여할 수 없다. 그저 별 도리 없이 흙에 묻혀 자연에 동화될 수밖에 없는 것이다. 도연명은 자신의 죽음을 노래하는 가운데 짧은 인생의 덧없는 굴레를 초연한 심정으로 초극하는 그의 정신관이 잘 나타나 있다. 그렇게 길지 않은 인생을 세상의 명리나 시비에 사로잡혀 구차하게 삶을 영위해나갈 필요까지는 없음을 우회적으로 표현하고 있다.

詠貧士(영빈사) 其一

萬族[1]各有託,(만족각유탁)
孤雲[2]獨無依.(고운독무의)
曖曖[3]空中滅.(애애공중멸)
何時見餘暉.[4](하시견여휘)
朝霞開宿霧,(조하개숙무)
衆鳥相與飛.(중조상여비)
遲遲出林翮,[5](지지출림핵)
未夕[6]復來歸.(미석부래귀)
量力[7]守故轍,(양력수고철)
豈不寒與飢.(기불한여기)
知音[8]苟不存,(지음구불존)
已矣[9]何所悲.(이의하소비)

가난한 선비(詠貧士) (1수)

온갖 만물은 각자 기댈 곳 있으나
외로운 구름만은 의지할 곳 없네.
아스라이 공중에서 사라져버릴 텐데
어느 때면 남은 빛 볼 수 있으려나?
아침노을빛에 묵은 안개 거치니
뭇 새들 서로 더불어 날아다닌다.
느릿느릿 숲속을 나선 새들은
저녁이 되기 전에 다시 돌아왔네.
힘을 헤아려 본래의 길 지키니
어찌 춥고 굶주리지 않겠나?
진실한 벗 정녕코 있지 않으니
그만두자, 슬퍼할 바 무엇이랴?

---

1) 萬族(만족) : 세상의 모든 물건. 삼라만상.
2) 孤雲(고운) : 외로운 구름. 도연명 자신을 비유함.
3) 曖曖(애애) : 아득한 모양. 희미한 모양.
4) 餘暉(여휘) : 남은 햇빛.
5) 翮(핵) : 날갯죽지. 새.
6) 未夕(미석) : 아직 저녁에 이르지 못함.
7) 量力(양력) : 자신의 능력.
8) 知音(지음) : 자신을 이해하고 마음을 통하는 진정한 벗. 伯牙(백아)와 鍾子期(종자기)의 고사에서 나온 말.
9) 已矣(이의) : 그만 두다.

작품해설

　이 시는 대략 宋(송)·元嘉(원가) 3년(426)인 도연명의 나이 62세에 지은 것으로 추산된다. 도연명 자신이 궁핍한 삶을 살아가면서도 선대에 청빈하게 일생을 보낸 옛사람들에 대한 흠모의 정을 읊고 있다. 41세에 고향으로 돌아온 이후 줄곧 궁경의 삶을 살아온 시인의 확고한 의식과 가치관이 드러나 있는 작품이다. 躬耕自足(궁경자족)하면서 時流(시류)에 흔들리지 않고 가난하지만 安分(안분)하며 의연하게 살아가는 시인 자신의 삶을 비유하고 있다.

詠貧士(영빈사) 其二

凄厲[1]歲云暮,[2](처려세운모)
擁褐[3]曝[4]前軒.[5](옹갈폭전헌)
南圃[6]無遺秀,[7](남포무유수)
枯條[8]盈北園.(고조영북원)
傾壺[9]絕餘瀝,[10](경호절여력)
闚竈[11]不見煙.(규조불견연)
詩書塞[12]座外(시서색좌외)
日昃[13]不遑[14]研.(일측불황연)
閒居非陳厄,(시서색좌외)
竊[15]有慍[16]見言.(절유온견언)
何以慰吾懷,(하이위오회)
賴[17]古多此賢.(뇌고다차현)

가난한 선비(詠貧士) (2수)

쓸쓸하게 한 해도 저물어 가는데
헌 옷 두르고 추녀 앞에서 햇볕을 쬔다.
남쪽 밭에는 남겨진 이삭 없고
마른 가지는 북쪽 뜰에 가득하다.
술병 기울여도 남은 물방울마저 끊어지고
부뚜막 들여다봐도 연기조차 안 보인다.
시와 글은 찬 자리 밖에 처박혀 있고
해가 기울어도 연구할 겨를이 없다.
한가로이 사는 것이 진나라의 액은 아닌데
나도 모르게 노여움이 밖에 나타난다.
무엇으로 내 마음을 위로해 볼 건가?
옛날에 그런 현자 많았음을 위안 삼는 것이라.

---

1) 凄厲(처려) : 처량하고 혹독한 추위. 쓸쓸하고 괴롭다.
2) 歲云暮(세운모) : 한 해가 저물다.
3) 擁褐(옹갈) : 누더기 옷을 입다.
4) 曝(폭) : 햇빛을 쬐다.
5) 軒(헌) : 집. 방. 행랑.
6) 南圃(남포) : 남쪽 밭.
7) 遺秀(유수) : 남겨진 곡식.
8) 枯條(고조) : 마른 나뭇가지.
9) 壺(호) : 술병을 가리킴.
10) 餘瀝(여력) : 남은 한 방울. 남은 찌꺼기.
11) 闚竈(규조) : 부엌을 엿보다.
12) 塞(색) : 막히다.
13) 昃(측) : 기울다. 해가 기울다.
14) 遑(황) : 돌보지 못하다.
15) 竊(절) : 몰래.
16) 慍(온) : 성내다.
17) 賴(뢰) : 의지하다. 의지 삼다.

작품해설

　도연명은 춥고 가난한 삶 속에서도 선대에 참되고 깨끗하게 살아갔던 현인들을 의지 삼아 흔들리지 않고 자신의 가치관을 지키며 살아가는 초연한 입장을 읊고 있다. 비록 마실 술도 먹을 양식도 떨어진 극심한 飢寒(기한)에 시달리고는 있지만 淸貧(청빈)의 도리를 견지해가는 그의 정신은 오히려 평온한 마음이 자리하고 있음을 은연중 나타내고 있다.

詠貧士(영빈사) 其三

榮叟[1]老帶索,(영수로대삭)
欣然[2]方彈琴.(혼연방탄금)
原生[3]納決履,(원생납결리)
淸歌暢商音.[4](청가창상음)
重華[5]去我久,(중화거아구)
貧士世相尋.[6](빈사세상심)
弊襟[7]不掩肘,[8](폐금불엄주)
藜羹[9]常乏斟.[10](여갱상핍짐)
豈忘襲[11]輕裘,[12](기망습경구)
苟得非所欽.[13](구득비소흠)
賜[14]也徒能辯,(사야도능변)
乃不見吾心.(내불견오심)

가난한 선비(詠貧士) (3수)

영계기(榮啓期)는 늙도록 새끼 띠를 하고
언제나 즐거운 마음으로 거문고를 탔다.
원헌(原憲)은 헐고 터진 신발을 걸치고
맑은 목소리로 활달하게 노래를 불렀다.
순임금은 나를 떠난 지 오래되었지만
가난한 선비는 대대로 본받을 수 있다.
해진 옷깃은 팔꿈치를 가리지 못했고
명아주 국도 언제나 마실 수 없었다.
어찌 가벼운 가죽옷 입는 것을 모르겠나?
구차하게 얻는 것 바라지 않기 때문이라.
자공(子貢)은 공연한 말을 잘했으나
나처럼 가난한 선비의 마음을 알기나 했을까.

---

1) 榮叟(영수) : 列子(열자)에 나오는 榮啓期(영계기). 춘추시대 사람.
2) 欣然(흔연) : 기분이 좋은 모양. 기꺼운 모양.
3) 原生(원생) : 공자의 제자. 安貧樂道(안빈낙도)한 사람으로 유명함.
4) 商音(상음) : 金石(금석) 종류의 악기에서 나오는 높은 음. 《詩經》의 商頌(상송)을 의미.
5) 重華(중화) : 순임금의 이름.
6) 相尋(상심) : 서로 찾고 어울림.
7) 弊襟(폐금) : 해진 옷깃.
8) 不掩肘(불엄주) : 팔꿈치를 가리지 못하다.
9) 藜羹(려갱) : 명아주 국.
10) 斟(짐) : 마시다.
11) 襲(습) : 엄습하다.
12) 裘(구) : 가죽옷.
13) 欽(흠) : 공경하다.
14) 賜(사) : 본명이 端木賜(단목사). 공자의 제자.

작품해설

"賴古多此賢(현고다차빈)"의 구절은 본 편에서 읊고 있는 原憲(원헌)이나 榮啓期(영계기) 같은 사람을 의미한다. 도연명 자신도 그들처럼 청빈한 삶을 견지하고 安貧樂道(안빈낙도) 하며 貧士(빈사)의 길을 걸어가고 있음을 읊고 있다.

잡시 12수(雜詩 十二首)

雜詩(잡시) 其一

人生無根[1]蔕,[2] (인생무근체)
飄[3]如陌[4]上塵. (표여맥상진)
分散逐風轉,[5] (분산축풍전)
此已非常身.[6] (차이비상신)
落地[7]爲兄弟, (낙지위형제)
何必骨肉親.[8] (하필골육친)
得歡當作樂, (득환당작락)
斗酒[9]聚比鄰.[10] (두주취비린)
盛年[11]不重來, (성년부중래)
一日難再晨.[12] (일일난재신)
及時[13]當勉勵, (급시당면려)
歲月不待人. (세월부대인)

잡시 (1수)

인생이란 뿌리와 꼭지도 없이
길거리에 날리는 먼지와 같다.
흩어져 바람에 이리저리 날리니
이는 이미 변함없는 몸이 아니다.
세상에 태어나면 형제가 된 것이니
어찌 꼭 골육 형제만을 따질 것인가?
기쁠 때는 마땅히 즐겨야 할 것이니
한 말의 술 받아놓고 이웃들을 모은다.
한창 젊은 나이는 다시는 오지 않고
하루에 두 번 새벽 오기는 어렵다.
때를 맞춰 마땅히 힘써야 할 것이니
세월은 사람을 기다려 멈추지 않는다.

---

1) 根(근) : 뿌리. 근거. 근본.
2) 蔕(체) : 꼭지.
3) 飄(표) : 바람에 날림.
4) 陌(맥) : 길거리.
5) 逐風轉(축풍전) : 바람에 이리저리 굴러다닌다.
6) 非常身(비상신) : 항구적인 몸이 아니다. 人生無常(인생무상).
7) 落地(낙지) : 세상에 인간으로 태어나는 것.
8) 骨肉親(골육친) : 혈육이 같은 형제나 친척.
9) 斗酒(두주) : 한 말의 술.
10) 聚比鄰(취비린) : 이웃을 불러 모우다.
11) 盛年(성년) : 청장년. 30세 전후의 청년기.
12) 難再晨(난재신) : 한 번 지나버린 하루는 다시는 돌아오지 않는다.
13) 及時(급시) : 때가 이르다. 좋은 기회를 잡다.

작품해설

도연명은 유한한 인생의 無常(무상)한 도리를 들어 세상의 이해 다툼에 너무 집착하거나 아귀다툼할 필요가 없음을 토로하고 있다. 시의 내용이 생명의 뿌리, 세상의 벗, 다시 돌아올 수 없는 젊음 3단계로 나누어져 있으며 佛家(불가)와 道家(도가)의 색채가 드러나 있다. 마지막 4구는 인구에 회자될 만큼 잘 알려진 격언으로 알려져 있다. 골육을 나눈 형제뿐만이 아니라 이 땅 위에 태어난 모든 사람들이 골육을 나눈 형제나 마찬가지이니 함께 즐기며 소중한 시간을 보내자는 메시지도 담고 있다. 타락한 세상의 모순과 虛構(허구)의 정치적 티끌 속에서 벗어나 자연 속에서 진솔한 마음으로 인생의 참뜻을 찾고자 하는 시인의 심정이 드러나 있다.

雜詩(잡시) 其二

白日¹⁾淪²⁾西阿, ³⁾(백일윤서아)
素月⁴⁾出東嶺. ⁵⁾(소월출동령)
遙遙⁶⁾萬里輝, ⁷⁾(요요만리휘)
蕩蕩⁸⁾空中景. ⁹⁾(탕탕공중경)
風來入房戶, ¹⁰⁾(풍래입방호)
中夜枕席冷. ¹¹⁾(중야침석냉)
氣變¹²⁾悟時易, ¹³⁾(기변오시역)
不眠知夕永. ¹⁴⁾(불면지석영)
欲言無予和, ¹⁵⁾(욕언무여화)
揮杯¹⁶⁾勸孤影. (휘배권고영)
日月擲¹⁷⁾人去, (일월척인거)
有志不獲騁. ¹⁸⁾(유지불획빙)
念此懷悲悽, ¹⁹⁾(염차회비처)
終曉²⁰⁾不能靜. (종효불능정)

잡시 (2수)

밝은 해는 서쪽 언덕에 잠기고
흰 달은 동쪽 산마루에 나왔네.
아득히 멀리 먼 곳까지 비추어
끝없이 넓은 하늘의 경치 이루네.
바람이 방문으로 들어오니
한밤중에 잠자리가 차기도 하네.
기후가 변하니 계절 바뀐 것 알게 되고
잠 못 이루니 밤이 긴 것을 알게 되었네.
말하려 해도 어울릴 사람이 없으니
잔 비워 외로운 그림자에 술을 권한다.
해와 달은 나를 버리고 가버리는데
뜻을 품고서도 이루지를 못했네.
이 일을 생각하니 슬프고 처량한 마음이 들어
새벽이 다하도록 마음을 진정하지 못하네.

---

1) 白日(백일) : 한낮의 태양. 해.
2) 淪(윤) : 잠기다. 가라앉다.
3) 西阿(서아) : 서쪽 언덕.
4) 素月(소월) : 흰 달. 맑은 가을 달.
5) 東嶺(동쪽) : 동쪽 산마루.
6) 遙遙(요요) : 멀고 아득한 모양.
7) 萬里輝(만리휘) : 달이 아주 먼 곳까지 비침.
8) 蕩蕩(탕탕) : 끝없이 넓은 모양.
9) 景(경) : 影(영)과 같은 의미. 달빛.
10) 房戶(방호) : 방문.
11) 枕席冷(침석냉) : 잠자리가 차갑다.
12) 氣變(기변) : 기후 변화.
13) 悟時易(오시역) : 계절이 바뀜을 알다.
14) 知夕永(지석영) : 밤이 긴 것을 알다.
15) 予和(여화) : 나와 어울림.
16) 揮杯(휘배) : 술잔을 들다.
17) 擲(척) : 버리다. 던져버리다.
18) 騁(빙) : 달리다. 어떤 목표나 뜻을 추구하다.
19) 懷悲悽(회비처) : 슬프고 처량한 생각이 들다.
20) 終曉(종효) : 새벽이 이를 때까지.

작품해설

이 시는 계절의 순환에서 白露(백로)와 秋分(추분) 사이 찬 이슬이 내리는 시기이다. 해가 진 초가을 저녁 맑은 달이 만 리 먼 곳까지 번지는 아름다운 밤 풍경이 그려지고 있다. 그러나 바람이 시인의 방문으로 스며들어와 고단한 잠자리를 더욱 썰렁하게 하고 있다. 계절의 변화에 無常(무상)한 삶을 자각하게 되고 이야기조차 나눌 사람이 없으니 그림자를 대하며 홀로 술잔 기울이는 시인의 고적한 심정이 잘 드러나 있다. 뜻을 품고도 펴보지 못했는데 무정한 세월은 하염없이 흐르고, 새벽이 다하도록 잠 못 이루는 시인의 번민과 탄식이 사람들의 마음을 움직인다. 시 중에서 "日月擲人去(일월척인거), 有志不獲騁(유지불획빙)"은 이 시의 중심을 이루고 있다.

雜詩(잡시) 其三

榮華[1]難久居,[2](영화난구거)
盛衰不可量.[3](성쇠불가량)
昔爲三春蕖,[4](석위삼춘거)
今作秋蓮房.[5](금작추연방)
嚴霜結野草,(엄상결야초)
枯悴[6]未遽央.[7](고췌미거앙)
日日有環周,(일일환부주)
我去不再陽.[8](아거부재양)
眷眷[9]往昔時,(권권왕석시)
憶此斷人腸.(억차단인장)

잡시 (3수)

영화는 오래 지속되기 어렵고
성하고 쇠함은 헤아릴 수 없네.
전날에는 춘삼월의 연꽃이었는데
지금은 가을의 연밥송이 되었네.
된 서리 들풀에 엉기어 맺혔으나
아직 마르고 시들지는 않았다.
해와 달은 주기적으로 순환하는데
나는 가면 다시는 살아나지 않는다.
가버린 옛 시절 그립기만 한데
이 일을 생각하면 애간장이 끊어진다.

---

1) 榮華(영화) : 화려한 영광. 활짝 만개한 꽃.
2) 難久居(난구거) : 오래 머물기 어렵다. 하나의 상태가 오래 지속되기 어려움을 나타냄.
3) 不可量(불가량) : 헤아릴 수 없다.
4) 三春蕖(삼춘거) : 봄날 세 달 동안 피는 연꽃. 蕖(거)는 연꽃을 가리킴.
5) 秋蓮房(추연방) : 가을에는 연밥이 됨. 蓮房(연방)은 연실을 의미함.
6) 枯悴(고췌) : 초목이 마르고 시들다.
7) 未遽央(미거앙) : 갑자기 끝나는 것은 아니다. 아직도 ~되지는 않다.
8) 不再陽(부재양) : 다시 되살아나지 않음.
9) 眷眷(권권) : 몹시 그리워하는 모양. 옛날을 회상하고 돌아봄.

작품해설

　세속의 명예나 富(부)를 멀리 하고 외형적인 세계에 집착하지 않았던 도연명이지만 내면 한쪽에는 인간의 약한 심정을 모순처럼 솔직하게 드러내고 있다. 전원을 벗 삼아 초연한 마음으로 躬耕(궁경)의 길을 걸어가면서도 인간의 애처로운 심정을 느끼는 시인도 어쩔 수 없는 나약한 인간이며 그러한 심정을 솔직 담백하게 토로하고 있다.

雜詩(잡시) 其四

丈夫¹⁾志四海,²⁾(장부지사해)
我願不知老.³⁾(아원부지로)
親戚共一處,⁴⁾(친척공일처)
子孫還相保.⁵⁾(자손환상보)
觴絃肆朝日,⁶⁾(상현사조일)
罇中酒不燥.(준중주부조)
緩帶⁷⁾盡歡娛.(완대진환오)
起晚⁸⁾眠常早.(기만면상조)
孰若⁹⁾當世士,(숙약당세사)
氷炭¹⁰⁾滿懷抱.¹¹⁾(빙탄만회포)
百年歸丘壟,¹²⁾(백년귀구롱)
用此¹³⁾空名¹⁴⁾道.¹⁵⁾(용차공명도)

잡시 (4수)

대장부는 천하에 뜻을 품는다지만
난 늙어가는 줄 모르고 살길 원한다.
친척들과 어우러져 한곳에 같이 살며
그저 자식들이나 변함없이 잘 키우련다.
하루 종일 술 마시며 거문고 타고
술 단지에 술 떨어지지 않길 바란다.
허리띠 풀어놓고 마음 내키는 대로 즐기며
아침에 늦게 일어나고 밤에는 일찍 잠들 고저.
세상 쫓는 사람들하고야 어찌 같을 수 있겠는가.
얼음과 숯처럼 그들 가슴엔 모순으로 가득 차 있거늘
고작 백 년 살고 나면 흙무덤으로 돌아갈진대
부질없는 이름이나 사람들 입가에 오를 뿐이지.

---

1) 丈夫(장부) : 대장부. 사내.

2) 志四海(지사해) : 천하에 뜻을 두다.

3) 不知老(부지로) : 《論語(논어)》에 "發憤忘食(발분망식), 樂以忘憂(낙이망우), 不知老之將至(부지로지장지)(마음이 생겨나면 밥 먹는 것도 잊고, 깨달음에 기뻐 근심도 잊고, 나이를 먹어 늙는 것도 알지 못하였다)" 라는 구절이 나온다. 학문을 좋아한다는 의미.

4) 共一處(공일처) : 한 곳에 어울려 산다.

5) 相保(상보) : 서로 어울려 잘 지냄.

6) 肆朝日(사조일) : 왼 종일 마음내키는 대로 즐김.

7) 緩帶(완대) : 허리띠를 느슨하게 풀다.

8) 起晚(기만) : 늦게 일어남.

9) 孰若(숙약) : 어느 쪽이 더 좋겠는가?

10) 氷炭(빙탄) : 얼음과 숯. 세상의 명리를 쫓아 벼슬하는 사람들과 자신이 추구하는 삶이 전혀 상반됨을 뜻함. 일치되지 않고 모순됨.

11) 滿懷抱(만회포) : 가슴에 (모순 된 생각이) 가득 차 있다.

12) 丘壟(구롱) : 무넘. 언덕.

13) 用此(용차) : 그렇게 함으로써. 用=行과 같은 의미.

14) 空名(공명) : 헛된 이름. 虛名(허명).

15) 道(도) : 路(로). 길. 인생길.

작품해설

  東晉(동진) 말기의 혼탁한 정치 흐름 속에서 정직한 사람이 온전하게 관직생활을 하기에는 어려움이 많았다. 그러한 世情(세정)에 어울리지 못했던 도연명은 단호하게 관직을 버리고 전원으로 돌아왔는데 이 시는 시인이 歸耕(귀경)을 선택한 이유를 선명하게 드러내고 있다.〈잡시〉 제4수는 뜬구름 같은 세상의 명리나 부귀를 추구하지 않고, 자연과 더불어 초극하며 가족들과 소박한 전원 속에서 安貧樂道(안빈낙도)하면서 살아가려는 시인의 포부를 노래하고 있다. 도연명은 "好學(호학)"과 "守拙(수졸)"의 마음으로 조촐하고 욕심 없는 소박한 삶을 추구하고자 했다. 세속의 名利(명리)를 멀리하고 자연과 더불어 구애됨이 없는 진정한 자유를 꿈꾸며 세상의 협잡함과 악덕을 詩文(시문)을 통해 비꼬았다. 有限(유한)한 삶 속에서 인간이 살아야 고작 백년인 것을 상기시키면서 뜬구름처럼 헛된 야욕에 물든 세상의 부류들을 우회적으로 질타하고 있다.

雜詩(잡시) 其五

憶¹⁾我少壯時, (억아소장시)
無樂²⁾自欣豫. ³⁾(무락자흔예)
猛志逸⁴⁾四海, (맹지일사해)
騫翮⁵⁾思遠翥. ⁶⁾(건핵사원저)
荏苒⁷⁾歲月頹, ⁸⁾(임염세월퇴)
此心稍已去. ⁹⁾(차심초이거)
值歡¹⁰⁾無復娛, ¹¹⁾(치환무부오)
每每多憂慮. (매매다우려)
氣力漸衰損, (기력점쇠손)
轉覺日不如. ¹²⁾(전각일불여)
壑舟¹³⁾無須臾, ¹⁴⁾(학주무수유)
引我不得住. (인아부득주)
前途¹⁵⁾當幾許, ¹⁶⁾(전도당기허)
未知止泊處. ¹⁷⁾(미지지박처)
古人惜寸陰, (고인석촌음)
念此使人懼. ¹⁸⁾(염차사인구)

잡시 (5수)

내 젊은 시절 돌이켜 생각하니
즐거운 일 없어도 절로 즐거웠다.
용맹한 기상이 세상에 넘쳐흘렀고
힘찬 날개 펴고 멀리 날고자 했다.
이럭저럭 세월 따라 무너져 내리고
당찬 마음은 점점 사라지고 말았다.
즐거운 일 만나도 더는 기뻐하지 않고
매사에 근심 걱정만 쌓여만 간다.
기력조차 점점 약해지고 줄어들어서
매일 하루가 달리 못함을 느낀다.
골짜기의 배는 잠시도 머물지 않아
나를 끌어당겨도 머물 수는 없다.
앞길이 얼마나 남아 있을 것인가?
정박해 있는 곳도 알지 못한다.
옛 사람은 촌음의 시간도 아꼈는데
그 일을 생각하니 초조하고 두려울 뿐이다.

---

1) 憶(억) : 회상하다. 돌이켜보다.
2) 無樂(무락) : (세속적인) 어떤 즐거움이나 기쁨이 없다.
3) 自欣豫(자흔예) : 스스로 만족해하며 즐거워하다.
4) 逸(일) : 초월하다.
5) 騫翮(건핵) : 날개를 펴고 멀리 날다.
6) 思遠翥(사원저) : 멀리 날고자 생각하다.
7) 荏苒(임염) : 점차. 어느덧. 시간이 점점 가는 것을 형용함.
8) 頹(퇴) : 무너지다. 쇠퇴하다.
9) 稍已去(초이거) : 당찬 마음 사라지다.
10) 值歡(치환) : 즐거운 일을 맞이하다.
11) 無復娛(무부오) : 전처럼 즐겁지가 않다.
12) 日不如(일불여) : 전보다 못하다.
13) 壑舟(학주) : 《莊子(장자).大宗師(대종사)》에 나오는 고사. 작은 꾀는 아무 소용이 없다는 뜻.
14) 無須臾(무수유) : 잠시도 안정을 이룰 수 없다는 의미.
15) 前途(전도) : 앞길. 미래.
16) 當幾許(당기허) : 얼마나 남은 것인가?
17) 止泊處(지박처) : 머물 곳.
18) 懼(구) : 두려워하다.

작품해설

　시의 내용으로 보아 도연명의 나이 50세 전후에 쓴 것으로 보인다. 사람은 누구나 마찬가지로 젊은 날에는 세찬 웅지를 품고 의기가 충천하여 두려움 없이 세상을 꿈꾼다. 이처럼 도연명도 젊은 시절 한때는 여타 누구와 다름없이 큰 뜻과 포부를 품고 있었다. 무심한 세월의 흐름 속에 지나버린 젊은 시절을 돌아보는 시인의 애틋한 심정에는 아쉬움과 더불어 남은 인생에 대한 불안과 초조의 심정도 드러나 있다. 이 시는 뜻이 4단계로 분류되어 있는데, 젊은 시절의 원대한 포부, 흐르는 세월의 무정함, 늙음과 함께 기력의 쇠잔 등 시의 내용이 전체적으로 자신의 비극적인 인생을 묘사하고 있으며, 無常(무상)의 도리와 인생의 철리를 담고 있다.

雜詩(잡시) 其六

昔聞長者言,[1](석문장자언)
掩耳[2]每不喜.(엄이매불희)
奈何[3]五十年,(내하오십년)
忽已親此事.(홀이친차사)
求我盛年歡,(구아성년환)
一毫無復意.(일호무부의)
去去[4]轉欲遠,[5](거거전욕원)
此生豈再値.[6](차생기재치)
傾家[7]時作樂,(경가시작락)
竟[8]此歲月駛.(의차세월사)
有子不留金,[9](유자불류금)
何用身後[10]置.(하용신후치)

잡시 (6수)

예전에 어른들의 말씀을 들을 때는
매번 반기지 않고 귀를 가리었다.
어찌하겠는가. 50년이 지나고 나니
돌연 그 일을 몸소 하게 되었다.
한창 때 나의 즐거움 찾아보아도
조금도 더는 떠오르질 않는다.
가면 갈수록 더욱 멀어져 가는데
이 한세상을 어찌 다시 되돌리겠는가?
가산을 기울여 제때에 즐기며
빠르게 흘러가는 이 세월 끝낼 일이다.
자식이 있는데도 돈을 남기지 않는데
죽은 뒤에 남겨서 무슨 소용이 있겠나.

---

1) 長者言(장자언) : 어른들의 말씀. 여기서는 어른들의 꾸짖음이나 잔소리.
2) 掩耳(엄이) : 귀를 막다.
3) 奈何(내하) : 어찌하랴!
4) 去去(거거) : 세월이 흐르고 또 흐름. 가고 또 감.
5) 轉欲速(전욕속) : 더욱 빨리 가속화되다.
6) 豈再値(재치) : 어찌 삶이 두 번 있겠는가?
7) 傾家(경가) : 집안 식구가 다 모이다.
8) 竟(경) : 끝나다.
9) 不留金(불류금) : 돈을 남기지 않다.
10) 身後(신후) : 죽은 후.

작품해설

이 시는 도연명의 나이 50세에 지은 시이다. 자식들에게 자신의 입장을 밝히는 내용이며, 살아가는 동안 가족의 소중함과 화목에 대해 강조하고 있다. 부질없이 세상의 명리나 물욕에 사로잡혀 소중한 인생의 가치를 잃지 말 것을 권고하고 있다. 빠르게 흘러가는 시간의 속성 속에서 남은 인생의 시간도 그렇게 많지 않기에 제때에 술을 마시며 즐기자는 시인의 曠達(광달)한 태도와 마음의 경계가 잘 나타나 있다. 또한 인생에 대해 시인 스스로 진지한 물음으로 일관하고 있으며 궁극적인 해답을 미룬 채 깊은 여운을 안겨준다.

雜詩(잡시) 其七

日月¹⁾不肯遲,²⁾(일월불긍지)
四時³⁾相催迫.⁴⁾(사시상최박)
寒風⁵⁾拂枯條,⁶⁾(한풍불고조)
落葉掩⁷⁾長陌.⁸⁾(낙엽엄장맥)
弱質⁹⁾與運頹,¹⁰⁾(약질여운퇴)
玄¹¹⁾鬢早已白.(현빈조이백)
素¹²⁾標揷¹³⁾人頭,¹⁴⁾(소표삽인두)
前途¹⁵⁾漸就窄.(전도점취착)
家爲逆¹⁶⁾旅舍,¹⁷⁾(가위역여사)
我如當去客.¹⁸⁾(아여당거객)
去去欲何之,¹⁹⁾(거거욕하지)
南山²⁰⁾有舊宅.²¹⁾(남산유구택)

잡시 (7수)

세월은 더디 멈추어 가려 하지 않고
사계절은 서로 재촉하듯 지나가려 한다.
찬바람은 메마른 나뭇가지를 흔들어 대고
떨어진 나뭇잎은 긴 두렁길을 덮어 버렸다.
쇠약한 체질은 시운 따라 쇠진해져만 가고
검었던 귀밑머리는 이미 하얗게 세어 버렸다.
흰머리가 머리 꼭대기까지 뒤덮인 것은
앞날이 얼마 남지 않았음을 알리는 표식이이라.
집이란 나그네가 묵는 여인숙 같은 것이니
나 또한 떠나가야 할 나그네 신세와 같다.
가고 가다가 결국 어디로 가려고 하는 것인가?
여산 기슭에 있는 가족의 묘지로 돌아가겠지.

---

1) 日月(일원) : 세월.
2) 不肯遲(불긍지) : (세월은) 늦게 가려고 하지 않다.
3) 四時(사시) : 사계절. 춘하추동.
4) 相催迫(상최박) : 서로 다그치며 재촉하다.
5) 寒風(한풍) : 찬바람.
6) 枯條(고조) : 마른 나뭇가지.
7) 掩(엄) : 가리다. 덮다.
8) 長陌(장맥) : 동서로 이어진 긴 두렁길.
9) 弱質(약질) : 약한 체질. 도연명은 본래
10) 與運頹(여운퇴) : 시간따라 衰老(쇠로)해져 가다.
11) 玄(현) : 흑색. 검푸른 색. 玄鬢(현빈) : 검은 머리.
12) 素(소) : 백색. 흰색. 素標(소표) : 흰 머리. 백발.
13) 揷(삽) : 꽂다. 여기서는 (흰머리가) 나다.
14) 揷人頭(삽인두) : 머리에 꽂이다. 흰머리가 나다.
15) 前途(전도) : 앞길. 앞날.
16) 逆(역) : 맞이하다.
17) 旅舍(여사) : 객사. 여인숙.
18) 當去客(당거객) : 마땅히 떠나가야 할 나그네.
19) 欲何之(욕하지) : 어디로 가려고 하는가?
20) 南山(남산) : 남산은 곧 廬山(여산). 도연명이 태어난 여산 기슭 옛 집으로 돌아간다는 의미.
21) 舊宅(구택) : 옛 집. 陶族(도족)의 묘지.

작품해설

　시의 내용으로 볼 때, 계절은 이미 찬바람이 부는 겨울로 접어 들어가고 있다. 메마른 나뭇잎이 어지럽게 떨어져 긴 두렁길 위를 덮고 있는 쓸쓸한 정경이 펼쳐져 있다. 문득 땅 위에 떨어져 나뒹구는 낙엽을 보며 늙고 쇠약해가는 자신의 앞날도 얼마 남지 않았음을 생각하게 된다. 그러나 도연명은 결코 죽음을 회피하거나 두려워하지는 않았다. 가슴 한 곳에는 인생의 허무함과 함께 근심과 걱정이 소박하게 묻어나 있지만, 시인은 죽음을 舊宅(구택), 즉 옛집으로 돌아가는 것과 다름없다고 생각했다. 우주의 시공은 무한하지만 인간의 삶은 유한하다. 잠시 나타났다가 사라지는 浮雲(부운)과 같은 짧은 인생을 나그네가 잠시 묵었다 가는 여인숙으로 보았다. 無形(무형)의 세계인 죽음을 본래의 돌아갈 本家(본가), 즉 고향의 집으로 보고 있는 그의 달관이 엿보인다. 동시에 현실세계에 얽매이지 않는 도연명의 초월적 경계가 잘 나타나 있다.

雜詩(잡시) 其八

代耕[1]本非望,[2](대경본비망)
所業[3]在田桑,[4](소업재전상)
躬親[5]未曾替,[6](궁친미증체)
寒餒[7]常糟糠.[8](한뇌상조강)
豈期[9]過滿腹,[10](기기과만복)
但願飽粳糧.[11](단원포갱량)
御冬[12]足大布,[13](어동족대포)
麤絺[14]以應陽.[15](추치이응양)
正爾[16]不能得,[17](정이불능득)
哀哉[18]亦可傷.[19](애재역가상)

잡시 (8수)

벼슬살이는 본래 내가 바라는 바가 아니고
본업은 오직 밭갈이와 누에를 기르는데 있다.
몸소 농사지으면서 일을 그만둔 적이 없는데
추위와 굶주림 속에서 늘 지게미와 겨로 살아간다.
어찌 배부른 것 이상을 기대하겠는가?
다만 멥쌀 양식에 배부르기 바랄 뿐이다
겨울을 지내는 데에는 거친 베옷이면 족하고
거친 갈포로 여름 햇빛 가리면 된다.
바로 그것조차 마음대로 얻을 수 없으니
슬프고 또한 가슴이 아프다.

---

1) 代耕(대경) : 경작을 대신하다. 벼슬을 하다. 옛날에는 하층 관리의 봉록을 가리키는 대명사로 사용됨.《孟子(맹자) · 萬章(만장)》에
"下士與庶人在官者同祿(하사여서인재관자), 祿足以代其耕也.(녹족이대기경야)"(하사와 서인으로서 관직에 있는 자는 같은 녹이
니, 녹이 충분히 그 경작을 대신할만 하다.)라는 구절이 있다.
2) 本非望(본비망) : (벼슬은) 본래 바라는 바가 아니다.
3) 所業(소업) : 업으로 삼다.
4) 田桑(전상) : 경작과 양잠.
5) 躬親(궁친) : 몸소. 스스로.
6) 替(체) : 일을 그만 두다. 未曾替(미증체) : 아직 (경작하는 일을) 버린 적이 없다.
7) 寒餒(한뇌) : 추위에 떨고 굶주림에 시달리다.
8) 糟糠(조강) : 술지게미와 겨. 곡식을 제대로 먹지 못하고 어렵게 산다는 의미.
9) 豈期(기기) : 어찌 기대하겠는가?
10) 過滿腹(과만복) : 배불리 먹다.
11) 粳糧(갱량) : 곡식.
12) 御冬(어동) : 추위를 견디다. 겨울을 지내다.
13) 大布(대포) : 거친 베옷. 足大布(족대포) : 거친 베옷만으로 족하다.
14) 麤絺(추치) : 거친 갈포.
15) 應陽(응양) : 햇빛에 대처하다. 여름의 햇빛을 가리다. '陽(양)'은 햇빛 또는 여름을 의미한다.
16) 正爾(정이) : 바로 그것뿐이다. 바로 그런 것.
17) 正爾不能得(정이불능득) : 바로 그것조차 얻을 수 없다.
18) 哀哉(애재) : 슬프도다!
19) 亦可傷(역가상) : 또한 가슴이 아프다.

人皆盡獲宜,[20](인개진획의)

남들은 모두 적절하게 얻어가지고 사는데

拙生[21]失其方,[22](졸생실기방)

사는 것이 어리석고 졸렬하여 그 방도마저 잃었다.

理也可奈何,[23](리야가내하)

이렇게 사는 것도 정해진 이치라면 어찌 하겠는가?

且[24]爲陶一觴,[25](차위도일상)

잠시나마 한 잔 술을 들어 거나하게 취해 보리라.

---

20) 盡獲宜(진획의) : 적절하게 모든 것을 얻다.

21) 拙生(졸생) : 구차하게 살다. 어리석고 졸렬하게 살다.

22) 失其方(실기방) : 그 방도를 잃다.

23) 理也可奈何(이야가내하) : (이처럼 사는 것도) 정해진 이치인데 어찌 하겠는가?

24) 且(차) : 잠시나마. 당분간.

25) 陶一觴(도일상) : 한잔의 술잔을 들고 도연히 취하다.

작품해설

　도연명은 세상의 명달에 그다지 관심이 없었다. 성정이 본래 자연을 좋아하고 인자한 성품을 지닌 도연명은 학문에 전념하며 세속의 명예나 이득을 멀리 하였다. 가난을 문제 삼지 않고 오로지 책과 거문고를 가까이 하며 인생의 達觀(달관)과 높은 경계를 추구하였다. 그러한 그도 젊은 한 때는 큰 꿈을 사해에 펼치고자 하였으나 時運(시운)이 그를 따라주지 못했다. 전원으로 돌아와 隱逸(은일)하기까지 出仕(출사)와 隱退(은퇴)를 거듭한 그의 역정에서 당시 혼탁했던 정치와 사회적 상황 속에서 번민과 갈등을 짐작할 수 있다. 남들처럼 세상 물정에 밝지 못하다보니 늘 가난과 굶주림에 시달려야 했다. 시인의 처절한 심정과 悲憤(비분)이 시 전편에 잘 나타나 있다. 어지러운 세상에 나가 벼슬하지 않고 몸소 밭을 경작하며 자족하고자 한 도연명은 정직한 생산자에 비교할 수 있다. 청빈과 담박함으로 물질적 욕망이 없었으며, 固窮節(고궁절)을 지키며 스스로 足(족)함을 알고 도연히 참다운 즐거움을 누리고자 한 인생관을 견지한 인물이었다. 그러나 노력하고 땀을 흘린 만큼 응당한 대가가 주어지지 않고 잘 살지 못하는 일은 예나 지금이나 있어서는 안 될 것이다. 전체적인 시의 내용으로 볼 때, 궁핍한 생활 속에서도 의연한 자세를 견지하며 술과 전원을 벗삼아 즐기는 그의 면모가 잘 드러나 있다. 동시에 이토록 순정한 인물이 추위와 가난에 떨며 살아가야만 했던 당시의 모습에서 더할 수 없는 안타까움이 느껴질 정도이다.

雜詩(잡시) 其九

遙遙[1]從羈役,[2] (요요종기역)
一心處兩端.[3] (일심처양단)
掩淚[4]汎東逝,[5] (엄루범동서)
順流追時遷.[6] (순류추시천)
日沒參與昴,[7] (일몰삼여묘)
勢翳[8]西山[9]巓.[10] (세예서산전)
蕭條[11]隔天涯,[12] (소조격천애)
惆悵[13]念常飡. (추창념상손)
慷慨[14]思南歸,[15] (강개사남귀)
路遐[16]無由緣.[17] (로하무유연)
關梁[18]難虧替, (관량난휴체)
絶音[19]寄[20]斯篇. (절음기사편)

잡시 (9수)

멀고 먼 외지로 나와 구속된 일에 따르다 보니
몸은 객지에 있는 신세지만 마음은 집에 가 있다.
눈물을 가리고 배 띄워 동쪽으로 내려가노라니
출렁이는 물결도 시간을 따라 옮겨간다.
해가 삼성(參星)과 묘성(昴星)쪽으로 빠지니
별빛의 형세는 서산미루에 모습을 감추었다.
아득한 하늘 끝에 쓸쓸히 떨어져 있으니
늘 먹던 집안 음식 생각에 서글픔이 앞선다.
슬픔이 끓어올라 고향으로 돌아가고 싶지만
길은 멀리 떨어져 돌아갈 방도가 없다.
수륙을 잇는 다리마저 파손되어 통행이 어렵고
소식 또한 끊어져 한 편의 서신을 부치고자 하노라.

1) 遙遙(요요) : 멀고 아득한 모양.
2) 羈役(기역) : 속박된 일. 외지에서 구속된 관리의 일을 맡다. 구속된 일에 따르다.
3) 兩端(양단) : 官府(관부)와 고향의 집. 몸은 외지에 있지만 마음은 집에 있다.
4) 掩淚(엄누) : 눈물을 가리다.
5) 汎東逝(범동서) : 배를 띄워 동쪽으로 떠나다.
6) 追時遷(추시천) : 시간을 따라 옮겨가다.
7) 星與昴(성여묘) : 28宿(수) 중의 星宿(성수)와 昴宿(묘수). 《詩經(시경)·召南(소남)·小星(소성)》에 " 嘒彼小星(혜피소성) 維參與昴(유삼여묘). 肅肅宵征(숙숙소정), 抱衾與裯(포금여주). 寔命不猶(식명불유)."(반짝이는 저 작은 별, 삼성과 묘성이라네. 총총걸음 밤길 가니, 참으로 다른 운명이네.)라는 구절이 있다.
8) 勢翳(세예) : 기세. '勢(세)'는 삼성과 묘성의 별자리 형세. '翳(예)'는 隱沒(은몰), 즉 자취를 감추는 것을 의미한다.
9) 西山(서산)0 : 廬山(여산)을 가리킴.
10) 巓(영) : 영마루.
11) 蕭條(소조) : 쓸쓸한 모양.
12) 天涯(천애) : 하늘 끝.
13) 惆悵(추창) : 슬퍼하다. 처량하다.
14) 慷慨(강개) : 의기가 격앙됨. 슬프게 탄식함. 이 시에서는 "슬프게 탄식하다"의 의미.
15) 南歸(남귀) : 심양은 장강의 남쪽에 위치해 있다. 여기에서 시인은 그 반대편인 북쪽에 위치해 있음을 알 수 있다.
16) 路遐(노하) : 길이 멀다.
17) 緣(연) : 순환하다.
18) 梁(양) : 津梁. 다리. 關梁 : 관문과 다리. 물길과 육로를 연결하는 다리.
19) 絶音(절음) : 소식이 끊어지다.
20) 寄(기) : 기탁하다. 머무르다.

작품해설

　이 시는 도연명이 아득히 먼 외지에 나와 속박된 관리의 임무를 수행하면서 느끼는 애달 픔과 고향에 대한 그리움이 간절하게 묘사되어 있다. 본성이 세속에 어울리지 못하고 자연 을 좋아한 도연명에게 구속된 먼 任地(임지)의 객지생활은 고단하지 않을 수 없다. 혼탁한 세상의 일에 초연한 시인으로서는 하루 빨리 고향으로 돌아가고 싶은 일념뿐이다. 그러나 모든 상황이 여의치 않은 데다 소식마저 끊겨 한 편의 서신이나마 부치고자 하는 그의 절 절한 심경이 잘 나타나 있다. 도연명은 혼탁한 세상으로부터 벗어나 인생의 참뜻을 찾고자 했고, 세속의 기풍에는 그다지 관심이 없었다. 마음속엔 늘 일체의 번민과 고통이 없는 이 상적인 낙원인 도화원을 꿈꾸며 대자연의 품에 귀의하고자 하였다. 이러한 절실한 바람과 진솔한 소망은 전원에 기탁하여 躬耕(궁경)을 통해 살아가고자 했던 그의 솔직한 心懷(심 회)가 시에 반영되어 있다.

雜詩(잡시) 其十

閒居[1]執蕩志,[2] (한거집탕지)
時駛[3]不可稽.[4] (시사불가계)
驅役無停息, (구역무정식)
軒裳[5]逝東崖.[6] (헌상서동애)
沈陰[7]擬薰麝, (침음의훈사)
寒氣激我懷. (한기격아회)
歲月有常御,[8] (세월유상어)
我來[9]淹[10]已彌.[11] (아래엄이미)
慷慨[12]憶綢繆,[13] (강개억주무)
此情久已離. (차정구이리)
荏苒[14]經十載,[15] (임염경십재)
暫爲人所羈.[16] (잠위인소기)
庭宇[17]翳[18]餘木, (정우예여목)
倏忽[19]日月[20]虧.[21] (숙홀일월휴)

잡시 (10수)

한가로이 살면서 당찬 의지는 갖고 있으나
빠르게 달려가는 시간만큼은 머물게 할 수 없다.
맡겨진 일에 얽매여 잠시 머물러 쉴 틈도 없이
휘장 두른 수레를 몰아 동쪽 산 주변을 향하여 간다.
음침한 날씨는 마치 사향의 향기처럼 가득하고
차가운 기운은 이따금 내 가슴을 요동치게 한다.
세월은 늘 변함없이 운행을 되풀이하는데
내가 고향으로 돌아온 지 이미 오래 시간이 흘렀다.
의기에 차 일찍이 나라의 일을 생각도 했었는데
이러한 심정이 오래 동안 나를 떨어져 있게 하였다.
어느새 이럭저럭 10년이 지나고 말았으니
잠시 남의 굴레에 속박되어 있었던 것이다.
뜰과 집은 많은 나무들로 가려져 있으니
어느 새 세월은 이지러져만 가는구나.

---

1) 閒居(한거) : 한가로이 살다. 조용하게 지내다.
2) 蕩志(탕지) : 설레고 요동치는 心志(심지).
3) 時駛(시사) : 시간이 빨리 지나가다.
4) 稽(계) : 머물다.
5) 軒裳(헌상) : 휘장을 두른 수레.
6) 東崖(동애) : 동쪽에 있는 언덕이나 산 주변. 여기서는 廬山(여산)의 동쪽이며, 즉 江西省(강서성) 彭澤縣(팽택현)을 가리키는데 도연명은 일찍이 이곳에서 縣令(현령)을 역임했다.
7) 沈陰(침음) : 음침한 날씨. 어두운 구름이 사향의 향기처럼 가득함을 말함.
8) 御(어) : 가다. '行(행)'의 의미.
9) 來(래) : 고향으로 돌아와 몸소 경작함을 가리킴.
10) 淹(엄) : 머물다.
11) 彌(미) : 아주 오래되다.
12) 慷慨(강개) : (의기)에 격앙되다.
13) 綢繆(주무) : 사전에 준비하다. 생각하다. 마음속을 떠나지 않다.
14) 荏苒(임염) : 덧없이 흐르다.
15) 十載(십재) : 십년. 도연명은 29세 때에 처음으로 부임하여 州祭酒(주제주)를 시작으로 41세에 彭澤令(팽택령)이 되었다가 누이동생의 喪(상)을 핑계로 職(직)을 버리고 본래 바라던 전원으로 돌아왔다.
16) 羈(기) : 속박하다. 구속하다. 굴레.
17) 庭宇(정우) : 뜰과 집.
18) 翳(예) : 日傘(일산). 덮다. 가리다. 여기에서는 帷車(유차), 즉 휘장을 두른 수레를 가리킴.
19) 倏忽(숙홀) : 잠깐. 잠시. 짧은 순간. 갑자기.
20) 日月(일월) : 세월.
21) 虧(휴) : 이지러지다. 줄어들다. 종적을 감추다.

작품해설

이 시에서 말한 '東崖(동애)'는 도연명의 나이 41세 때 맡은 彭澤令(팽택령)의 일을 가리키고 있다. 41세 되던 가을 도연명은 약 12년간의 出仕(출사)와 隱退(은퇴)의 악순환을 되풀이하였다. 팽택령은 그의 인생에서 矛盾(모순)의 마지막 章(장)이라 할 수 있으며, 이 때 程氏(정씨)에게 출가했던 누이동생이 죽자 喪(상)을 핑계로 벼슬을 버리고 그가 바라던 전원으로 돌아오게 되었다. 도연명이 최종적으로 벼슬에서 물러난 후의 진나라는 桓玄(환현)의 잔재세력과 농민들의 봉기가 일어났고 군벌들의 암투도 계속되었다. 시 중의 "沈陰擬薰麝(침음의훈사), 寒氣激我懷(한기격아회)"의 구절로 볼 때, 당시 桓玄(환현)이 멸망한 후의 불안했던 정국의 심각한 상황을 비유적으로 묘사하고 있다.

雜詩(잡시) 其十一

我行未云遠,(아행미운원)
回顧[1]慘風[2]凉.(회고참풍량)
春燕[3]應節起,(춘연응절기)
高飛拂塵梁.[4](고비불진량)
邊雁[5]悲無所,[6](변안비무소)
代謝[7]歸北鄉.[8](대사귀북향)
鵾鷄[9]鳴淸池,(붕곤명청지)
涉暑[10]經秋[11]霜.(섭서경추상)
愁人[12]難爲辭,[13](수인난위사)
遙遙[14]春夜長.(요요춘야장)

잡시 (11수)

내 가는 길이 멀다고는 말할 수 없지만
고개 돌려 바라보니 바람은 쓸쓸하고 처량하다.
봄날의 제비는 제 철을 알고 돌아와
먼지 쌓인 들보를 스치고 높이 날아간다.
변경의 기러기는 머물러 쉴 곳이 없음을 슬퍼하며
무리를 시어 번살아 북녘의 고향으로 날아간다.
떠난 학의 무리는 맑은 못에서 울어대며
더운 여름을 지내고 가을의 찬 서리를 겪는다.
시름에 겨운 심정을 말로 표현할 수 없는데
아득하게도 봄날의 깊은 밤은 길기만 하구나.

---

1) 回顧(회고) : 돌아보다.

2) 慘風(참풍) : 쓸쓸한 바람. 음산한 바람. 혹은 시국의 불안한 상황을 비유하는 것일 수도 있다.

3) 春燕(춘연) : 봄철 제비.

4) 塵梁(진량) : 먼지 쌓인 들보.

5) 雁(안) : 기러기. 재난에 의한 이재민이나 피난민.

6) 無所(무소) : 머물러 쉴 곳이 없다.

7) 代謝(대사) : 新舊交代(신구교대). 옛것은 가고 새 것이 생겨나는 일.

8) 歸北鄉(귀북향) : 기러기는 겨울 철새에 속하므로, 봄날에는 水草(수초)가 있는 북방의 습지로 돌아감을 의미. 여기에서는 晉室(진실)의 옛 신하들이 끊임없이 흩어져가 감을 가리킴.

9) 鵾鷄(붕곤) : 鵾鷄(곤계). 鶴(학)과 비슷하게 생겼으며, 황백색의 색깔을 가지고 있음.

10) 涉暑(섭서) : 여름을 지내다.

11) 經秋(경추) : 가을을 겪다.

12) 愁人(수인) : 우수에 잠긴 사람. 시름에 잠긴 나그네. 여기에서는 시인 자신을 가리킴.

13) 難爲辭(난위사) : 말로 표현하기 어렵다.

14) 遙遙(요요) : 아득한 모양.

작품해설

이 시는 隱喻詩(은유시)라 할 수 있다. 시인은 形象性(형상성)의 언어를 사용하여 눈앞에 펼쳐질 당시 정국의 형세 및 그와 관련된 인물들을 우회적으로 묘사하고 있다. 出仕기간인 29세(東晉孝武帝(동진효무제)·太元(태원) 19년)부터 41세까지는 모순과 악순환의 연속이었던 출사와 은퇴를 다섯 번이나 되풀이 한 기간으로써 그의 사상과 신념이 굳게 다져졌던 시기였다. 이 기간에 天師道(천사도)를 내세운 孫恩(손은)의 대대적인 농민봉기가 있었고, 403년 建康(건강 : 지금의 南京(남경))을 진공하여 마침내 국호를 楚(초)라 명명하였다. 이 듬해 劉牢之(유로지)의 부하였던 劉裕(유유)가 수도 建康(건강)을 점령하였다. 이 과정에서 桓玄(환현)은 潯陽(심양)을 거쳐 江陵(강릉)으로 후퇴했다가 유유에 의해 죽었다. 결국 천하가 유유의 손에 들어갔으며 혼란과 모순은 더욱 가중되었다. 이처럼 정치가 문란하고 세상이 혼탁하므로 文人(문인)들은 遁世(둔세)하여 술에 기탁하거나 인간적 번뇌에서 해탈하고자 산림과 전원 또는 대자연을 찾아 은일하였다.

雜詩(잡시) 其十二

嫋嫋[1]松標崖,[2] (요요송표애)
婉孌[3]柔童子. (완연유동자)
年始三五[4]間 (년시삼오간)
喬柯[5]何可倚. (교가하가의)
養色含津氣,[6] (양색함진기)
粲然[7]有心理.[8] (찬연유심리)

잡시 (12수)

흔들거리는 소나무 벼랑 위에 자라는 모습이
마치 아름답고 부드러운 어린 아이 같네.
나이 겨우 열다섯 정도 되어가지고
높은 가지에 어떻게 의지할 수 있겠는가?
안색을 보양하고 정기를 가득 채우면
선명하게 좋아지고 신통한 이치에 통하게 된다.

---

1) 嫋嫋(요요): 산들산들 흔들리는 모양. 하늘거리는 모양.
2) 厓(애): 벼랑 꼭대기.
3) 婉孌(완련): 소년의 아름다운 모습.
4) 三五(삼오): 15세를 가리킴.
5) 喬柯(교가): '喬(교)'는 높이 솟다. '柯(가)'는 나뭇가지. 높이 솟은 나뭇가지.
6) 津氣(진기): 津液(진액), 즉 唾液(타액)의 정기를 의미함.
7) 粲然(찬연): 선명한 모양.
8) 有心理(유심리): 마음의 이치. 신묘한 이치에 통함.

작품해설

이 시를 이해하는 데는 다소 어려운 점이 있다. 새로 태어난 후대를 비유하고 있는 것이 아닐까? 도연명의 어린 자식은 隆安(융안) 5년(401)에 태어났으며, 시를 지은 당시는 14세 가 된다. 따라서 이 시는 겨울철에 쓰였거나 아니면 1월이나 2월경인 15세에 써졌을 것으로 보인다. 이는 바로 "年始三五間(연시삼오간)"의 구절로 보아 짐작할 수 있다. 시의 내용 으로 볼 때, 어린 자식 혹은 어린 자식을 상징으로 삼아 젊은 一代(일대)를 묘사하고 있다. 장래의 희망을 새로 태어날 후배들에게 기탁하고자 하는 의미도 담겨 있다. 도연명이 활약 한 시대는 내우외환으로 國勢(국세)가 극히 혼란한 시기에 있었으며, 玄風(현풍)과 淸談(청 담)이 성행하고, 老莊思想(노장사상)과 佛道(불도)가 합류하며 융화한 시대라 할 수 있다. 玄理(현리)를 좋아하는 당시의 풍조는 도연명의 哲學思辨的(철학사변적) 습관을 양성하였 다. 마지막 구절의 養色含津氣(양색함진기), 粲然有心理(찬연유심리)는 方外的(방외적)인 仙風(선풍)의 詩語(시어)로 그 일면을 나타내고 있다.

먹장구름(停雲)

  정운, 즉 무리지어 있는 먹장구름은 친한 친구를 생각하며 지은 詩(시)이다. 술 단지 속에는 새로 담근 막걸리가 가득 담겨 있고, 정원에 늘어선 나무들엔 새로운 꽃들이 싱싱하게 피어나고 있다. 새삼 친구 생각이 간절하나 함께 할 수가 없으니 가슴 속에 탄식만 넘친다.

정운(停雲) 병서(幷序)

  停雲(정운),[1] 思親友也(사친우야). 罇[2]湛[3]新醪(준담신료),[4] 園列[5]初榮(원렬초영). 願言不從(원언부종),[6] 歎息彌襟 (탄식미금).[7]

---

1) 停雲(정운) : 하늘 한 곳에 무리지어 뭉쳐 있는 먹장구름.

2) 罇(준) : 술 단지. 술두루미.

3) 湛(담) : 즐기다. 가득 담겨 있다.

4) 新醪(신료) : 새로 담근 막걸리. 술.

5) 園列(원열) : 정원에 (나무들이) 늘어서

6) 不從(부종) : 함께 할 수 없다. 그렇게 할 수 없다.

7) 彌襟(미금) : 가슴에 넘치다. 가슴에 가득 저미다.

停雲(정운) 一首

靄靄[1]停雲, (애애정운)
濛濛[2]時雨.[3] (몽몽시우)
八表[4]同昏, (팔표동혼)
平路伊[5]阻.[6] (평로이조)
靜寄東軒,[7] (정기동헌)
春醪[8]獨撫.[9] (춘료독무)
良朋[10]悠[11]邈,[12] (양붕유막)
搔[13]首延佇.[14] (소수연저)

정운(먹장구름) 1수

하늘가에 잔뜩 뒤덮인 먹장구름
부슬부슬 자욱하게 내리는 봄비.
천지는 온통 어두컴컴하게 잠기어
평탄한 길마저 모두 막혀 다닐 수 없네.
홀로 조용히 동쪽 마루에 기대고 앉아
봄에 담근 막걸리 술통을 홀로 어루만진다.
아득히 멀리 있는 좋은 벗들을 그리면서
머리를 긁적이며 미적미적 서성거린다.

1) 靄靄(애애) : 안개 또는 구름이 자욱하게 낀 모양.
2) 濛濛(몽몽) : 가랑비가 자욱하게 내리는 모양.
3) 時雨(시우) : 철비. 때맞추어 내리는 봄비.
4) 八表(팔표) : 八(팔)은 四面四隅(사면사우) 네 면과 네 귀퉁이 즉 팔방(八方)을 말하니 온 누리. 사방팔방을 뜻한다.
5) 伊(이) : 저. 그. 이 즉 語助辭(어조사)를 말함.
6) 阻(조) : 험하다. 사이가 멀다. 걱정하다.
7) 東軒(동헌) : 동창. 동쪽 마루.
8) 春醪(춘료) : 봄에 담근 막걸리. 봄 술.
9) 撫(무) 손에 쥐다. 어루만지다. 누르다. 손으로 누르다.
10) 良朋(양붕) : 좋은 벗. 마음을 주고받는 친구.
11) 悠(유) : 생각하다. 멀다. 그리다.
12) 邈(막) : 아득하다. 멀다.
13) 搔(소) : 긁다. 마음이 움직이다.
14) 延佇(연저) : 우두커니 서 있다. 서성이다. 여기서는 멀리 떨어져 있는 좋은 벗과 봄 술을 함께 하지 못함을 아쉬워하며 서성이는 모습을 의미한다.

작품해설

이 시는 도연명의 나이 40세 때인 晉(진)나라 元興(원흥) 3년(404)째 되던 봄날에 지은 것이다. 이 시기 시인은 고향인 潯陽(심양) 柴桑(시상 : 지금의 江西省(강서성) 九江縣(구강현) 에 머물고 있었다. 시의 중심은 잘 익은 봄 술을 대하고 멀리 떨어져 있는 그리운 친구와 함께 술을 나누지 못하는 아쉬움을 토로하고 있다. 술과 벗이 하나의 중심어로 사용되고 있는 가운데 자연의 생생한 계절감이 묻어나고 있다. 八表同昏(팔표동혼)은 일반적으로 여름날 천둥이 친 다음 비가 오기 전의 상황과 겨울에 눈이 오기 직전의 풍경을 나타낸다. 시인은 그것을 이용하여 철비 내리는 자욱한 봄날의 정경을 친구를 그리는 마음에 융합시켜 한층 더 생동감 있게 드러내고 있다.

停雲(정운) 二首

停雲靄靄,(정운애애)
時雨濛濛.[1](시우몽몽)
八表同昏,[2](팔표동혼)
平陸成江.[3](평륙성강)
有酒有酒,[4](유주유주)
閑飲[5]東牕.(한음동창)
願言懷人,[6](원언회인)
舟車靡從.[7](주거미종)

정운(먹장구름) (2수)

하늘가에 잔뜩 뒤덮인 먹장구름
부슬부슬 자욱하게 내리는 봄비.
천지는 온통 어두컴컴하게 잠기고
평탄한 땅마저 강으로 변했다.
오직 술, 술이 있을 뿐이라
동창에서 한가로이 술을 마신다.
그리운 벗과 술 함께 하고 싶건만
배도 수레도 타고 갈 길이 없네.

---

1) 時雨濛濛(시우몽몽): 1구와 2구는 1수의 뜻과 같으나 주어와 술어를 전도시켰다.
2) 八表同昏(팔표동혼): 천지사방이 온통 어두컴컴하다. 1수와 같으나 주어와 술어를 전도시켰다.
3) 平陸(평륙): 평탄한 땅. 뭍. 육지.
4) 有酒有酒(유주유주): 오직 술이 있을 뿐이다.
5) 閑飲(한음): 한가로이 (술을) 마시다.
6) 懷人(회인): 그리운 사람. 그리운 벗.
7) 靡從(미종): 마음대로 할 수 없다.

작품해설

하늘가에 몰려있는 자욱한 먹장구름, 부슬부슬 내리는 가랑비는 봄날의 어두컴컴한 분위기를 잘 나타내고 있다. 길이 나 있는 평탄한 땅마저 내린 철비에 물바다로 변했다. 이러한 때에 시인의 마음을 달랠 수 있는 것은 술과 좋은 벗이다. 봄날 새로 담근 맛좋은 술을 그리운 벗과 함께 마지지 못하는 시인의 안타까운 심정이 마지막 구에 절절이 나타나 있다. 마음은 당장이라도 봄 술을 가지고 벗이 있는 곳으로 배나 수레를 타고 가고 싶건만 길이 막혀 갈 수 없는 상황이 전개되어 있다.

停雲(정운) 三首

東園之樹, (동원지수)
枝條[1]再榮.[2] (지조재영)
競用[3]新好,[4] (경용신호)
以怡余情.[5] (이이여정)
人亦有言,[6] (인역유언)
日月[7]于征.[8] (일월우정)
安得促席,[9] (안득촉석)
說彼平生.[10] (설피평생)

정운(먹장구름) (3수)

새봄 맞이한 동쪽 정원의 나무들
가지마다 향기로운 꽃을 피웠네.
서로 다투어 아름다움을 뽐내니
내 마음을 흐뭇하게 끌어당긴다.
사람들 역시 말을 한바 있지
세월이 쉼 없이 흘러가는 것을.
어떻게 하면 자리를 붙이고 앉아서
흘러간 지난 세월을 함께 이야기할까.

---

1) 枝條(지조) : 나뭇가지.
2) 再榮(재영) : 다시 꽃을 피우다.
3) 競用(경용) : 서로 다투다. 서로 경쟁하다.
4) 新好(신호) : 봄에 새로 돋아난 새순과 아름다운 꽃.
5) 以怡余情(이이여정) : 마음을 흐뭇하게 끌어당기다. 흥취를 자아내게 하다.
6) 人亦有言(인역유언) : 사람들 역시 말한 바 있다.
7) 日月(일월) : 세월. 해와 달.
8) 于征(우정) : (세월이) 흘러가고 있다.
9) 安得促席(안득촉석) : 어떻게 하면 자리를 맞대고 앉아서.
10) 說彼平生(설피평생) : 지난 세월을 이야기하다.

작품해설

　봄을 만난 정원의 나무들은 서로 시샘하며 다투듯이 가지마다 새순을 틔우고 향기로운 꽃을 피우고 있다. 시인의 마음도 이러한 정경에 감화되어 마냥 즐겁기만 하다. 인생에 있어서 이렇게 아름다운 봄을 몇 번이나 맞이할 수 있을까? 짧은 봄을 유한성의 인생에 비유하고 있는 것은 아닐까? 아름다움 속엔 처절함과 애틋함이 숨어 있다. 멈추지 않고 쉼 없이 흘러가는 세월을 누구도 잡을 수 없듯이 세월 앞에는 장사가 없다. 속절없이 가버리는 덧없는 세월, 눈 깜짝할 사이 지나가는 유한한 삶의 시간 속에서 마음을 통하는 벗과 마주 앉아서 지나쳐버린 서로의 지난 인생을 위로하면서 술 한 잔 기울이고 싶은 시인의 진솔한 심정이 나타나 있다.

停雲(정운) 四首

翩翩[1]飛鳥,(편편비조)
息我庭柯.[2](식아정가)
斂翮[3]閒止,[4](염핵한지)
好聲[5]相和.[6](호성상화)
豈無他人,[7](기무타인)
念子實多.[8](염자실다)
願言不獲,[9](원언불획)
抱恨[10]如何.(포한여하)

정운(먹장구름) (4수)

훨훨 날아다니던 새들이
내 집 정원 나뭇가지에 내려와 앉았네.
날개를 거두고 한가로이 쉬면서
고운 소리를 주고받으며 서로 어울린다.
어찌 다른 사람이야 없겠는가?
정녕 그대 생각이 간절하기 때문이지.
원하는 대로 이루어지지 않으니
한스러운 내 마음을 어떻게 하면 좋을까.

---

1) 翩翩(편편) : 새가 훨훨 나는 모양.
2) 息我庭柯(식아정가) : 내 집 정원 나뭇가지에 내려와 쉬다.
3) 斂翮(염핵) : 날개를 거두다. 나래를 접다.
4) 閒止(한지) : 한가롭게 쉬다.
5) 好聲(호성) : 아름다운 소리. 고운 소리.
6) 相和(상화) : 서로 어울리다.
7) 豈無他人(기무타인) : 어찌 다른 사람이 없겠는가?
8) 念子實多(염자실다) : 정녕 그대에 대한 생각이 간절하다.
9) 不獲(불획) : 얻지 못하다. 원하는 대로 되지 않다.
10) 抱恨(포한) : 가슴속에 안고 있는 한. 가슴의 한.

작품해설

　시의 내용으로 볼 때 상징적으로 시사하는 바가 많다. 자유롭게 나는 새들은 얽매이지 않은 진정한 마음의 자유를 의미한다. 자연의 순리를 따라 悠悠自適(유유자적)하면서 사는 道家(도가)의 無爲的(무위적) 사유가 반영되어 있다. 도연명이 살던 당시는 정치적 상황이 매우 혼란한 시기였다. 한가롭게 나뭇가지에 앉아 노래하는 새들을 보며 전쟁과 욕심으로 얼룩진 인간 세상을 상대적으로 비유하고 있다. 만물이 소생하는 아름다운 계절에 벗과 마주앉아 봄 술을 나누며 즐겁게 무궁한 자연의 도리를 논하며 참다운 삶을 노래할 수는 없을까? 불안한 世情(세정) 속에서 마음대로 이루어지는 바가 없으니 한스럽기만 한 시인의 심정이 전편에 잘 나타나 있다.

사계절의 변화(時運)

〈시운〉, 즉 사계절의 변화는 늦봄에 나와 즐기며 쓴 시다. 봄날의 옷으로 편하게 갈아입으니, 경치는 참으로 화창하다. 내 그림자와 벗이 되어 홀로 노닐자니 감개와 기쁨이 마음 속에 교차한다.

時運(시운) 并序(병서)

時運(시운), 游暮春也(유모춘야),[1] 春服旣成(춘복기성), 景物斯和(경물사화),[2] 偶景獨遊(우경독유),[3] 欣慨交心(흔개교심).

---

1) 暮春(모춘) : 음력 3월로 꽃샘추위가 막 지나간 뒤를 의미한다.
2) 斯(사) : 어조사.
3) 偶(우) : 짝. 벗. 景(경) : '景'은 '影(영)' 즉, 자신의 그림자를 가리킨다.

時運(시운) 一首

邁邁時運,[1] (매매시운)
穆穆良朝. (목목량조)
襲我春服,[2] (습아춘복)
薄言東郊.[3] (박언동교)
山滌餘靄,[4] (산척여애)
宇曖微霄. (우에미소)
有風自南, (유풍자남)
翼彼新苗.[5] (익피신묘)

사계절의 변화 (1수)

쉼 없이 흐르는 사계절의 변화
맑고 고요한 아름다운 아침
나는 봄철 옷으로 갈아입고
동쪽 교외를 향해 걸어간다.
산에는 어두운 안개 깨끗이 거쳤고
하늘에는 잔잔한 구름이 가려져 있다.
남쪽에서 불어오는 맑은 바람에
저 새로운 싹들은 나부낀다.

---

1) 邁邁(매매): 시간이 쉼 없이 흐르는 모양.
2) 襲(습): (옷)을 입다.
3) 薄(박): ~를 향해 걸어가다.
4) 曖(애): (안개에 가려) 어두운 모양.
5) 翼(익): '翼'은 새의 날개를 의미하나 여기서는 바람에 나부끼는 모양을 가리킨다.

작품해설

四時(사시), 즉 사계절의 운행은 자연의 질서이며 이치이다. 계절의 변화는 만물의 消長(소장)을 주관하며 榮枯衰落(영고쇠락)에 영향을 미친다. 변화는 常道(상도)이며 인간의 心界(심계)에 무한한 哲理(철리)를 자각하게 한다. 1수에서는 꽃샘추위가 막 지나간 화순한 봄날의 아름다운 정경이 한 폭의 그림처럼 묘사되고 있다. 산과 들에 안개가 말끔히 걷힌 봄날 아침의 상쾌한 분위기는 시인의 마음을 설레게 한다. 주변에 펼쳐진 모든 物象(물상)도 맑은 바람에 새 새싹들이 너울대듯이 정겹기만 하다. 봄날 대자연의 아름다움에 이끌려 가벼운 발걸음으로 동쪽 교외로 걸어가는 시인의 純情(순정)한 모습이 생생하게 그려진다.

時運(시운) 二首

洋洋平澤,[1](양양평택)
乃漱乃濯.[2](내수내탁)
邈邈遐景,[3](막막하경)
載欣載矚.[4](재흔재촉)
稱心而言,[5](칭심이언)
人亦易足.(인역이족)
揮茲一觴,(휘자일상)
陶然自樂.[6](도연자락)

사계절의 변화 (2수)

망망하게 펼쳐진 호수
양치질에 손발을 씻고
아득히 펼쳐진 먼 경치를
흡족한 마음으로 바라본다.
솔직한 심정으로 말을 하자면
사람이란 역시 쉽게 만족한다.
이 한잔을 들어 쭉 마시고 나니
흐뭇한 마음에 스스로 즐거워진다.

---

1) 洋洋(양양) : 가득한 모양. 끝없이 넓은 모양.
2) 漱(수) : 양치질 하다. 濯(탁) : 씻다.
3) 邈邈(막막) : 아득한 모양. 遐景(하경) : 먼 경치.
4) 載(재) : 여기서는 어조사로 쓰임.
5) 而(이) : 어미조사. '稱心而言(칭심이언)'은 마음에 있는 말을 의미함.
6) 陶然(도연) : 흐뭇하다. 즐겁고 느긋하다.

작품해설

 계절의 변화는 새로운 희망과 생명력으로 인간에게 다가온다. 2수 또한 1수와 연결되어 자연 景物(경물)에 동화되어 自樂(자락)하는 시인의 순수한 心懷(심회)가 잘 나타나 있다. 망망하게 펼쳐진 호수, 시시각각 변화하는 봄날 정경의 아름다운 한순간을 포착하고 그냥 흘려보내기엔 아쉬움이 있다. 이때를 놓칠세라 도연히 술잔을 들어 시원하게 한잔 쭉 들이키며 감흥에 젖는 시인의 흥기된 모습이 역력하다.

時運(시운) 三首

延目中流,[1](연목중류)
悠悠淸沂,[2](유유청기)
童冠齊業,[3](동관제업)
閑詠以歸.(한영이귀)
我愛其靜,(아애기정)
寤寐交揮.[4](오매교휘)
但恨殊世,[5](단한수세)
邈不可追.[6](막불가추)

사계절의 변화 (3수)

멀리 도도히 흐르는 강물을 바라보며
유유히 沂水(기수)의 맑은 물을 생각한다.
아이들과 청년 모두 공부를 마치고
한가로이 읊조리며 돌아왔었지.
나는 그 고요함을 좋아하여
자나 깨나 잊지 못한다.
다만 한스러운 것은 세상과 단절되어
아득하여 따라갈 수 없는 것이다.

---

1) 延目(연목) : 먼 곳을 향해 보다.
2) 悠悠(유유) : 유구하다. 유유하다. 沂水(기수)는 산동에 있는 네 개의 강 중에 서쪽에 있는 강이며, 鄒縣(추현) 동북에서 발원하며 서
   쪽으로 曲阜(곡부)를 지나 洙水(수수)에서 합수하여 泗水(사수)로 흘러들어간다.
3) 冠(관) : 옛날에는 남자 나이 20이 되면 '冠'을 부착함으로 20세 정도의 청년을 가리킴. 齊業(제업) : 공부를 마치다.
4) 寤寐(오매) : 자나 깨나.
5) 殊(수) : 단절되다. 끊어지다.
6) 邈(막) : 아득히 멀다.

작품해설

3수는 1, 2수의 분위기와는 대조적이다. 자연의 경물에 취해 自樂(자락)하는 기분도 잠시 뿐, 모순이 점철된 암울한 현실은 시인으로 하여금 아련한 과거에로의 추억을 불러일으킨다. 도도히 흐르는 강물을 바라보며 옛날 沂水(기수)의 맑은 물이 떠오르고, 근심 없던 시절, 학동들과 청년들 함께 공부 마치고 돌아오며 읊조리던 즐거웠던 일들이 주마등처럼 스쳐간다. 그때의 행복했던 시간들이 가슴에 새겨져 간절하기만 하다. 그러나 모두가 지나간 추억일 뿐 다시 돌아갈 수 없기에 시인의 마음속에는 悔恨(회한)과 悲哀(비애)가 교차하고 있다.

時運(시운) 四首

斯晨斯夕,(사신사석)
言息其廬.(언식기려)
花藥分列,(화약분렬)
林竹翳如.(임죽예여)
淸琴橫床,(청금횡상)
濁酒半壺.(탁주반호)
黃唐莫逮,[1](황당막체)
慨獨在余.(개독재여)

사계절의 변화 (4수)

아침이든 저녁이든 간에
나는 허름한 초려에서 쉰다네.
꽃과 약초는 나뉘어 줄지어 있고
수풀과 대나무는 일산처럼 덮여있다.
맑은 소리 거문고는 평상에 누워있고
술병에는 막걸리가 반쯤 남아있네.
황제와 요임금의 盛世(성세)를 따라갈 수 없으니
탄식하는 마음은 오직 나에게만 있어라.

---

1) 黃(황) : 五帝(오제)의 한 분인 黃帝(황제). 唐(당)은 唐堯(당요)를 의미함.

작품해설

〈時運(시운)〉1, 2, 3, 4수는 元興(원흥) 3년 봄날에 지은 시이다. 아마도 이 해의 음력 3월 3일에 지은 것으로 추정된다. 고대에는 '修禊(수계)'라는 것이 있었는데, 봄이 오면 沐浴齋戒(목욕재계)하고 좋지 않은 것을 피하고 不詳(불상)한 것을 제거하는 풍속을 말한다. 漢(한)나라 이전에는 3월의 첫 번째 '巳日(사일)'을 修禊日(수계일)로 정하였고, 魏(위)나라 때는 3월 3일로 개정했다. 東晉(동진) 永和(영화) 9년(353) 3월 3일, 즉 삼월 삼짓날에 王羲之(왕희지)는 당시 名士(명사)인 謝安(사안), 孫綽(손작) 등 41인과 함께 會稽(회계) 山陰(산음)의 蘭亭(난정)에서 만나 修禊(수계)의 일을 행하고 曲水(곡수)에 술잔을 띄우고 마셔가면서 즐긴 일을 기록한 '蘭亭記(난정기)'가 있다. 본시에 나오는 '游暮春(유모춘)', '春服旣成(춘복기성)', '乃漱乃濯(내수내탁)' 등의 구절은 바로 '수계'에 관한 일과 부합한다.

총체적으로 이 시는 봄날의 아름다운 대자연을 읊고 있으며, 시인의 순수한 心懷(심회)와 자신의 完美(완미)한 품격을 드러내고 있다. 자연과 동화되어 스스로 즐거워하고 흡족해하는 상황을 묘사하고 있지만, 東晉(동진) 말엽의 암울한 현실 속에서 어쩔 수 없이 찾아오는 고독은 시인으로 하여금 무한한 슬픔과 감회에 젖게 하고 있다.

무궁화(榮木)

〈영목〉, 즉 '무궁화'는 늙어가는 나 자신을 염려한 시다. 해와 달이 바뀌어 이미 또 여름의 막바지가 되었다. 총각 때 道(도)를 듣고 흰머리가 되었는데 이룬 것이 하나도 없다.

榮木(영목) 幷序(병서)

榮木(영목), 念將老也(염장로야). 日月推遷(일월추천),[1] 已復九夏(이복구하).[2] 總角聞道(총각문도),[3] 白首無成(백수무성)

---

1) 推遷(추천) : 변화하다. 추이하다.
2) 九夏(구하) : 夏季(하계) 3개월을 의미함. 모두 90일이 되어 '九夏'라고 함.
3) 總角(총각) : 고대 미성년자인 남녀의 헤어스타일. 여기서는 어린 시절을 가리킴. 道(도)는 聖賢(성현)의 道와 처세의 도리를 의미함.

榮木(영목) 一首

采采榮木,[1] (채채영목)
結根于玆,[2] (결근우자)
晨耀其華, (신요기화)
夕已喪之, (석이상지)
人生若寄, (인생약기)
顦顇有時. (초췌유시)
靜言孔念,[3] (정언공념)
中心悵而. (중심창이)

무궁화 (1수)

무성하게 번성한 무궁화
뿌리를 이곳에 의지하고 자라나
이른 아침 화려하게 꽃을 피웠다가
저녁이 되면 이미 시들어버린다.
인생이란 기숙하는 여행자 같아
때 되면 결국 마르고 초췌해진다.
조용히 꼼꼼하게 생각하자니
마음속 서글픔을 멈출 수 없다.

---

1) 采采(채채) : 무성하게 꽃이 번성한 모양. '榮木(영목)', 즉 무궁화는 木本植物(목본식물)에 속하며, 여름날 아침에 피었다가 저녁에 떨어지는 맑은 紫色(자색)의 꽃이다.
2) '玆(자)'는 '이에' 또는 '이'를 뜻함.
3) 靜言(정언) : 고즈넉이, 가만히, 스르르. 여기에서 '言'은 어조사. '孔(공)'은 '매우', '심히'의 뜻. '念(염)'은 '思念(사념)'. 中心(중심) : 속마음. 悵而(창이)'는 悵然(창연)의 뜻. 여기에서 '而'는 어미조사.

榮木(영목) 二首

采采榮木,(채채영목)

於茲託根.(어자탁근)

繁華朝起,(번화조기)

慨暮不存.(개모불존)

貞脆由人,[1](정취유인)

禍福無門.[2](화복무문)

匪道曷依,[3](비도갈의)

匪善奚敦.[4](비선해돈)

무궁화 (2수)

무성하게 번성한 무궁화

뿌리를 이곳에 의지하고 자라나

아침에 화려한 자태로 피어났다가

저녁이면 사라져버리니 슬프도다.

굳고 나약함은 사람에게 달렸으나

재앙과 복록은 정해진 문이 없다.

道(도)가 아니면 무엇을 따를 것이며

善(선)이 아니면 무엇에 힘쓸 것인가?

---

1) 貞脆(정취) : 굳세고 유약함. 여기서는 사람의 각기 같지 않은 품성을 가리킴.

2) 禍福無門(화복무문) : 출처는 《左傳(좌전) 襄公(양공) 二十三年》에 "禍福無門,(화복무문) 惟入所召(유입소소)"라는 구절이 나온다. 禍(화)와 福(복)이 임하는 것은 어떤 문이나 길이 있는 것이 아니라 사람의 좋고 나쁜 행위의 결과에 의해서 초래되는 것임을 의미한다.

3) 匪(비) : '非(비)'의 의미. '曷(갈)'은 '何(하)'의 의미. '依(의)'는 '따르다'의 의미.

4) 奚(해) : 어찌. 무엇. 왜. '何'의 의미. '敦(돈)'은 '정중히 독촉하다. 힘쓰다.'의 뜻. 여기에서는 '바른 도리를 따르지 않고, 무엇을 따르겠는가?'

榮木(영목) 三首

嗟予小子,(차여소자)
稟茲固陋.(품자고루)
徂年旣流,[1](조년기류)
業不增舊.(업불증구)
志彼不舍,[2](망피불사)
安此日富.[3](안차일부)
我之懷矣,(아지회의)
怛焉內疚.(달언내구)

무궁화 (3수)

한스럽구나, 범속한 내 자신이여!
이처럼 보잘 것 없이 태어났구나.
가는 세월은 흐르는 물과 같은데
학업은 예전 그대로 늘지 않았다.
뜻은 멈추지 않고 앞을 향해 가는데
오히려 술로 세월을 허비하고 있다.
나 자신 이러한 일들을 생각하자니
슬픈 마음이 더욱 가슴을 파고든다.

---

1) 徂(조) : 가다. '往(왕)'의 의미.

2) 不舍(불사) : 분투노력하며 쉬지 않음.《荀子(순자)·勸學(권학)》에 "騏驥一躍(기기일약), 不能 十步(불능십보), 駑馬十駕(노마십가), 功在不舍(공재불사)."라는 구절이 있다. 이는 "훌륭한 명마가 한 번 뛴다 해도, 열 보를 나갈 수 없고, 둔한 말이 십일 동안 수레를 끌고 가면 그 功(공)은 쉬지 않은데 있다."라는 뜻이다.

3) 安(안) : ~습관이 되다. ~익숙하다. '日富(일부)'는 "술에 취하다."의 뜻.

榮木(영목) 四首

先師遺訓,[1](선사유훈)
余豈之墜.[2](여기지추)
四十無聞,[3](사십무문)
斯不足畏.(사불족외)
脂我名車,[4](지아명거)
策我名驥[5](책이명기)
千里雖遙,(천리수요)
孰敢不至.(숙감부지)

무궁화 (4수)

선대의 스승께서 남기신 유훈을
내 어찌 저버릴 수 있겠는가?
나이 사십에 명성이 들리지 않으면
이 또한 두려워하기에는 부족한 자다.
내 이름난 수레에 기름을 치고
내 이름난 명마에 채찍질 하니
천리 길이 비록 멀다고는 하나
어찌 감히 이르지 못하겠는가?

---

1) 先師(선사): 孔子(공자)를 가리킴. '遺訓(유훈): 남긴 가르침.
2) 之墜(지추): 본래 '墜之(추지)'로써 동사와 목적어가 바뀌어 배치됨. '墜(추)'는 '잃어버리다. (물체가) 떨어지다. 하락하다'의 의미.
3) 四十無聞(사십무문):《論語(논어)·子罕(자한)》편에 "四十五十而無聞焉(사십오십이무문언), 斯亦不足畏也已(사역부족외야이)."라는 구절이 있다. 이는 "나이 오십이 되어도 (학문과 덕으로) 세상에 명성이 들리지 않으면, 이 역시 두려워하기에는 부족하니라."라는 뜻이다.
4) 脂(지): 윤활유, 기름. 여기에서는 '수레의 굴대에 기름을 치다.'의 뜻.
5) 名驥(명기): 이름난 천리마. 훌륭한 말.

작품해설

이 시가 쓰인 때는 季夏(계하), 즉 늦여름으로 도연명이 40세 되던 때이다. 榮木(영목)'이란 두 글자를 가지고 시의 제목을 취했으나, 결코 무궁화 자체만을 가지고 쓴 것은 아니고 무궁화 꽃의 짧은 속성을 인생의 시간에 비유했다. 따라서 "念將老也(염장로야)"는 시인 자신이 제목의 論旨(논지)에 대해 설명한 것으로 볼 수 있다. 더 나아가 이 말은 바로 세월이 빨리 흘러가는 것을 안타까워하며 더 늦기 전에 기운을 내서 힘차게 재기하고자 하는 시인의 의지가 반영되어 있다. 季夏(계하), 즉 음력으로 6월의 늦은 여름이 지나면 24절기 중의 '立秋(입추)'가 곧 다가온다. 이러한 계절의 변화가 그러하듯이 자신이 속한 인생의 시간도 어김없이 흘러가고 있음을 자각하면서 뜻을 이루지 못하고 술로 세월을 허비하고 있는 자신에 대해 자책의 심정도 절실하게 그려져 있다. '榮木(영목)'은 '木槿(목근)', 즉 무궁화를 가리킨다. 무궁화는 灌木(관목)에 속하는 식물로 여름철에 피며, 이 꽃은 아침에 피었다가 저녁에 곧 시들어 떨어져버리기 때문에 시인에게 삶의 여러 가지 많은 것들을 연상하게 하고 깨닫게 한다. 1수에서는 인생이 마치 기숙하는 여행자처럼 잠시 머물렀다 떠나가는 짧은 旅路(여로)와 같음을 개탄하고 있고, 2수에서는 사람으로서 갖추어야 할 바른 도리를 정확하게 견지하고 있음이 나타나 있다. 3장에서는 아무것도 이루지 못한 자신을 책망하고 있으며, 4장에서는 先師(선사)의 遺訓(유훈)을 저버리지 않고 心機一轉(심기일전)하여 다시 일어나고자 하는 시인의 의지가 드러나 있다.

장사공에게 증정함(贈長沙公)

　나는 長沙公(장사공)과 같은 동족이 되고, 선조는 모두 大司馬公(대사마공)으로부터 나왔는데 세대가 멀어지다보니 이미 남같이 되어 버렸다. 그가 심양을 들렸었는데 작별을 할 때 이 시를 증정하였다.

贈長沙公(증장사공)　并序(병서)

　余於長沙公爲族(여어장사공위족), 祖同出大司馬(조동출대사마).¹⁾ 昭穆旣遠(소목기원),²⁾ 以爲路人(이위로인). 經過潯陽(경과심양), 臨別贈此(임별증차).

---

1) 祖同出大司馬(조동출대사마) : 여기에서 大司馬(대사마)는 東晋(동진)이 名臣(명신)인 陶侃(도간)를 말하며, 일찍이 太尉(태위)를 역임했고, 長沙郡公(장사군공)에 봉해졌으며, 후에 대장군에 봉해졌다. 죽은 후에는 대사마에 추대되었다.
2) 昭穆旣遠(소목기원) : 《禮(예) . 王制(왕제)》에 "諸侯二昭二穆,(제후이소이목) 與太祖之廟而五(여태조지묘이오)" 라는 구절이 있는데, 즉 "제후는 둘 의 소(昭), 둘의 목(穆)과 태조의 사당을 합하여 5묘가 된다."라는 뜻이다. 여기에서 '昭(소)'는 '父(부)'가 되고, '穆(목)'은 '子(자)'가 된다. 즉 태조의 사당은 가운데 머물고, 2세와 4세는 왼쪽에 머물고, 3세와 5세는 오른쪽에 머문다. 따라서 昭穆(소목)의 뜻은 같은 종문의 조상을 말한다.

贈長沙公(증장사공) 一首

同源分流,(동원분류)
人易世疎.(인역세소)
慨然寤歎,[1] (개연오탄)
念玆厥初.[2] (염자궐초)
禮服遂悠,[3] (예복수유)
歲月眇徂.[4] (세월묘조)
感彼行路,(감피행로)
眷然躊躇.(권연주저)

장사공에게 증정함 (1수)

같은 근원에서 갈라져 흘러왔지만
사람은 바뀌고 세대는 이미 멀어졌다.
감개로 인해 탄식에 젖어보기도 하며
그 처음의 선조를 떠올려 본다.
이러한 친소관계는 드디어 멀어져버렸고
세월은 이미 아득히 흘러가 버렸다.
저 길가는 낯선 사람이 된 것처럼 느껴져
못내 옛날을 아쉬워하며 머무적거린다.

---

1) 寤(오) : 깨닫다. 이해하다.
2) 厥(궐) : '其(기)'의 뜻. 《詩(시)·大雅(대아)·生民(생민)》에 "厥初生民(궐초생민), 實維姜嫄(실유강원)"이라는 구절이 있는데, 즉 "처음으로 백성을 낳은 것은 강원이다."라는 뜻이다. 따라서 '厥初(궐초)라는 말은 선조를 지칭하는 상용어로 볼 수 있다.
3) 禮服(예복) : 여기서의 '禮'는 喪禮(상례)의 의미이다. 喪禮에는 다섯 가지가 있다. 斬衰(참쇠), 齊衰(제쇠), 大功(대공), 小功(소공) 등이 있다.
4) 眇(묘) : '渺(묘)'의 의미. 아득하다.

贈長沙公(증장사공) 二首

於穆令族,[1] (어목영족)
允構斯堂.[2] (윤구사당)
諧氣冬暄,[3] (해기동훤)
映懷圭璋.[4] (영회규장)
爰采春華,[5] (원채춘화)
載警秋霜.[6] (재경추상)
我曰欽哉,[7] (아왈흠재)
實宗之光. (실종지광)

장사공에게 증정함 (2수)

명성이 자자한 이 훌륭한 친족은
진실로 선대의 사업을 계승하였다.
화목한 기풍은 겨울의 햇살처럼 따스하고
고상한 마음은 규장같이 맑고 깨끗하다.
빛나는 광채는 봄날의 꽃처럼 아름답고
가을의 서리처럼 차갑고 근엄하다.
나는 큰 소리로 말하리. 존경스러운 이여!
진실로 종족의 빛이요 영광인 것을.

---

1) 於(어) : 오조사. 常(상)과 穆(목)을 함께 사용하여 찬미하는 말.
2) 允(윤) : 충분히 할 수 있다. 堂(당) : 正室(정실)
3) 暄(훤) : 溫暖(온난)의 의미.
4) 奎章(규장) :瑞玉(서옥)과 半圭(반규)를 뜻함. 서옥은 위가 둥글고 아래가 네모난 모양.
5) 爰(원) : 조사. 采(채) : 광채. 여기서는 "광채가 마치 봄꽃 같다."라는 의미로 쓰임.
6) 載(재) : 助詞(조사). 警(경) : 기민하다. 날래다. 근엄하고 근신하다. 東晉(동진)의 유명한 장군이었던 陶侃(도간)의 일생은 不休不息
(불휴불식)의 부지런함으로 일관한 삶이었다. 나라의 관직에 있으면서도 자기만족에 빠지지 않았고 늘 근신하며 여러 가지 어려운
일들을 극복하며 역사에 이름을 남긴 장군이 되었다. 軍功(군공)과 政績(정적)으로 太尉(태위)에 이르렀지만, 일찍이 관직에서 좌천
되었을 당시 매일 벽돌 100장을 나르며 '편안함은 毒(독)이 들어 있는 술보다 나쁘다.'라고 하며 육체와 정신을 단련한 일화는 유명
하다. 여기서는 이러한 도간의 미덕과 공덕을 찬양하고 있다.
7) 欽(흠) : '敬(경)'의 의미. 공경하다.

贈長沙公(증장사공) 三首

伊余云遘,[1](이여운구)
在長忘同,[2](재장망동)
笑言未久,(소언미구)
逝焉西東.(서언서동)
遙遙三湘,[3](요요삼상)
滔滔九江.[4](도도구깅)
山川阻遠,(산천조원)
行李時通.[5](행리시통)

장사공에게 증정함 (3수)

뜻밖에도 내가 公(공)을 만나게 되었으나
신분이 높으시니 종문인 나를 알아보실는지요?
이렇게 웃으며 말을 한지가 얼마 되지 않았는데
동쪽과 서쪽으로 갈라져 헤어지게 되었다.
아득히 멀고 먼 三湘(삼상)의 고장과
도도히 쉼 없이 흐르는 九江(구강)이어라.
산천은 멀어 아득히 막혀 있어도
소식을 전하는 관리들은 때때로 왕래를 한다.

---

1) 伊(이), 云(운): 어조사. 遘(구): 뜻밖에 만나게 되다. 여기서는 겸손의 의미로 쓰임.

2) 在(재): 거하다. 머물다. 長(장): 신분이 높은 사람. 여기서는 長沙公(장사공)이 종문에서 가장 높은 지위에 머물고 있음을 말한 것이다.

3) 三湘(삼상): 湘水(상수)와 沅水(원수)를 합하여 沅湘(원상)이라 불렀다.

4) 滔滔(도도): 큰물이 끊임없이 흐르는 모양. 도도히 흐르다.

5) 行李(행리): 《左傳 (좌전)·僖公(희공) 三十年》에 " 行李之往來(행리지왕래)." 라는 구절이 있다. '行李'는 '吏人(리인)', 즉 벼슬하는 관리를 의미한다. '吏'는 '李'의 音(음)을 假借(가차)한 것이다. 따라서 '行李'는 '行吏'가 되며, 소식이나 문서를 전달하기 위해 파견된 관리를 의미한다.

贈長沙公(증장사공) 四首

何以寫心, (하이사심)
貽玆話言. (이자이언)
進簣雖微,[1] (진궤수미)
終焉爲山. (종언위산)
敬哉離人,[2] (경재이인)
臨路凄然. (임로치연)
款襟或遼,[3] (관금혹료)
音問其先. (음문기선)

장사공에게 증정함 (4수)

무엇으로 나의 마음을 표현하겠는가?
얼마 전에 남긴 이 말을 보내는 것이라.
삼태기로 퍼 담은 흙이 비록 적기는 하나
결국 흙으로 산이 만들어지는 것과 같은 것임을.
몸조심하시게, 곧 떠나갈 사람이여!
헤어지는 길목에서 서글픈 마음 금할 길 없다오.
흉금 없이 이야기하고 싶지만 기약할 수 없으니
가시거든 대신 그들에게 안부나 전해주시길.

---

1) 簣(궤): 《論語(논어)·子罕(자한)》에 "譬如爲山(비여위산), 未成一簣(미성일궤), 止(지), 吾止也.(오지야)"라는 구절이 있다. 즉 "산을 만드는 것으로 비유하자면, 흙 한 삼태기가 모자라서 이루지 못했다면, 그만둔 것은 (바로) 내가 그만둔 것이다."라는 뜻으로 여기서는 《논어》에 나온 말을 새롭게 도출하였다.

2) 敬(경): 여기서는 '愼(신)', 즉 "삼가다."의 뜻으로 쓰였다. 《詩經(시경)·周頌(주송)·閔予小子(민여소자)》에 "夙夜敬止(숙야경지)"라는 구절이 있는데, 즉 "이른 아침부터 늦은 밤까지 경건하게 보내다."라는 의미.

3) 款(관): 정성. 참되게 하다. 마음을 통하다. 襟 (금): 胸懷(흉회). 款襟(관금): 흉금 없이 마음을 털어놓다.

작품해설

이 시는 아마도 晉(진) 義熙(의희) 元年(원년)인 405년에 지은 것으로 보이며, 도연명의 나이 41세 때이다. 이 해 봄, 유유(劉裕)에 의해 桓玄(환현)의 난이 막 평정되자 3월에 晉(진)의 安帝(안제)는 建康(건강)으로 돌아와 복위되었다. 長沙郡公(장사군공)이 尋陽(심양)에 들렸을 때 도연명과 서로 알게 되자 비로소 같은 동족임을 알게 되었다. 그가 떠날 때, 도연명은 시를 지어 그에게 증정하였다. 長沙公(장사공)은 본래 陶侃(도간)의 封號(봉호)인데 당시에는 부친의 爵號(작호)를 아들이 물려받는 제도가 있었다.《晉書(진서)·陶侃傳(도간전)》에 따르면, 도간의 5세손인 陶延壽(도연수)는 장사군공의 작호를 물려받았다고 기록하고 있다. 도연명은 도간의 4세손이며, 도연수보다 한 항렬이 위이다. 이 시는 모두 4장으로 나뉘어져 있으며, 첫 장은 서로 만나서 종족의 유구한 역사를 이야기하며 감회에 젖고 있다. 2장에서는 종족의 찬란했던 전통과 미덕에 대해 찬미하고 있다. 3장에서는 만남의 즐거움도 잠시 뿐, 곧 헤어져야 하는 진한 송별의 정이 묻어나고 있다. 마지막 4장에서는 헤어지는 길목에서 절절한 심정을 대신해 준비한 몇 마디 말과 안부를 건네주는 통상적인 마음이 표현되어 있다. 이 시는 시인의 立身(입신)과 處世(처세)의 적극적인 인생관이 담겨있으며, 동시에 후배인 장사공에게 거는 간절한 기대와 염원이 반영되어 있다.

酬[1]丁柴桑[2] (수정시상) 一首　　정시상에게 보내는 답시(酬丁柴桑) (1수)

有客有客, (유객유객)

爰來宦止.[3] (원래환지)

秉直司聰,[4] (병직사총)

于惠百里.[5] (우혜백리)

餐勝如歸,[6] (찬승여귀)

聆善若始.[7] (영선약시)

손님이 오셔서 손님이 오셔서

이곳에 관리로 부임하셨네.

정직하고 공정하게 민정을 살피니

그 은혜가 백리 산천을 덮었네.

지극한 도리를 흡수함이 집으로 돌아가는 마음 같고

좋은 말 듣는 것이 마치 처음 듣는 말인 양 신선하구나.

1) 酬(수) : 贈(증)의 의미. 보내다. 선물하다.

2) 丁柴桑(정시상) : 姓(성)이 丁(정)씨인 柴桑(시상)의 현령. 옛날 사람들은 습관적으로 관직을 맡은 곳의 지명을 성씨 아래 붙여 상대방에 대한 존경의 표시를 사용했음.

3) 爰(원) : 이에. 발어사. 宦(환) : 관직을 맡음. '止(지)'는 어미조사로 쓰임.

4) 秉直(병직) : 秉(병) : 지키다. '秉直(병직)' : 정직함과 공정함을 지키다. 司聰(사총) : 민정을 살피다.

5) 百里(백리) : 현령이 관장하는 지역의 범위.

6) 餐(찬) : 흡수하다. 수용하다. 勝(승) : 지극한 도리. 如歸(여귀) : 집으로 돌아가는 기쁜 마음과 같다.

7) 聆善(영선) : 좋은 말을 듣다.

酬丁柴桑(수정시상) 二首　　정시상에게 보내는 답시(酬丁柴桑) (2수)

匪惟諧也,[1](비유해야)　　사상과 마음이 맞을 뿐만 아니라

屢有良游.[2](루유양유)　　자주 만나 함께 유람도 즐긴다.

載言載眺,[3](재언재조)　　담소를 나누면서 멀리 조망하다 보면

以寫我憂.[4](이사아우)　　근심은 어느새 씻은 듯이 사라진다.

放歡一遇,[5](방환일우)　　어쩌다 만나면 마음을 열고 즐거워

旣醉還休.[6](기취환휴)　　잔뜩 취하고 나서야 그만두곤 한다.

實欣心期,[7](실흔심기)　　실로 기쁜 것은 마음을 아는 진정한 벗이기에

方從我游.[8](방종아유)　　나를 따라서 유람을 즐기는 것이리라.

---

1) 匪(비) : ~뿐만 아니라. 惟諧(유해) : 사상과 마음이 합치하다.
2) 屢有(루유) : 자주 만나다. 良游(양유) : 유람을 즐기다.
3) 載(재)~載(재) : 한편으로~하면서(~하다)
4) 寫(사) : 제거하다. 없애다.
5) 放歡(방환) : 마음을 열고 즐거워 하다. 一遇(일우) : 우연히 만나다.
6) 旣醉還休(기취환휴) : 취한 뒤에야 그만두다.
7) 心期(심기) : 서로 마음이 융화하고 합치됨. 마음이 서로 잘 맞음.
8) 方從我游(방종아유) : 나를 따라서 유람하다.

작품해설

　도연명의 고향은 柴桑縣(시상현)이며, 시상현의 縣令(현령)인 劉程之(유정지)가 元興(원흥) 2년(403)에 관직을 버리고 은거했던 곳이다. 그의 임무를 대신한 사람이 바로 정씨 姓(성)의 현령이다. 이 시는 義熙(의희) 2년 도연명이 隱耕(은경)한 후인 42세 때 지은 작품이며 시인의 정치적 사상이 반영된 시라 할 수 있다. 시의 전반부에서는 손님, 즉 현령으로 부임하는 丁柴桑(정시상)에 대해 환영하는 기쁜 마음이 표출되어 있다. 중반부는 公平無私(공평무사)의 정신으로 民情(민정)을 잘 살피는 현철한 지방관에 대한 찬미가 잘 나타나 있다. 시의 마지막 후반부는 진정으로 마음이 통하는 벗을 얻은데 대한 시인의 벅찬 감회가 잘 드러나 있다. 당대의 시인 王勃(왕발)의 시에 "海內存知己(해내존지기), 天涯若比隣(천애약비린)"이란 구절이 있다. 이는 "세상 도처에 마음을 알아주는 진정한 친구가 있다면, 천하가 모두 이웃이나 다름없다."라는 뜻이다. 친구를 위해 어떠한 희생도 무릅쓴다는 의미가 내포된 管鮑之交(관포지교)와 刎頸之交(문경지교)란 말도 모두 진정한 친구 관계를 나타내는 고사이며 이와 같은 맥락이다.

방참군에게 보내는 답시(答龐參軍)

龐(방)이 衛軍將軍(위군장군)의 參軍(참군)이 되어서 江陵(강릉)에서 首都(수도)로 使行(사행)가는 길에 潯陽(심양)에 들렀을 때 그로부터 贈詩(증시)를 받았다.

答龐參軍(답방참군) 6首 并序(병서)

龐爲衛軍參軍(방위위군참군),[1] 從江陵使上都 (종강릉사상도),[2] 過潯陽見贈 (과심양견증).

---

1) 參軍(참군) : 고대 관직의 이름. 王(왕), 相(상) 혹은 장군의 군사 幕僚(막료).
2) 江陵(강릉) : 지명. 지금의 湖北省(호북성) 강릉현. 使(사) : 명을 받들어 출행하다. 上都(상도) : 京都(경도)를 말하며 당시는 建康(건강), 즉 지금의 江蘇省(강소성) 南京(남경)을 가리킴.

答龐參軍(답방참군) 一首

방참군에게 보내는 답시 (1수)

衡門之下,[1](형문지하)

허름한 초가집 아래에

有琴有書.[2](유금유서)

거문고 있고 책도 있네.

載彈載詠,[3](재탄재영)

타기도하고 읊조리다보면

爰得我娛.[4](원득아오)

이로 인해 난 즐거움을 얻는다.

豈無他好,[5](기무타호)

어찌 좋아하는 다른 일이 없겠냐마는

樂是幽居.[6](락시유거)

나는 이 그윽한 거처를 좋아한다.

朝爲灌園,[7](조위관원)

아침에 일어나 전원에 물을 주고

夕偃蓬廬.[8](석언봉려)

저녁엔 초가집에 돌아와 휴식을 취하지.

---

1) 橫木(횡목) : 횡목으로 만든 문. 초라한 집을 가리킴.
2) 有琴有書(유금유서) : 거문고도 있고 책도 있다.
3) 彈(탄) : 거문고를 타다. 詠(영) : 읊다.
4) 爰得我娛(원득아오) : 이로써 난 즐거움을 얻는다.
5) 豈無他好(기무타호) : 어찌 좋아하는 다른 일이 없겠는가?
6) 幽居(유거) : 그윽한 거처.
7) 灌園(관원) : 밭에 심은 채소에 물을 주다.
8) 偃(언) : 눕다. 휴식하다. 蓬廬(봉려) : 초가집. 허름한 초가집.

答龐參軍(답방참군) 二首

人之所寶,[1](인지소보)
尙或未珍,[2](상혹미진)
不有同愛,[3](불유동애)
云胡以親.[4](운호이친)
我求良友,[5](아구양우)
實覯懷人.[6](실구회인)
歡心孔洽,[7](환심공흡)
棟宇惟隣.[8](동우유린)

방참군에게 보내는 답시 (2수)

남들이 소중히 여기는 것이
나에겐 귀중하지 않을 수도 있다.
애호하는 것이 같지 않다면
어떻게 가까워질 수 있겠는가?
나는 마음을 이해하는 좋은 벗 찾다가
진실로 염원하던 벗을 우연히 만났다.
기쁜 마음 한량없이 넘쳐흐르는데
사는 집도 바로 가까운 이웃이다.

---

1) 人之所寶(인지소보) : 다른 사람이 소중히 여기는 것.
2) 尙或未珍(상혹미진) : 오히려 난 귀하게 보지 않는다.
3) 同愛(동애) : 공동의 취미나 애호. 여기서는 뜻이 같고 道(도)가 합치하는 것을 의미.
4) 云胡(운호) : 어떻게 하면. 어떻게.
5) 良友(양우) : 진정으로 마음이 통하는 좋은 친구.
6) 覯(구) : 우연히 만나다. 懷人(회인) : 그리운 사람. 여기서는 龐叅軍(방참군)을 가리킴.
7) 歡心(환심) : 기쁜 마음. 孔洽(공흡) : 매우 잘 어울리다. 조화하다.
8) 棟宇(동우) : 집. 惟(유) : 어조사. 隣(린) : 이웃.

答龐參軍(답방참군) 三首

伊余懷人,[1](이여회인)
欣德孜孜.[2](흔덕자자)
我有旨酒,[3](아유지주)
與汝樂之.[4](여여락지)
乃陳好言,[5](내진호언)
乃著新詩.[6](내저신시)
一日不見,(일일불견)
如何不思.[7](여하불사)

방참군에게 보내는 답시 (3수)

내 마음 속에 그리워하는 사람은
덕행에 힘쓰며 즐거워한다.
나에게 맛 좋은 술이 있으니
그대와 더불어 제때에 즐기리라.
좋은 말 늘어놓기도 하면서
사람이 감동할만한 새 시도 지으리라.
하루라도 만나지 않는 것을
어찌 생각할 수가 있겠는가?

---

1) 懷人(회인) : 그리운 사람.
2) 欣德(흔덕) : 유쾌하고 기쁜 德操(덕조). 孜孜(자자) :
3) 旨酒(지주) : 맛 좋은 술.
4) 與汝樂之(여여락지) : 그대와 더불어 제때에 즐기다.
5) 好言(호언) : 좋은 말. 친절한 말. 여기서 '乃'는 발어사.
6) 著(저) : (시를) 짓다. 新詩(신시) : 새로운 시.
7) '一日不見(일일불견), 如何不思(여하불사)'는 《詩經·王風·采葛》의 "一日不見, 如三秋兮"라는 구절과 통한다.

작품해설

　본 시의 서문은 '龐爲衛軍參軍(방위위군참군)'으로 명확하게 쓰여 있다. 여기에서 '衛軍(위군)'은 江陵(강릉)에 주둔하여 지키는 '위군'을 가리킨다. 1수에 묘사된 내용은 '歸去來兮辭(귀거래혜사)'에 나오는 환경과 비슷하다. 이러한 연유에서 첫 장을 시작했는데 이는 '방참군'이 비록 관직에 몸을 담고 있는 처지였지만 평소 도연명의 自適(자적)하는 은거생활을 경모해 왔기 때문이다. 2수에서는 두 사람의 의지와 道(도)가 서로 합치하는 내용을 중심으로 분위기를 전환시키고 있다. '방참군'이 수도로 올라간 후에도 여전히 강릉으로 돌아와 봉직하기를 원했다. 시인 자신도 일찍이 37세 전후에 강릉에서 벼슬을 한 적이 있었으므로 강릉에 대한 특별한 감정이 녹아있는 것을 시 속에서 감지할 수 있다. 시 속에는 두 사람 간의 참다운 우정과 마음의 경계가 융합되어 있음을 알 수 있다. 중국 격언에 "술이란 知己(지기)를 만나면 천 잔의 술도 부족하고, 말이란 통하지 않으면 반 마디 말도 귀찮다."라는 말이 있다. 중국 고사에 伯牙(백아)와 鍾子期(종자기)의 이야기가 나온다. 전국시대 초나라 거문고의 명인이었던 백아와 그의 음악의 경지를 알아주던 친구 종자기에 관한 이야기이다. 진정한 知音(지음)이었던 종자기가 죽자 무덤 앞에서 통곡을 하고 거문고를 부러뜨리고 현을 잘라 버린 후 다시는 거문고를 타지 않았다는 古事(고사)이다. 오늘날에도 '伯牙絶絃(백아절현)'으로 회자되고 있다. 이는 진정한 벗은 소리만 듣고도 상대의 마음을 안다하여 오늘을 사는 우리에게 시사 하는바가 크다. 개인적 영달과 집단의 이익을 찾아 진흙탕 싸움 속에 목적과 수단을 위해 친구와의 신의를 저버리는 世間(세간)의 한 단면들을 바라볼 때 씁쓸한 마음을 금할 수 없다. 매일매일 비리와 사건으로 얼룩져 매스컴을 도배하는 현실 속에서 공명정대한 정치사회 문화와 인간의 향기 따뜻한 거리와 골목길이 그립다.

答龐參軍(답방참군) 四首

嘉遊未斁.[1] (가유미두)

誓將離分.[2] (서장리분)

送爾于路.[3] (송이우로)

銜觴無欣.[4] (함상무흔)

依依舊楚.[5] (의의구초)

藐藐西雲.[6] (막막서운)

之子云遠.[7] (지자운원)

良話曷聞.[8] (양화갈문)

방참군에게 보내는 답시 (4수)

즐거운 놀이 아직 물리지 않았는데

이제 막 서로 헤어질 때가 되었네.

길가에서 그대를 보내노라니

술잔을 입에 대어도 기쁘지 않네.

그리운 옛 초나라의 강릉 땅

아득히 서쪽 하늘가에 흐르는 구름

이 사람마저 먼 곳으로 떠나면

좋은 이야기를 언제 다시 듣게 되는지.

---

1) 嘉遊(가유) : 즐겁게 놀이하다. 未斁(미두) : 싫증나지 않다. 질리지 않다.

2) 誓(서) : '逝(서)'의 의미. 급히 떠나다. 離分(리분) : 헤어지다.

3) 送爾(송이) : 너(그대)를 보내다.

4) 銜觴(함상) : 술잔을 들다. 술잔을 입에 대다.

5) 依依(의의) : 그리워하는 모양. 아쉬워하는 모양. 舊楚(구초) : 옛 초나라의 강릉 땅.

6) 藐藐(막막) : 아득한 모양. 멀고 먼 모양.

7) 之子(지자) : 이 사람. 여기서는 龐參軍(방참군)을 가리킴.

8) 良話(양화) : 좋은 말. 曷(갈) : 어찌하여. 무엇 때문에. 어떻게.

答龐參軍(답방참군) 五首

昔我云別,(석아운별)
倉庚載鳴.[1](창경재명)
今也遇之,(금야우지)
霰雪飄零.[2](산설표령)
大藩有命,[3](대번유명)
作使上京.[4](직사싱경)
豈忘宴安,[5](기망연안)
王事靡寧.[6](왕사미녕)

방참군에게 보내는 답시 (5수)

예전에 내가 작별했을 때는
꾀꼬리 소리 아주 좋았었는데
이번처럼 다시 상봉했을 때는
싸락눈이 찬바람에 쓸쓸히 휘날린다.
변방 대신의 명령을 받고
사신이 되어 수도로 간다네.
어찌 편안하기를 바라지 않겠냐마는
왕의 일을 돕는 몸인지라 편안할 수 없다.

---

1) 倉庚(창경) : 원래 '鶬鶊(창경)'으로 꾀꼬리를 의미함.
2) 霰雪(산설) : 싸라기 눈.
3) 大藩(대번) : 변방의 대신. 장군.
4) 作使(작사) : 사신이 되다. 上京(상경) : 수도로 올라가다.
5) 豈忘(기망) : 어찌 잊겠는가? 어찌 생각지 않을 수 있는가?
6) 王事(왕사) : 군왕의 일. 靡寧(미녕) : 편안할 수 없다.

答龐參軍(답방참군) 六首 · 방참군에게 보내는 답시 (6수)

惨惨寒日[1], (참참한일) — 매섭도록 차가운 겨울날

肅肅其風. [2] (숙숙기풍) — 찬바람은 윙윙 세차게 불어댄다.

翩彼方舟, [3] (편피방주) — 나부끼듯 떠나가는 저 방주는

容裔江中. [4] (용예강중) — 저 사람을 태우고 강 복판을 맴돈다.

勗哉征人, [5] (욱재정인) — 힘내시게, 먼 길 가는 사람이여

在始思終. [6] (재시사종) — 시작했으면 돌아올 일도 생각하시게.

敬兹良辰, [7] (경자량신) — 이 좋은 때 더욱 조심하여서

以保爾躬. [8] (이보이궁) — 그대의 소중한 몸 잘 간수하시게나.

1) 惨惨(참참) : 참혹한 모양. 寒日(한일) : 추운 겨울날.
2) 肅肅(숙숙) : (바람에 나뭇잎) 등이 떨어지는 소리. 바람이 몰아치는 쓸쓸한 소리.
3) 方舟(방주) : 방주. 모난 배.
4) 容裔(용예) : 사신. 龐參軍(방참군)을 가리킴. 風貌(풍모).
5) 勗哉(욱재) : 힘을 내다. 힘을 쓰다.
6) 在始思終(시재사종) : 시작할 때 끝마칠 일을 생각하다.
7) 良辰(양신) : 좋은 날. 吉日(길일).
8) 保(보) : 保重(보중)하다. (몸을) 간수하다.

작품해설

　'會者定離(회자정리)'라는 말처럼 만나고 헤어짐은 우리 인생에 있어서 정해진 이치이다. 본시의 제4수에서는 헤어짐의 마당에서 서로간의 끈끈한 우정과 석별의 정이 "依依舊楚(의의구초), 藐藐西雲(막막서운)"이라는 구절로 잘 표출되어 있다. 제5수에서는 옛날의 아련한 기억을 떠올리며 지금의 상황을 비교하고 있는데 이는 《詩經(시경)·小雅(소아)·采薇(채미)》에 "昔我往矣(석아왕의), 楊柳依依(양류의의). 今我來思(금아래사), 雨雪霏霏(우설비비).(옛날 내가 왔을 때는, 버들가지 늘어졌었지. 이제 다시 돌아와 보니, 진눈깨비 펄펄 날리네."라는 구절을 차용하였다. 제6수에서는 혹독하리만큼 추운 겨울의 쓸쓸한 풍경이 당시 어지러운 정치상황을 반영하고 있으며, 언제 무슨 일이 일어날지도 모를 불안한 亂世(난세)에 먼 길 떠나가는 벗에게 신변에 이상이 생기지 않도록 조심할 것을 권고하고 있다.

몸 · 그림자 · 정신(形影神)

哲理的(철리적)인 관점에서 쓰인 形影詩(형영시) 3수는 대략 晉(진), 義熙(의희) 9년(413), 시인의 나이 49세 때 쓴 작품이다. 시인이 처한 시대는 불교신학이 널리 유행했었던 때이며, 당시 名僧(명승)인 慧遠(혜원)이 廬山(여산)의 東林寺(동림사)에 主持(주지)로 있을 때 《形盡神不滅論(형진신불멸론)》, 《萬佛影銘(만불영명)》을 저술하여 淨土宗(정토종)의 敎義(교의)를 선양하였다. 이 일을 계기로 본시에서 도연명은 자신의 관점을 명백하게 밝히고 있다. 東晉(동진) 말년에는 佛敎(불교), 道敎(도교), 玄學(현학) 사상이 범람하였다. 정토종은 '神不滅論(신불멸론)'을 선양하였고, 불도를 믿으면 輪回(윤회)를 거쳐 來生(내생)의 행복을 얻을 수 있다고 보았다. 도교의 일대 계파인 五斗米道(오두미도)[1]는 煉丹術(연단술)로 신선이 되어 永生(영생)할 수 있다는 것을 널리 알렸다. 현학은 무위자연관으로 인해 현실성이 없는 공허한 사상으로 인식으로 기울어가고 있었으므로, 高官(고관) 및 귀족들은 사치와 향락을 추구하였다. 또 名敎(명교)로 인한 악영향이라고 한다면, 지식인들에게 수단과 방법을 가리지 않고 명예를 추구하는 경향을 부추겼다는 점이다. 이 시에서는 이러한 일련의 일들을 겨냥하고 있으며, 당시 성행하고 있던 미신적 요소들에 대해 반대하고 있다. 또 기타 정상적인 생명을 방해하는 잘못된 관점도 함께 비평하고 있다.

---

1) 五斗米道(오두미도) : '오두미도'는 천사도(天師道)라고도 하며, 중국의 도교 교파 중의 하나이다. 한대(漢代 : BC 206~AD 220) 말기에 발생하였고 敎勢(교세)가 날로 확장되면서 조정의 힘을 크게 약화시켰으며, 중국의 역사적 과정에서 주기적으로 발생한 民亂(민란)에도 큰 영향을 주었다. '오두미도'는 2세기 초에 중국 도교의 창시자이며 초대 교주인 장릉(張陵)에 의해 창시했다. 본래 신앙치료사로 활동한 그는 신자들로부터 종교헌금이나 치료비 등의 명목으로 매년 쌀 5斗(두)를 내게 한 데에서 '오두미도'라는 이름이 생겼다.

序文(서문)

　귀하고 천하고 현명하고 어리석은 사람을 막론하고 온 힘을 기울여 자신만 살려고 애를 쓰는데, 이는 매우 미혹된 것이다. 그러므로 몸과 그림자의 괴로움을 상세하고 빠짐없이 분별하여 그 미혹을 풀어낸 것이다. 이 일을 좋아하는 군자들은 함께 그 마음을 취해야 한다.

形影神(형영신)[1] 3首 幷序(병서)

　貴賤賢愚(귀천현우),[2] 莫不營營以惜生(막불영영이석생),[3] 斯甚惑焉(사심혹언).[4] 故極陳形影之苦(고극진형영지고),[5] 言神辨自然以釋之(언신변자연이석지).[6] 好事君子 (호사군자),[7] 共取其心焉(공취기심언).[8]

---

1) 形(형) : 사람의 형체를 가리킴. 影(영) : 사람 형체의 그림자. 神(신) : 사람이 정신.
2) 貴賤賢愚(귀천현우) : 각양각색의 사람을 가리킴.
3) 營營(영영) : 힘을 다해 어떤 일을 구하거나 도모하는 것. 惜生(석생) : 생명에 대한 애착.
4) 斯甚或焉(사심혹언) : 이것은 매우 미혹된 것이다.
5) 極陳(극진) : 상세하게 진술하다. 철저하게 진술하다.
6) 神(신)을 이용하여 자연의 도리로 形(형)과 影(영)에 대해 해석하다.
7) 好事君子(호사군자) : 이러한 일에 관심있는 사람들. 군자는 사람에 대한 존칭.
8) 心(심) : 그 안에서 깨달음을 얻다.

形贈影(형증영) 1首

天地長不沒,[1](천지장불몰)
山川無改時,[2](산천무개시)
草木得常理,(초목득상리)
霜露榮悴之,[3](상로영췌지)
謂人最靈智,[4](위인최영지)
獨復不如茲,[5](독부불여자)
適見在世中,[6](적견재세중)
奄去靡歸期,[7](엄거미귀기)
奚覺無一人,(해각무일인)
親識豈相思,(친식기상사)
但餘平生物,(단여평생물)
舉目情悽洏,[8](거목정처이)
我無騰化術,[9](아무등화술)
必爾不復疑,[10](필이불부의)
顧君取吾言,(고군취오언)
得酒莫苟辭,(득주막구사)

몸이 그림자에게 주다 (1수)

하늘과 땅은 영원히 존재하고
자연산천도 언제나 변함이 없다.
초목은 자연의 이치에 의해서
서리와 이슬을 맞으며 성하고 시든다.
사람이 가장 영특하고 지혜롭다고 하지만
초목의 영고성쇠처럼 홀로 달바꿈하지는 못한다.
세상에 살고 있는 사람을 방금 전에 보았다면
어느 한 순간 세상을 떠나 다시 돌아올 수 없다.
그 누가 한 사람이 없어졌다는 걸 깨달을 것이며
친척이나 지인들인들 어찌 생각할 수가 있겠는가.
다만 살아생전에 사용했던 남겨진 물건들을
눈을 뜨고 바라보면 애처로움에 눈물이 난다.
신선이 되어 올라가는 도술이 내겐 없으니
필시 그렇게 되리란 법을 의심치 않는다.
원컨대 그대는 내 말을 잘 듣고서
술이 생기면 마음대로 사양하지 말게나.

---

1) 天地長不沒(천지장불몰) : 천지는 영원히 존재하고 사라지지 않는다.
2) 山川無改時(산천무개시) : 산천은 변하지 않는다.
3) 悴(췌) : 마르다. 시들다.
4) 靈智(영지) : 영특함과 지혜로움.
5) 獨復不如茲(독부불여자) : '復'는 조사. 오직 인간만이 탈바꿈, 즉 다시 회생하지 못한다는 의미. 즉 사람은 한 번 죽으면 다시 살아날 수 없다는 의미. 여기에서 '不如茲'는 장구하지 못하고 한시적인 생명을 의미함.
6) 適見(적견) : 방금전에 본.
7) 奄(엄) : 갑자기. 문득. 奄去(엄거) : 돌연히 살아지다. 여기서는 죽음을 가리킴. 靡(미) : 없다. '無'를 가리킴.
8) 洏(이) : 눈물이 흐르는 모양.
9) 騰(등) : 위로 오르다. 化(화) : 신선이 되다. 騰化術(등화술) : 신선이 되는 술법.
10) 爾(이) : 그것과 같은. 여기서는 '適見(적견)'을 가리킴.

작품해설

이 시는 形(형), 즉 육신이 그림자인 影(영)에 대해 말하고 있는 형식이다. 하늘과 땅, 산천은 영원히 존재하고, 초목은 서리를 만나 시들어도 봄비를 만나면 다시 살아난다. 하지만 만물의 靈長(영장)이라고 하는 사람은 한 번 세상을 떠나면 다시 돌아올 수 없기에 초목보다도 못한 自生(자생)의 한계를 지니고 있다. 이처럼 필연적인 유한성의 이치를 따라 삶을 이어가고 있는 정처 없는 나그네 인생이지만, 오히려 사람들은 천년만년 살 것 같은 마음으로 죽음을 자신의 일이 아닌 다른 사람의 일로 착각한다. 일단 사람이 세상을 떠나면 죽음과 동시에 세인들의 마음에서 점차 잊혀져 가지만 단지 그가 생전에 사용했던 남겨진 물건들을 보며 그에 대한 서글픔을 느낄 뿐이다. 나의 형체인 육신은 하늘로 오를 수도 없고 그림자 또한 나의 마지막 귀착점을 의심할 필요가 없다. 신선이 되어 불로장생하는 술법도 지닌 게 없으니 이 모두가 자신과는 현실적으로 거리가 먼 이야기일 뿐이다. 어차피 언젠가는 모두 떠나야 하는 짧은 삶이라고 한다면, 서로 통쾌하게 술을 마시며 흉금을 털어놓고 잠시나마 모든 것 잊고 환락을 즐기며 인생의 근심을 풀어보자는 내용이 중심을 이루고 있다.

影答形(영답형) 二首 　　　　　그림자가 몸에 대답하다 (2수)

存生不可言,[1](존생불가언) 　　　　불로장생은 본래 장담할 수 없는 것이고
衛生每苦拙,[2](위생매고졸) 　　　　생명을 지키는 일이란 늘 힘들고 졸렬하다.
誠願遊崑華,[3](성고유곤화) 　　　　진실로 곤륜산과 화산에 노닐고 싶었으나
邈然茲道絕,[4](막연자도절) 　　　　아득하게도 그 길은 이미 끊어지고 말았다.
與子相遇來,[5](여자상우래) 　　　　그대와 서로 만남이 이루어진 이래로
未嘗異悲悅,[6](미상이비열) 　　　　슬픔과 기쁨을 달리한 적이 없었다.
憩蔭若暫乖,[7](게음약잠괴) 　　　　그늘에서 쉴 때면 잠시 떨어져 있는 것 같지만
止日終不別,[8](지일종부별) 　　　　해가 머물러 있을 동안은 종일 헤어지지 않는다.
此同旣難常,(차동기난상) 　　　　　이렇게 언제까지 함께 있기란 어려운 일
黯爾俱時滅,[9](암이구시멸) 　　　　어둠이 찾아오면 함께 사라져 버린다.
身沒名亦盡,[10](신몰명역진) 　　　　몸이 없어지면 이름도 역시 사라지는 법
念之五情熱,[11](념지오정열) 　　　　그 일을 생각하니 감정이 복받쳐 오른다.

---

1) 存生(존생) : 영원히 살다(존재하다). 생명을 오래도록 보존하다. 不老長生(불로장생). 《莊子(장자). 達生(다생)》에 " 世之人以爲養形足以存生(세지인이위양형족이존생), 而養形果不足以存生(이양형과부족이존생), 則世奚足爲哉(즉세해족위재),(사람들은 육신을 양생하는 것으로 충분히 삶을 보존할 수 있다고 생각하고 있다. 그러나 육신을 보양하는 것으로는 삶을 보존하기에 족하지 않다고 한다면, 세상에 할 만한 것이 무엇이 있겠는가?"라는 구절이 있다. 不可言(불가언) : 말할 수 없다. 장담할 수 없다.

2) 衛生(위생) : 신체를 보호하다. 건강하고 장수하게 하다. 삶을 지키다. 생명을 지키다. 苦拙(고졸) : 힘들고 졸렬하다.

3) 游昆華(유곤화) :신선의 道(도)를 구하다. 崑崙山(곤륜산)과 華山(화산)을 가리킴. 전설 속의 곤륜산은 西王母(서왕모)가 사는 곳이고, 모든 신선들이 사는 곳으로 전해짐.

4) 邈然(막연) : 아득하다.

5) 與子(여자) : 몸과 그림자와의 만남을 의미함. 그대와 더불어. 몸이 슬프면 그림자도 슬프고, 몸이 웃으면 그림자도 웃듯이 形(형)과 影(영)의 관계.

6) 未嘗(異(미상이) : 달리한 적이 없다. 줄곧 함께 하다. 悲悅(비열) : 슬픔과 기쁨.

7) 憩蔭(게음) : 그늘에 쉬다. 若暫乖(약잠괴) : 잠시 떨어져 있는 것 같다. 그늘에서는 몸과 그림자가 잠시 떨어져 있지만, 햇빛 아래서는 몸과 그림자가 서로 떨어지지 않음. 乖(괴) : 분리. 떨어지다. 止(지) : 머무르다.

8) 止日(지일) : 해가 머무르다.

9) 黯爾(암이) : 비참하게 얼굴빛이 변한 모양으로 죽음을 의미함. 여기서는 몸과 그림자를 언제까지 유지한다는 것은 어려운 일이며, 사람이 죽음에 이르면 몸과 그림자도 동시에 소멸한다는 것을 뜻함.

10) 名(명) : 名聲(명성). 명성이라는 것도 마치 사람의 그림자와 같다는 것을 의미함.

11) 五情(오정) : 喜(희), 怒(로), 哀(애), 樂(락), 怨(원)을 뜻하며, 여기서는 감정이 복받쳐 오르는 것을 가리킴.

立善有遺愛,¹⁾(입선유유애)

胡可不自竭,²⁾(호가불자갈)

酒云能消憂,(주운능소우)

方此詎不劣.³⁾(방차거불열)

선량한 행적을 남기면 영원히 기억될지니

어찌 스스로 최선을 다하지 않을 수 있겠는가.

술은 능히 근심을 없앨 수 있다고 하지만

선행하는 일을 어찌 그보다 못하다고 하겠는가.

---

1) 立善(입선) : 썩지 않는 세 가지, 즉 '三不朽(삼불후)'를 말한다. '立善'은 立德(입덕), 立功(입공), 立言(입언)을 의미하는 총칭. 《左傳(좌전)》襄公(양공) 24년에 "太上有立德(태상유입덕), 其次有立功(기차유입공), 其次有立言(기차유입언), 雖久不廢(수구불폐), 此之謂不朽.(차지위불후)"라는 구절이 있다. 즉 "최상의 일은 덕을 세우는 것이고, 그 다음은 공을 세우는 것이고, 그 다음은 (후세에 남길만한) 말을 세우는 것이다. 비록 오래 되었으나 없어지지 않아 이것을 썩지 않는다고 말하는 것이다." 愛(애) : 자혜로움.

2) 竭(갈) : 최선을 다하다.

3) 方(방) : ~과 비교하다. 詎(거) : 어찌. 不劣(불열) : 못하지 않느냐? (수준, 지위 등이) 낮지 않느냐?

작품해설

  이 시는 그림자가 형체에게 대답하는 형태로 이루어져 있다. 늙지 않고 오래 산다는 것은 불가능한 일이며, 신선의 道(도)는 결국 구할 수 없는 不通(불통)의 길임을 우회적으로 표현하고 있다. 그림자와 형체를 줄곧 지금까지 괴로움과 기쁨을 함께 해 온 合一(합일)의 대상으로 보고 있다. 사람이 죽음에 이르면 불꽃처럼 사라지는 것이기 때문에 살아생전에 三不朽(삼불후), 즉 덕을 세우고(立德), 공을 세우고(立功), 후세에 남길만한 좋은 말을 남기는 것(立言) 등의 선행을 강조하고 있다. 이것은 儒家(유가) 학자들이 주장한 관점이기도 하다.

神釋(신석)¹⁾ 三首

大鈞無私力,²⁾(대조무사력)
萬理自森著,³⁾(만리자상저)
人爲三才中,⁴⁾(인위삼재중)
豈不以我故.⁵⁾(기불이아고)
與君雖異物,⁶⁾(여군수이물)
生而相依附.⁷⁾(생이상의부)
結託旣喜同,(결탁기희동)
安得不相語.(안득불상어)
三皇大聖人,⁸⁾(삼황대성인)
今復在何處.(금부재하처)
彭祖愛永年,⁹⁾(팽조애영년)
欲留不得住.¹⁰⁾(욕류부득주)

정신을 풀이하다 (3수)

무궁한 천지의 조화는 편향됨이 없고
만물은 자유자재로 번성하고 나타난다.
사람이 삼재 중에 하나가 될 수 있는 것은
어찌 나로 인한 것이 아니겠는가?
그대와 비록 다른 물건이기는 하나
태어나면서부터 서로 의지해 왔다.
돕고 의지하며 같이하는 것은 기쁜 일
어찌 서로 말을 하지 않을 수 있겠나.
고대 삼황은 모두 위대한 성인이지만
지금은 또 어느 곳에 계시는가?
팽조는 가장 오래 장수를 누렸지만
머물려고 해도 머물러 있을 수가 없었다.

---

1) 釋(석) : 풀이하다.

2) 大鈞(대조) : '鈞'는 陶器(도기)를 제작하여 전륜으로 사용한 것을 뜻함. 여기서 '大鈞'는 끊임없이 운행하는 천지의 조화를 가리킴. 張華(장화)의 〈答何劭詩(답하소시)〉에 "洪鈞陶萬類(홍조도만류), 大塊稟群生(대괴품군생)."이란 구절이 있다. 여기에서 '洪鈞'는 '大鈞'를 가리키고 天(지천지), 즉 하늘과 땅의 조화를 의미한다. 無私力(무사력) : 사사로움이 없는 힘. 어느 특정한 누구에게 편향됨이 없음을 가리킨다.

3) 萬理(만리) : 만물이 운동하고 변화하는 이치. 萬理自森著(만리자삼저) : 만물의 이치는 스스로 번성하여 나타난다. 森著(삼저) : 번다하게 드러나다.

4) 三才(삼재) : 天(천), 地,(지) 人(인)을 가리킨다. 《周易淺述(주역천술)》에 "才者(재자), 能也(능야). 天能覆,(천능복) 地能載(지능재), 人能參天地(인능참천지)."라는 구절이 있다. 여기에서 '我'는 '神'의 총칭.

5) 豈不(기불) : 어찌 ~이 아니겠는가? 以我故(이아고) : 나로 인한 것이다.

6) 與君(여군) : 여기에서 큰 뜻은 나와 너, 즉 形(형)과 影(영)을 가리킴.

7) 相依附(상의부) : 서로 의지하다.

8) 三皇(삼황) : 중국 고대의 聖人(성인)인 伏羲(복희), 神農(신농), 黃帝(황제)를 가리킨다.

9) 彭祖(팽조) : 고대 전설 속의 오래도록 長壽(장수)를 누린 자. 堯(요)나라의 신하로 大彭(대팽)에 봉해졌다. 《神仙傳(신선전)》에서 팽조는 하대에서 은대를 거쳐 주대까지 약 767년까지 살았다고 한다. 《世本(세본)》에서는 800세까지 살았다고 기록하고 있다. 受永年(수영년) : 屈原(굴원)의 《天問(천문)》에 "受壽永多,(수수영다) 夫何久長.(부하구장)"이라는 구절이 있고, 王逸注(왕일주)에 "彭祖至八百歲(팽조지팔백세), 猶自悔不壽,(유자회불수) 恨枕高而唾遠也.(한침고이타원야)"라는 구절이 있다.

10) 不得住(부득주) : 머물 수 없다.

老少同一死,(노소동일사)　　늙고 젊었든 간에 모두 한번은 죽는 것이니

賢愚無復數.[1](현우무부수)　　현명함과 어리석음도 재차 말할 필요가 없다.

日醉或能忘,[2](일취혹능망)　　날마다 취하면 혹은 근심을 잊을 수도 있겠지만

將非促齡具.[3](장비촉령구)　　술이 어찌 명을 재촉하는 물건이 아니겠는가?

立善常所欲,(입선상소욕)　　선행을 하는 것은 언제나 기쁜 일이나

誰當爲汝譽.(수당위여예)　　누가 마땅히 너를 위해 칭송하여 줄 것인가?

甚念傷吾生,[4](심념상오생)　　심하게 염려하면 우리 생명을 손상시킬 수 있으니

正宜委運去.[5](정의위운거)　　운명에 맡겨 살아가는 것이 가장 좋은 것이다.

縱浪大化中,[6](종랑대화중)　　자연의 변화를 따라 자유자재로 돌아가지만

不喜亦不懼.(불희역불구)　　너무 기뻐하지도 두려워하지도 말고

應盡便須盡,(응진편수진)　　마땅히 끝내야 할 것이라면 반드시 끝내야 하고

無復獨多慮.(무부독다려)　　쓸모없이 더는 혼자서 마음고생을 하시지 말게.

---

1) 復(부) : 다시. 無復數(무부수) : 다시 살아날 수 없는 운명.

2) 日醉(일취) : 매일매일 취해서 혹은 근심을 잊을 수는 있으나, 술이란 수명을 단축시킨다.

3) 將(장) : 어찌. 反語(반어)의 助詞(조사). 促(촉) : 다그치다. 재촉하다. 具(구) : 도구. 여기서는 술을 가리킴.

4) 甚念(심념) : 생각이 매우 많음. 吾生(오생) : '神'의 생명을 가리킴.

5) 委運(위운) : 자연의 운행과 변화에 맡기다. 대자연이 끊임없이 운행하는 것을 의미함.

6) 縱浪(종랑) : 자유자재함을 가리킴. 大化(대화) : 天地(천지)간의 四時(사시), 陰陽(음양), 生死(생사) 등 일체의 자연변화를 의미함.

농사를 장려하다(勸農)[1]

皇帝(황제)인 司馬昌明(사마창명)이 政事(정사)를 돌보지 않고 酒色(주색)에 빠지자 東晉 王室(동진왕실)은 내외적으로 극도의 혼란한 시기로 접어들게 되었다. 도연명은 隆安(융안) 2년(399), 두 번째로 출사하게 되었는데, 정치적 소용돌이 속에서 음모와 암투가 난무하는 암울한 현실을 눈으로 직접 목도하게 되면서 회의를 느끼고, 元興(원흥) 원년(402)에 江陵(강릉)에서 上京里(상경리)로 돌아왔다. 다음 해 봄이 되자 옛날을 회고하며 시골집으로 이사를 가서 농사에 선념하며 躬耕(궁경)의 삶을 시작했다. 시 속에는 봉건시대의 관료 사회와 순박한 농촌생활이 선명하게 대조되어 있다. 戰亂(전란)의 영향으로 산란했던 마음이 비교적 안정적이고 이성적인 인식으로 승화되어 있음을 알 수 있다. 도연명은 농업생산이 인간의 생존을 지켜주는 근본으로 생각했다. 전반부 1수와 2수는 유구한 농경의 역사와 더불어 諸子(제자)들이 중시한 농본사상이 결합되어 있다. 3수와 4수는 대조적인 수법을 사용해 自省(자성)과 함께 일하지 않고 이익을 얻으려는 자들을 詰問(힐문)하고 있지만, 시인도 이러한 설득이 효과가 없음을 알고 결국 孔子(공자)와 董仲舒(동중서)의 예를 들어 노동하지 않고 또 덕을 갖추지 못한 사람들을 비평하고 있다.

---

1) 勸農(권농): 농사를 장려하다. 권농하다. 이것은 사람들에게 농사를 장려하는 노동의 시이며, 모두 6수이다.

勸農(권농) 一首

悠悠上古,[1](유유상고)
厥初生民,[2](궐초생민)
傲然自足,[3](오연자족)
抱朴含眞.[4](포박함진)
智巧旣萌,[5](지교기맹)
資待靡因.[6](자대미인)
誰其贍之,[7](수기섬지)
實賴哲人.[8](관뢰철인)

농사를 장려하다 (1수)

아득히 멀고 먼 상고시대에
처음으로 인류가 생겨났다.
꼿꼿하게 스스로 만족하였고
순박함과 진실한 마음 품었다.
지혜와 기교가 일찍이 싹터 버리자
씨야 할 것 얻을 길이 없어지고 말았다.
그 누가 그것들을 넉넉하게 하였는가?
진실로 현명하고 지혜로운 성인들 덕분이었다.

---

1) 悠悠(융듀) : 유구하다. 요원하다. 上古(상고) : 상고시대

2) 厥初(궐초) : 처음. 상고시대를 가리킴. 生民(생민) : 백성. 인민.

3) 傲然(오연) : 꼿꼿하여 굽히지 않는 모양.

4) 抱朴(포박) : 본래 《老子(노자)》의 "見素抱朴(견소포박)"에서 채용한 말. 含眞(함진) : 《莊子(장자) · 秋水(추수)》편에 "牛馬四足(우마사족), 是謂天(시위천). 落馬首(낙마수), 穿牛鼻(천우비), 是謂人(시위인). 故曰(고왈), 無以人滅天(무이인멸천), 無以故滅命(무이고멸명), 無以得殉名(무이득순명), 謹守而勿失(근수이물실), 是謂反其眞(시위반기진)." (소와 말의 네 개의 발을, 하늘의 자연이라 말하는 것이다. 말의 머리에 고삐를 매거나, 소의 코를 뚫는 것을, 바로 인위라고 하는 것이다. 그러므로 인위로 자연을 손상시키지 말고, 인위로 천명을 손상시키지 말며, 자신의 덕을 명성을 위해 잃지 말라고 하는 것이다. 삼가고 지켜서 잃지 않는 것을 진실된 道(도)로 돌아간다고 하는 것이다.)라는 구절이 있다. 여기에서 '落'은 '絡9락)', '得'은 욕망, '殉'은 '喪'을 뜻한다.

5) 智巧(지교) : 슬기롭고 기민하다. 旣萌(기맹) : 일찍이 싹이 트다.

6) 資待(자대) : 생계를 유지하는 생활 물자에 의지하다. 靡因(미인) : 의지할 곳이 없다.

7) 贍(섬) : 넉넉하게 하다. 공급하다. 之(지) : 그들, 즉 인민(백성)을 가리킴.

8) 哲人(철인) : 현명하고 지혜로운 사람.

勸農(권농) 二首

농사를 장려하다 (2수)

哲人伊何,[1] (철인이하)

총명하고 현철한 사람은 누구인가?

時惟后稷,[2] (시유후직)

바로 그는 농업의 성인인 后稷(후직)이다.

贍之伊何,[3] (섬지이하)

백성을 넉넉하게 한 일은 무엇인가?

實曰播殖,[4] (실왈파식)

진실로 뿌리고 심는 일을 가르친 일이다.

舜旣躬耕,[5] (순기궁경)

순임금은 일찍이 몸소 밭을 갈았는데

禹亦稼穡,[6] (우역가색)

우임금도 역시 농사일을 거두었다.

遠若周典,[7] (원약주전)

아주 오래전 주나라 법전과 같은 책에도

八政始食,[8] (팔정시식)

八政(팔정)에서 먹는 일을 첫 번째로 기록하였다.

---

1) 伊(이) : 어조사로 쓰였으며, 아무 뜻이 없음.

2) 時(시) : 바로 ~이다. 維(유) : 어조사로 뜻이 없음. 后稷(후직) : 우임금과 순임금 시대의 의관. 전설에는 그가 백성을 교화할 때는 곡물을 심었다고 전해진다. 《書經(서경) · 舜典(순전)》에 "帝曰(제왈), 棄(기), 黎民阻飢(여민조기), 汝后稷(여후직), 播時百穀(파시백곡)." 이라는 구절이 나온다.

3) 贍之(섬지) : 백성을 넉넉하게 하다. '之'는 지시대명사. 백성을 가리킴.

4) 播殖(파식) : 씨를 뿌리고 기르다.

5) 舜旣躬耕(순기궁경) : 순임금은 몸소 밭을 갈다. '躬' : 몸소. 《史記(사기) · 五帝本紀(오제본기)》에 "舜耕廬山(순경여산)"이라는 구절이 나온다.

6) 稼穡(가색) : 밭에 씨를 뿌려 거두어들이다. 《論語(논어) · 憲問(헌문)》에 "禹稷躬稼(우직궁가), 而有天下(이유천하)." (하우씨와 后稷(후직)은 몸소 농사를 지으면서도 천하를 소유했다.) 라는 구절이 나온다.

7) 周典(주전) : 《書經(서경)》속의 《周書(주서)》를 가리킴.

8) 八政(팔정) : 《周書(주서) · 洪範(홍범)》에 "八政(팔정), 一曰食(일일식), 二曰貨(이일대), 三曰祀(삼일사), 四曰司空(사일사공), 五曰司徒(오일사도), 六曰司寇(육이사구), 七曰賓(칠일빈), 八曰師(팔일사)."라는 구절이 있다.

勸農(권농) 三首

熙熙令德,[1] (희희영덕)
猗猗原陸.[2] (의의원륙)
卉木繁榮,(훼목번영)
和風淸穆.[3] (화풍청목)
紛紛士女,[4] (분분사녀)
趣時競逐.[5] (추시경축)
桑婦宵興,[6] (상부소흥)
農夫野宿.[7] (농부야숙)

농사를 장려하다 (3수)

생기 넘치는 봄날의 소리
아름다움이 충만 된 평야
화초와 나무는 무성하고
미풍에 맑은 기운이 가득하다.
하고많은 남자들과 여자들은
시질을 쫓아 잎 다투어 늘러 가는데
뽕따는 아낙들은 새벽녘에 일어나고
밭을 가는 농부들은 들밭에서 잔다.

---

1) 熙熙(희희) : 화락한 모양. 사람의 말소리. 令德(금덕) : 美德(미덕)
2) 猗猗(의의) : 무성한 모양. 원륙(원륙) : 논밭. 경작지.
3) 穆(목) : 溫和(온화)
4) 士女(사녀) : 남녀.
5) 趣時競逐추시경축) : 때를 맞춰 경작하다. 혹은. 부귀한 남녀가 봄날에 시기적절하게 행락을 즐기는 것을 가리킴. 張衡(장형)의 《南都賦(남도부)》에
6) 桑婦(상부) : 뽕따는 여자(아낙). 宵興(소흥) : 새벽녘에 일어나다.
7) 野宿(야숙) : 사방과 하늘을 가리지 않은 야외에서 자는 잠, 들에서 자다.

勸農(권농) 四首

氣節易過,[1](기절역과)

和澤難久.[2](화택난구)

농사를 장려하다 (4수)

농사짓기에 좋은 절기는 지나가기 쉽고

화창하고 윤택한 날은 오래가기 어렵다.

---

1) 氣(기) : 전통적으로 내려오는 太陽曆法(태양역법)이며, 계절. 기후. 여기서는 24절기를 가리킨다. 24절기는 태양년을 24등분한 日(일)의 명칭이다. 그리하여 태양이 黃道(황도) 선상에 움직여 행하는 위치를 태양황도상의 위치인 황경黃經이 270도를 동지로 하여 이것을 15도씩 분할하여 소한, 대한 등으로 정하여 행한다. 태양이 적도의 가장 남쪽 낮은 곳에 있을 때를 동지라 하고, 적도의 가장 북쪽 높은 곳에 있을 때가 하지가 된다. 赤道(적도)에 있을 때는 춘분과 추분이다. 춘분을 0도로 하고 이것을 기산점으로 하여 360도를 돈다. 그리하여 15도 마다 氣(기)와 節(절)을 나누고 1년간 24절기를 득한다. 다시 말하면, 태양의 황경(黃經)에 맞추어 1년을 15일 간격으로 24등분해서 계절을 구분한 것이다. 한 달에서 5일을 1후(候), 3후인 15일을 1기(氣)라 하여 이것이 기후를 나타내는 기초가 된다. 1년을 12절기와 12중기로 나누고 이를 보통 24절기라고 하는데, 절기는 한 달 중 월초(月初)에 해당하며, 중기(中氣)는 월중(月中)에 해당한다. 옛 사람들은 八氣(팔기)를 위주로 하였는데, 이것을 八節(팔절)이라 했으며, 立春(입춘), 春分(춘분), 立夏(입하), 夏至(하지), 立秋(입추), 秋分(추분), 立冬(입동), 冬至(동지)를 말한다.

2) 和澤(화택) : 화창하고 윤택함.

冀缺携儷, 3)(기결휴려)
沮溺結耦, 4)(저익결우)
相彼賢達, 5)(상피현달)
猶勤壟畝. 6)(유근농무)
矧伊衆庶, 7)(신이중서)
曳裾拱手. 8)(예거공수)

郤缺(극결)은 부부가 함께 농사일에 나섰고
長沮(장저)와 桀溺(걸익)은 함께 밭을 갈았다.
저 현달한 선비와 숨어 사는 은자들만 보아도
오히려 부지런히 농사짓는 일에 전념하였다.
하물며 우리와 같은 초야의 중생들이
옷자락 끌고 팔짱만 끼고 지낼 수 있겠는가.

---

3) 冀缺(기결) : 郤缺(극결)을 가리킨다. 춘추시대 晉(진)나라의 大夫(대부). 선대 부친의 죄로 인해 庶人(서인)으로 강등되어 몸소 농사를 지우며 安貧(안빈)하면서 지냈다. 진나라의 대부인 臼季(구계)가 文公(문공)에게 추천을 하여 下軍大夫(하군대부)가 되었다. 卿(경)이 되어 국정을 다스렸다. 《左傳(좌전) · 僖公三十年(희공삼십년)》에 "臼季使過冀(구계사과기), 見冀缺耨(견기결누), 其妻饁之(기처엽지), 敬(경), 相待如賓(상시여빈), 與之歸(여지귀), 言諸文公曰(언제문공왈)."(구계(臼季-註1)가 사신이 되어 冀(기)땅을 지나고 있었다. 밭에서 郤缺(극결)이 김을 매고 있었는데, '극결'의 아내가 들에 들밥을 가져다주는 모습을 보았다. 그 공경하는 모습이 서로 손님을 모시는 듯 공경하는 모습을 보고 '구계'는 '극결'을 데리고 돌아가서 문공(文公)에게 추천했다.)이라는 구절이 있다.
4) 沮溺(저익) : 長沮(장저)와 桀溺(걸익)을 가리키며, 춘추시대의 隱者(은자). 《論語》(논어)
5) 相彼賢達(상피현달) : 저 현달한 사람들과 은자를 본보기로 보다.
6) 猶勤壟畝(유근농무) : 오히려 부지런히 농사일에 전념하다.
7) 矧(신) : 하물며. 庶(서) : 서민. 백성. 평범한 사람.
8) 曳(예) : 끌다. 裾(거) : 이 시에서는 긴 옷의 밑자락을 의미함. 옷의 하단.

勸農(권농) 五首

民生在勤,[1](민생재근)
勤則不匱,[2](근칙불궤)
宴安自逸,[3](연안자일)
歲暮奚冀.[4](세모해기)
擔石不儲,[5](담석불저)
飢寒交至.[6](기한교지)
顧余儔列,[7](고여주열)
能不懷愧.[8](능불회괴)

농사를 장려하다 (5수)

백성의 삶은 근면한 데 있으니
근면하면 가난함을 면할 수 있다.
스스로 안일하게 즐기며 지내다가
한 해가 저물면 어찌 바랄 것이 있겠는가.
양식을 충분히 모아두지 않았다면
굶주림과 추위가 함께 몰아닥친다.
같은 처지의 동료들을 보며 나를 돌아보니
어찌 부끄러운 마음을 품지 않을 수 있겠는가?

---

1) 民生在勤(민생재근) : 백성의 삶은 근면한 데 있다.
2) 匱(궤) : 缺乏(결핍). 부족하다.
3) 宴安自逸(연안자일) : 스스로 안일하게 즐기다.
4) 歲暮奚冀(세모해기) : 한 해가 저물면 어찌 수확을 바라겠는가?
5) 擔石(담석) : 양식. 곡식. 不儲(불저) : 쌓지 않다. 저축하지 않다.
6) 飢寒交至(기한교지) : 굶주림과 추위가 함께 이르다.
7) 顧余儔列(고여주열) : 같은 처지의 동료들을 보며 내 자신을 돌아보다.
8) 懷愧(회괴) : 부끄러운 마음을 품다.

勸農(권농) 六首

孔耽道德, [1](공탐도덕)
樊須是鄙, [2](번수시비)
董樂琴書, [3](동락금서)
田園不履. [4](전원불리)
若能超然,(약능초연)
投迹高軌, [5](투적고궤)
敢不斂衽, [6](감불렴임)
敬贊德美.(경찬덕미)

농사를 장려하다 (6수)

공자는 도와 덕에만 온 마음을 기울여
농사일을 묻는 樊須(번수)를 비루하게 여겼다.
董仲舒(동중서)는 거문고와 책을 좋아하여
3년 내내 전원에 발걸음을 내딛지 않았다.
만약에 티끌세상을 벗어날 수 있다면
그들의 자취를 밟아 성현이 될 수 있겠지.
나 자신 감히 공경을 받지 못하고서야
도덕의 아름다움을 삼가 찬양할 수 있겠는가?

---

1) 孔耽道德(공탐도덕) : 공자가 道(도)와 德(덕)을 즐기다. '耽(탐)' : 잠기다. 몰두하다.

2) 樊須是鄙(번수시비) : '번수'는 樊遲(번지)를 가리킨다. 《論語(논어) · 子路(자로)》에 "樊遲請學稼 (번지청학가), 子曰(자왈), 吾不如老農.(오불여노농), 請學爲圃(청학위보), 曰(왈), 吾不如老圃(오불여노보), 樊遲出(번지출), 子曰(자왈), 小人哉(소인재)! 樊須也(번수야)." ("번지(樊遲)가 공자에게 농사에 관해서 배우기를 청하였다. 공자가 말하길, "농사에 관해서 나는 늙은 농부만 못하다." 채소 농사에 관해 배우기를 청하였다. 공자께서 말씀하시길, "채소 농사에 관해서 나는 채소 가꾸는 늙은 농부만 못하다." 이에 번지가 나가자, 공자께서 말씀하시길, "저 번수(樊須)는 참 소인(小人)이로구나!") 라는 구절이 있다.

3) 董(동) : 董仲舒(동중서)를 가리킴. 한나라 景帝(경제) 때 박사가 되어 武帝(무제) 때, 일찍이 정책에 대해 부름을 받았다. 經學(경학0에 널리 밝았으며, 문하에 많은 제자들을 두었다. 이후 세대를 거치면서 모두가 그를 공자학문의 一代宗師(일대종사)로 여겼다. 저서로는 《春秋繁露(춘추번로)》 등이 있다.

4) 田園不履(전원불리) : 전원을 밟지 않다. 《漢書(한서) · 董仲舒傳(동중서전)》에 "下帷講涵(하유강함), 弟子傳以久次相授業(제자전이구차상수업), 或莫見其面.(혹막견기면), 盖三年不窺園.(개삼년부규원) 其精如此(기정여차)."라는 구절이 있다.

5) 軌(궤) : 바퀴 자국. 차도. 한길.

6) 斂(렴) : 거두다. 정돈하다. 衽(임) : 옷깃. 소매. 斂衽(렴임) : 옷깃을 바로잡다. 여기서는 恭敬(공경)의 의미를 나타냄.

아들을 훈계하다(命子)

　이 작품은 晉(진)·義熙(의희) 2년(405), 도연명의 나이 42세 때 지은 시이다. 본시의 제목이 《册府元龜(책부원구)》에서는 〈訓子(훈자)〉로 되어 있다. 이것은 윗사람이 아랫사람에게 올바른 행실을 따르게 하는 것으로써 命(명)이라고도 하는데 같은 뜻으로 쓰였다. 이 시는 14세의 큰 아들인 陶儼(도엄)에게 써준 시로써 그가 막 아동기를 벗어나 청소년으로 들어서는 시기이다. 시인은 그의 아들에게 찬란하게 빛나는 조상의 정신과 家風(가풍)을 이어줄 것과 힘써 노력하여 훌륭한 인재가 되어줄 것을 격려하고 있다. 전반부 1수부터 6수까지는 先代(선대)가 이루어 놓은 功德(공덕)과 德澤(덕택)에 대해 履歷(이력)과 행적을 말하고 있다. 제 7장은 지금까지의 내용을 뛰어 넘어 자신이 처해 있는 衰頹(쇠퇴)한 현실과 생활의 어려움을 묘사하고 있으며, 장자인 儼(엄)이 태어났을 때의 일을 묘사하고 있다. 8수에서는 이름과 字(자)를 취해 자식에게 기대와 희망을 표현하고 있고, 9장에서는 아들이 자신보다 뛰어나기를 바라고 있다. 10수에서는 힘써 노력하여 뛰어난 인재가 되기를 염원하고 있으며 동시에 아들이 걸어갈 미래의 인생행로에 대해 전반적으로 지도하는 모습에서 자상하고 소박한 父情(부정)을 느낄 수 있다. 전반부 6수까지는 東晉(동진)시기 門閥(문벌)의 관념을 반영하고 있는 것으로 보아 도연명은 중국 詩歌(시가)의 전통적인 글의 형식을 계승하였다. 屈原(굴원)의 《離騷(이소)》 첫 머리에서도 "帝高陽之苗裔兮(제고양지묘예혜), 朕皇考曰伯庸(짐황고왈백용)."(고양 임금의 후예이며, 나의 아버지는 伯庸(백용)이라 하신다.) 라는 구절이 나오는데 같은 맥락이라 할 수 있다. 도연명은 조상의 공덕을 찬양하면서 세상에 쓰임이 있을 때는 나아가서 자기의 道(도)를 행하고, 쓰임이 없을 때는 물러나 隱居(은거)하는 이른바 도리에 부합되는 내용으로 일관되어 있다. 여기에는 자신의 철학과 인생관을 담아 종족의 전통적인 品德(품덕)을 읊고 있으며, 아들이 욕되지 않고 영예롭게 재능과 풍모를 세상에 구가하기를 바라는 적극적인 의미가 시 전편에 흐르고 있다.

命子(명자) 一首

悠悠我祖,[1)](유유아조)
爰自陶唐.[2)](원자도당)
邈焉虞賓,[3)](막언우빈)
歷世重光.[4)](역세중광)
御龍勤夏,[5)](어룡근하)
豕韋翼商.[6)](시위익상)
穆穆司徒,[7)](목목사도)
厥族以昌.[8)](궐족이창)

아들을 훈계하다 (1수)

아득히 먼 고대의 우리 조상은
堯(요) 임금 陶唐氏(도당씨)에서 비롯되었다.
먼 옛날 丹朱(단주)는 순임금 때 빈객이 되어
대대로 우리 가문은 거듭된 영광을 입어왔다.
御龍氏(어룡씨)는 夏(하)나라에서 힘써 일하였고
豕韋氏(시위씨)는 商(상)나라를 보좌하였다.
존경받는 司徒(사도)가 西周(서주) 때 나와
우리 종족이 크게 번창하였다.

---

1) 悠悠(유유) : 유구하다. 유유하다. 요원하다.

2) 陶唐(도당) : 堯(요) 임금을 가리킴. 요임금은 처음에 陶丘(도구 : 지금의 山東省(산동성) 定陶(정도))에 거처했으나, 후에 唐(당 : 지금의 河北省(하북성) 唐縣(당현))으로 이주하였으므로 陶唐氏(도당씨)라고 불렸으며, 史料(사료)에는 唐堯(당요)로 기록되어 있다.

3) 虞賓(우빈) : 虞舜(우순) 때, 堯(요) 임금의 아들인 丹朱(단주)를 가리킨다. 후에 唐나라로 가서 살았으므로 '도당씨'라고 함. 《書經(서경) · 益稷(익직)》에 "虞賓在位(우빈재위), 群后德讓(군후덕양)."(순임금의 손님이 자리에 서고, 여러 제후들은 서로 덕으로써 사양한다.)라는 구절이 있다. 堯(요)임금은 舜(순)에게 禪位(선위)하였으며, 요임금과 순임금은 仁愛(인애)의 덕으로 善政(선정)을 베풀어 이상적인 태평시대를 연 중국 상고시대 최고의 존경받고 추앙받는 전설적인 인물이다.

4) 歷世(역세) : 대대로. 重光(중광) : 거듭된 영광을 누리다.

5) 御龍(어룡) : 요임금에서 비롯된 夏代(하대) 때의 후손.

6) 豕韋(시위) : 요임금에서 비롯된 商代(상대) 때의 후손.

7) 穆穆(목목) : 아름답고 존경할만한 모양. 司徒(사도) : 西周(서주)시기의 陶叔(도숙)을 가리킴.

8) 族(족) : 동족. 昌(창) : 번창하다.

命子(명자) 二首

아들을 훈계하다 (2수)

紛紛戰國,¹⁾(분분전국)

어지럽고 혼란한 戰國(전국)시대

漠漠衰周.²⁾(막막쇠주)

황량하고 쇠퇴해가던 東周(동주) 말기.

鳳隱於林,³⁾(봉은어림)

봉황은 수풀 속에 숨어 깃들었고

幽人在丘.⁴⁾(유인재구)

陶氏(도씨)는 깊은 산언덕에 숨어 살았다.

逸虬遶雲,⁵⁾(일규요운)

날아오른 虬龍(규룡)은 구름을 휘감았고

奔鯨駭流⁶⁾(분경해류)

치솟아 오른 고래는 파도를 놀라게 하였다.

天集有漢,⁷⁾(천집유한)

하늘이 漢(한)나라를 일으켜 세우자

眷余愍侯.⁸⁾(권여민후)

우리 종족의 愍侯(민후) 총애를 받으셨다.

---

1) 紛紛(분분) : 어지럽게 흩날리는 모양.

2) 漠漠(막막) : 황량하고 적막함.

3) 鳳隱於林(봉은어림) : 봉황이 산림에 숨다.

4) 幽人在丘(유인재구) : 은둔하여 사는 사람은 산언덕에 있다.

5) 虬(규) : 규룡. 뿔이 난 작은 용. 遶雲(요운) : 구름을 휘감다.

6) 逸虬遶雲(일규요운), 奔鯨駭流(분경해류) : 주나라 말기, 군웅들의 격렬했던 전쟁을 형용함. 逸(일)

7) 集(집) : 성취하다. 이루다. 有(유) : 語頭助詞(어두조사)로 뜻이 없음. 《書經(서경)·武成(무성)》에 "大統未集(대통미집)." (큰일을 이루
   지 못하다.) 이라는 구절이 있다.

8) 眷(권) : 총애하며 관심을 쏟다. 愍侯(민후) : 陶舍(도사)를 가리킴. 《史記(사기)·高祖功臣侯者年表(고조공신후자연표)》에 "以右司馬
   漢王五年初從(이우사마한왕오년초종), 以中尉擊燕(이중위격연), 定代(정대), 侯(후)."라는 구절이 있다.

命子(명자) 三首

於赫愍侯,[1] (어혁민후)
運當攀龍.[2] (운당반룡)
撫劍風邁,[3] (무검풍매)
顯玆武功.[4] (현자무공)
書誓山河,[5] (서서산하)
啓土開封.[6] (계토개봉)
亹亹丞相,[7] (미미승상)
允迪前蹤.[8] (윤적전종)

아들을 훈계하다 (3수)

아아, 찬란하게 빛나는 愍侯(민후)는
황제를 따라 공업을 세울 운을 만났다.
검을 손에 쥐고 질풍처럼 돌진하여
뛰어난 武功(무공)을 천하에 드러내었다.
글을 적어 태산과 황하에 맹세하고
開封(개봉)에서 封地(봉지)를 하사받았다.
게으르지 않고 근면하신 丞相(승상) 陶靑(도청)은
진실로 조상의 발자취를 잘 따랐다.

1) 於(어): 찬미하는 감탄사. 赫(혁): 찬란하게 빛나다.
2) 攀龍(반룡): 功業(공업)을 이루다. 功(공)을 세우다.
3) 風(풍): 세찬 바람. 疾風怒濤(질풍노도)와 같은 바람.
4) 顯玆武功(현자무공): 뛰어난 무공을 세상에 드러내다.
5) 書誓山河(서서산하): 글을 적어 황하와 태산에 맹세하다. '山'은 태산, '河'는 황하를 가리킨다.
6) 啓土開封(계토개봉): 封地(봉지)를 하사받고 開封侯(개봉후)에 봉해지다. 開封(개봉)을 열다. 《史記(사기)·高祖功臣侯者年表(고조공신후자연표)》에 "陶舍(도사)는 開封(개봉)에서 封地(봉지)를 받았다고 기록되어 있다.
7) 亹亹(미미): 근면하고 게으르지 않은 모양. 丞相(승상): 陶靑(도청)을 가리키며 陶舍(도사)의 아들이다. 《漢書(한서)·百官公卿表(백관공경표)》에 "孝景二年八月(효경이년팔월), 御使大夫陶靑爲丞相(어사대부도청위승상), 七年六月免(칠년육월면)." (효경 2년 8월, 어사대부인 '도청'은 승상이 되어 효경 7년 8월에 면직되었다.) 라는 구절이 있다.
8) 允(윤): 공평하고 타당하다. "迪(적): (발자취)를 따르다. 《後漢書(후한서)·張衡傳(장형전)》에 "百揆允當(백규윤당), 庶績咸熙(서적함희)."라는 구절이 있고, 《書經(서경)·皐陶謨(고도모)》에 "允迪厥德(윤적궐덕)."이라는 구절이 있다. 前蹤(전종): 전대의 발자취.

命子(명자) 四首

渾渾長源,[1] (혼혼장원)
蔚蔚洪柯.[2] (울울홍가)
群川載導,[3] (군천재도)
衆條載羅.[4] (중조재라)
時有語默,[5] (시유어묵)
運因隆窊.[6] (운인융와)
在我中晉,[7] (재아중진)
業融長沙.[8] (업융장사)

아들을 훈계하다 (4수)

도도하게 흘러가는 길고 긴 강물
무성한 나뭇가지는 힘차게 뻗어 오른다.
여러 하천은 발원지에서 흘러나오고
많은 가지들은 큰 줄기에서 나와 자란다.
때때로 出仕(출사)와 隱退(은퇴)를 거듭하며
운수가 그로 인해 오르거나 내리기도 하였다.
우리 晉(진)나라 왕실이 동쪽으로 옮겨간 이후
功業(공업)이 빛나는 분이 長沙公(장사공)이셨다.

---

1) 渾渾(혼혼) : 도도하게 흐르는 모양. 넓고 큰 모양. 순박한 모양. 분란한 모양.
2) 蔚蔚(울울) : 울창한 모양. (초목이) 무성한 모양. 洪(홍) : 크다. 柯(가) : 본래 나무를 뜻하나 여기서는 나무의 줄기가 조밀하게 자란 것을 가리킴.
3) 群川(군천) : 여러 하천. 載導(재도) : 발원지에서 흘러나오다. 여기서 '載'는 문장의 助詞(조사)
4) 衆條(중조) : 많은 나뭇가지. 載羅(재라) : 줄을 짓다.
5) 語默(어묵) : 出仕(출사)와 隱退(은퇴)를 가리킴.
6) 運(운) : 運數(운수). 隆窊(융와) : 오르고 내리다.
7) 中晉(중진) : 晉(진)나라의 중세. 晉室(진실)이 동쪽으로 옮겨간 이후를 가리킴. 東晉(동진)
8) 業融(업융) : 功業(공업)이 현저하게 빛나다. 長沙(장사) : 曾祖父(증조부)인 陶侃(도간)을 가리킴.

命子(명자) 五首

桓桓長沙,[1] (환환장사)
伊勳伊德.[2] (이훈이덕)
天子疇我,[3] (천자주아)
專征南國.[4] (전정남국)
功遂辭歸,[5] (공수사귀)
　臨寵不忒.[6] (임총불특)
孰謂斯心, (숙위사심)
而近可得. (이근가득)

아들을 훈계하다 (5수)

위풍당당한 長沙公(장사공) 陶侃(도간)은
功勳(공훈)을 이루고 덕행을 높이 세우셨다.
천자께서 封地(봉지)를 하사하여 계승토록 하시고
남방 제후국의 정벌을 전적으로 관장하게 하셨다.
큰 공을 이룬 뒤 관직을 사직하고 고향으로 돌아가니
은총을 받았으면서도 한 치의 어긋남도 없었다.
그 누가 이러한 마음을 말할 수 있겠는가?
지금 세상에 그 마음을 다시 얻을 수 있다고.

---

1) 桓桓(환환) : 威武(위무)도 당당한 모양. 위풍당당한 모양.
2) 伊勳伊德(이훈이덕) : 공훈을 이루고 덕을 높이 세우다.
3) 疇(주) : 특별히 우대를 하다. 아버지의 爵位(작위)를 아들이 세습하다.
4) 專(전) : 전적으로 주관하다. 관장하다. 南國(남국) : 남방의 諸侯國(제후국).
5) 功遂(공수) : 功(공)을 이루다. 辭歸(사귀) : 사직하고 돌아가다.
6) 臨寵(임총) : 총애를 받다. 不忒(불특) : 어긋남이 없다. 그릇됨이 없다.

命子(명자) 六首

肅矣我祖,[1] (숙의아조)

愼終如始.[2] (신종여시)

直方三臺,[3] (직방삼대)

惠我千里.[4] (혜아천리)

於皇仁考,[5] (어황인고)

淡焉虛止.[6] (담언허지)

寄跡風雲,[7] (기적풍운)

冥玆慍喜.[8] (명자온희)

아들을 훈계하다 (6수)

엄정하고 공경 받는 나의 조부는

삼가고 신중함이 처음과 끝이 같았다.

정직과 공정함은 조정 안팎에 널리 퍼졌고

그 은혜 천리 먼 곳까지 화락하게 하셨다.

아아, 훌륭하고 정직하신 내 아버님은

성정이 담박하여 마음을 비우고 사셨다.

바람과 구름에 종적을 감추시고서는

마음이 한결같아 성냄과 기뻐함이 없으셨다.

---

1) 肅(숙) : 엄정하다. 祖(조) : 祖父(조부).《晋書(진서)·陶潛傳(도잠전)》에 "祖茂(조무), 武昌太守(무창태수)." 라는 구절이 있다.

2) 愼終如始(신종여시) : 신중함이 처음과 끝이 같다.

3) 方(방) : 세상에 널리 퍼지다.

4) 惠我千里(혜아천리) : 은혜가 천리 먼 곳까지 미치다.

5) 皇(황) : 훌륭하고 바르다. 考(고) : 돌아가신 아버지를 가리킴.《禮記(예기)·典禮(전례)》에 "父死曰考(부사왈고), 母死曰妣(모사왈비)."라는 구절이 나온다.

6) 淡焉虛止(담언허지) : 담박하게 마음을 비우고 살다.

7) 寄跡(기적) : 몸을 기탁하다. 종적을 감추다. 風雲(풍운) : 바람과 구름. 여기서는 "산림에 은거하다." 라는 뜻이다.

8) 冥(명) : 어떤 판본에는 '寘(치)'로 되어 있음. '冥'의 본래 뜻은 "어둡다."이며, 여기서는 "조금도 개의치 않다."라는 뜻으로 사용되었다.

命子(명자) 七首

嗟余寡陋,[1](차여과루)
瞻望不及.[2](첨망불급)
顧慚華鬢,[3](원참화빈)
負影隻立.[4](부영척립)
三千之罪,[5](삼천지죄)
無後爲急.[6](무후위급)
我誠念哉,[7](아성염재)
呱聞爾泣.[8](고문이읍)

아들을 훈계하다 (7수)

아아, 나는 덕도 없고 재능이 없어
선조를 멀리 바라만 볼 뿐 따라잡을 수 없다.
부끄러운 것은 귀밑머리 하얗게 변해 가는데
그림자 등지고 홀로 서 있는 신세인 것이다.
삼천 가지 죄 가운데 하나가
후손 없는 것이 가장 큰 것이다.
내가 정성을 다해 염원하였더니
네가 태어나는 울음소리를 듣게 되었다.

---

1) 嗟(차): 탄식하다. 발어사. 寡陋(과루): 자신을 낮춘 겸손의 표현.
2) 瞻望不及(첨망불급): 멀리 바라만 볼 뿐 그에 미치지 못하다.
3) 顧慚華鬢(고참화빈): 귀밑머리가 하얗게 변해가는 것을 부끄럽게 여기다.
4) 負影隻立(부영척립): 도연명은 한 분의 아버지에 다른 어머니의 姉妹(자매)가 있었는데, 세 살 때 이미 출가하였다.
5) 三千之罪(삼천지죄): 三千(삼전) 가지의 죄. 《孝敬(효경)》에 "五刑之屬三千(오형지속삼천), 而罪莫大於不孝(이죄막대어불효)." (五刑(오형)에 속하는 죄가 삼천 가지지만, 그 중에서 불효보다 큰 죄는 없다.) 라는 구절이 있다. "三千之罪'는 바로 3,000 가지 죄 중에 五刑罪(오형죄)를 범한 것을 가리킨다.
6) 無後(무후): 無子(무자). 자식이 없음. 《孟子(맹자)·离婁(이루)》에 "孟子曰(맹자왈), 不孝有三(불효유삼), 無後爲大(무후위대)." (불효에는 세 가지가 있는데, 그 중에서 후손이 없어서 대를 잇지 못하는 것이 가장 크다.) 라는 구절이 있다.
7) 誠念(성념): 정성스럽게 염원하다.
8) 呱聞(고문): 아기가 '으앙'하며 태어나는 울음소리를 듣다.

命子(명자) 八首

卜云嘉日,¹⁾(복운가일)
占亦良時,²⁾(점역양시)
名汝曰儼,³⁾(명여왈엄)
字汝求思.⁴⁾(자여구사)
溫恭朝夕,⁵⁾(온공조석)
念玆在玆.⁶⁾(염자재자)
尚想孔伋,⁷⁾(상상공급)
庶其企而.⁸⁾(서기기이)

아들을 훈계하다 (8수)

점을 치니 태어난 날이 좋다고 하고
점괘 역시 태어난 시간이 좋은 때라 한다.
너의 이름을 儼(엄)이라 지었고
字(자)를 求思(구사)라고 하였다.
조석으로 늘 온화하고 공손해야 할지니
마음속에 새기고 또 새겨두어라.
바라건대 늘 孔伋(공급) 子思(자사)를 생각하여
그분처럼 되려고 노력하길 바라는 것이다.

---

1) 嘉日(가일) : 좋은 날. 吉日(길일).

2) 占(점) : 길흉을 점치다. 良時(양시) : 좋은 시간을 가리다.

3) 儼(엄) : 정중하고 근엄하다.

4) 字汝求思(자여구사) : 字(자)를 '求思(구사)'라고 짓다. 도연명 長子(장자)의 이름과 字(자)는 《禮記(예기)‧典禮(전례)》에서 그 의미를 취했다. "毋不敬(무불경), 儼若思(엄약사)." ((모든 일에) 공경하지 않음이 없고, (행실을 엄숙하게 하여 생각하는 것처럼 하다.) 라는 구절이 있다. 모든 일을 하는데 있어서 공경하고 사려 깊게 행동해야 한다는 뜻이다.

5) 溫恭朝夕(온공조석) : 아침과 저녁으로 늘 온화하고 공손하다.

6) 念玆在玆(염자재자) : 마음에 새기고 또 새기다.

7) 孔伋(공급) : '子思(자사)'의 字(자)이며, 공자의 손자이다. '자사'는 충실하게 공자의 儒學(유학)을 계승하였다고 전해진다. 孟子(맹자)는 일찍이 '자사'에게서 수업하였다. 일설에는 '자사'의 문하생이라고도 알려진다.

8) 庶(서) : 희망하다. 바라다. 염원하다.

命子(명자) 九首

厲夜生子,(려야생자)
遽而求火.[1](거이구화)
凡百有心,[2](범백유심)
奚特于我.[3](해특어아)
旣見其生,(기견기생)
實欲其可.[4](실욕기가)
人亦有言,(인역유언)
斯情無假.[5](사정무가)

아들을 훈계하다 (9수)

문둥병 환자도 한밤에 아들을 낳으면
황급하게 등불을 찾아들고 비추어본다.
모든 군자가 다 같은 마음일 텐데
어찌 유독 나 혼자만이 그렇겠는가?
자식 태어난 것을 보고난 후에는
사실 그가 옳게 되기만을 바란다.
사람들 역시 늘 하는 말들이지만
그 마음에는 가식이 없는 것이다.

---

1) 厲(려) : 문둥병. 옴. '癩(라)의 뜻. 遽而求火(거이구화) : 황급하게 등불을 찾다. 《莊子(장자)·天地(천지)》에 "厲之人夜半生其子(여지인야반생기자), 遽取火而視之(거취화이시지), 汲汲然惟恐其似己也(급급연유공기사기야)." (문둥이가 밤중에 아기를 낳으면, 황급히 등불을 찾아들고 바라본다. 급하게 서두른 것은 (태어난 아기가) 자신을 닮았을까 두려웠기 때문이다.) 라는 구절이 있다.

2) 凡百(범백) : 대개의. 모든. 모든 사람. 《詩經(시경)·小雅(소아)·雨無正(우무정)》편에 "凡百君子(범백군자), 各敬爾身(각경이신)," (세상 모든 군자는 각자 자신의 몸을 공경해야 한다.) 이라는 구절이 있다. 여기에서 '凡百'은 모든 군자의 지칭하는 준말.

3) 奚(해) : 어찌. 特(특) : 유독. 특별히.

4) 實欲其可(실욕기가) : 진실로 바르게 되길 원하다.

5) 無假(무가) : 거짓이 없다. 가식이 없다.

命子(명자) 十首

아들을 훈계하다 (10수)

日居月諸,[1](일거월제)
漸免于孩.[2](점면우해)
福不虛至,[3](복불허지)
禍亦易來.[4](화역역래)
夙興夜寐,[5](숙흥야매)
願爾斯在.[6](원이사재)
爾之不才,[7](이지불재)
亦已焉哉.[8](역이언재)

하루하루 시간을 거듭하다 보면
차츰 어린아이를 면하게 될 것이다.
복이란 요행으로 오는 것이 아니고
불행 또한 쉽게 닥치는 것이다.
일찍 일어나고 밤에 잠자리에 드는
그러한 사람이 되기를 원한다.
네가 인재가 되지 못한다 해도
이 또한 어쩔 수 없는 일이다.

---

1) 日居月諸(일거월제) : 하루하루 지나가다. 《詩經(시경) · 邶風(패풍) · 日月(일월)》편에 "日居月儲(일거월저), 照臨下土(조림하토)." (해와 달이 온 땅을 비춘다.) 라는 구절이 있다. 여기에서 '居'와 '諸'는 어조사.

2) 漸免于孩(점해우해) : 《禮記(예기) · 曲禮(곡례)》에 "人生十年曰幼,(인생십년왈유) 學(학)."이라는 구절이 있다. 또 《禮記(예기) · 內則 (내칙)》에 "十有三年(십유삼년), 學樂(학낙), 通詩(통시), 舞勺(무작), 成童(성동), 舞象(무상), 學射御(학사어)."라는 구절이 있다. 《禮 記(예기)》에 의하면 남자 15세 이하이면 '幼(유)'라 했고, 15세 이상이면 '童(동)'이라 하고, 20세면 '冠(관)'이라 했다. 도연명은 연령의 단어를 사용할 때 모두 《禮記》의 표준에 근거했음을 알 수 있다.

3) 福不虛至(복지허지) : 복은 僥倖(요행)으로 거저 오는 것이 아니다.

4) 禍亦易來(화역이래) : 불행 또한 쉽게 닥치다.

5) 夙興(숙흥) : 일찍 일어나다. 夜寐(야매) : 밤에 잠을 자다. 여기서는 새벽에 일찍 일어나고, 낮에는 열심히 일하고 배우며, 저녁에는 일찍 잠자리에 들어 피로를 풀고 다음날을 준비해야 함을 말한 것이다. 자연의 순리에 맞는 정상적인 활동을 가리키고 있다.

6) 願爾斯在(원이사재) : 네가 이런 사람이 되기를 원한다. '斯(사)'는 "夙興夜寐(숙흥야매)"를 의미하는 대명사로 쓰임.

7) 不才(불재) : 인재가 되지 못하다.

8) 亦已焉哉(이역언재) : 또한 어쩔 수 없다.

돌아가는 새(歸鳥)

　이 시는 대략 彭澤(팽택)에서 전원으로 隱逸(은일)하던 때인 도연명의 나이 약 42세 때 지은 작품이며, 〈귀원전거〉시와 같은 시기에 쓰였다. 歸鳥(귀조), 즉 '돌아가는 새'는 전원으로 돌아가 은거하고자 하는 도연명 자신을 비유한 것이다. 전대의 학인들은 이것을 比喩体(비유체)의 형식으로 체현되었다고 말한다. 새를 자신에 비유하여 지은 수법은 《詩經(시경)》에 나오는 전통적인 '比(비)'의 형식을 채용한 것으로 보인다. 1수에서 이른 아침 자신이 머물던 둥지를 떠나 잠시 세상 먼 밖으로 날고자 했던 고결한 이상과 굳은 의지가 '八表(팔표)'라는 단어로 드러나 있다. 이것은 시인이 원대한 야망을 품고 功業(공업)을 이루고자 했던 처음 出仕(출사)할 때의 마음으로 볼 수 있다. 그러나 바람, 즉 세상의 혼탁한 벼슬길이 자신의 뜻과 맞지 않아 결국 방향을 바꾸어 마음에 구속됨이 없는 전원으로 돌아가고자 한 마음이 강하게 나타나 있다. 처해진 현실의 상황이 자신이 지향한 이상과는 반대로 음모와 술수가 판치는 혼탁하고 불안한 세상이기에 난세를 피해 고향으로 돌아가고자 했던 시인의 절박한 심정이 시 전편에 흐르고 있다. 2수에서는 세상의 모순 속에서 출사와 은퇴를 거듭하며 갈등했던 시인의 마음이 그려져 있다. 결국 세상의 번잡함을 벗어나 구름이 걸쳐 있는 숲속, 즉 전원으로 돌아와 초탈한 삶에 안착한 모습을 통해 천성이 본래 자연을 좋아했던 시인의 마음을 강조하고 있다. 3수에서는 은퇴 후 둥지인 전원에 돌아와 躬耕(궁경), 즉 몸소 밭을 갈며 초탈한 삶을 보내고 있는 자신의 일상을 그리고 있다. 당초에 세상에 나가 뜻을 펼치고자 했지만 모순과 갈등을 겪으며 끝내 자연으로 돌아가지 않을 수 없었던 시인의 인간적 고뇌가 반영되어 있다. 마지막 4수에서는 조롱하는 말투로 반어법을 사용하여 세상과 완전히 결별하고 전원으로 돌아와 자연에 기탁하여 초탈과 자족의 삶을 견지해가는 시인의 확고부동한 절조와 남은 인생의 의지가 반영되어 있다.

歸鳥(귀조) 一首

翼翼歸鳥,[1](익익귀조)
晨去於林.[2](신거우림)
遠之八表.[3](원지팔표)
近憩雲岑.[4](근게운잠)
和風不洽,(화풍불흡)
翻翮求心.[5](번핵구심)
顧儔相鳴,[6](고주상명)
景庇淸陰.[7](경비청음)

돌아가는 새 (1수)

훨훨 자유로이 날아 돌아온 새
이른 아침 숲을 떠나갔네.
하늘 끝 먼 곳까지 날기도 했고
가까이는 구름 봉우리에서 쉬기도 했다.
부드러운 바람이 넉넉하지 못해
날개를 돌려 근본으로 돌아가고자 했다.
짝을 돌아보며 서로 소리 내어 울다가
맑은 그늘에 의지해 그림자를 숨겼다.

---

1) 翼翼(익익) : 날아오르는 모양. 공경하고 삼가는 모양. 굳센 모양. 번성한 모양. 조심조심하다.

2) 晨去於林(신거어림) : 새벽에 숲에서 떠나다.

3) 八表(팔표) : 팔방의 구석. 팔방의 한없는 끝.

4) 憩(게) : 휴식하다. 雲岑(운잠) : 구름봉우리.

5) 翻翮(번핵) : 날개를 반대방향으로 돌리다.

6) 顧儔(고주) : 짝을 돌아보다. 相鳴(상명) : 서로 울다.

7) 景(경) : 신체 또는 사물의 그림자. 여기서는 '歸鳥(귀조)'를 가리킴. 庇淸陰(비청음) : 맑은 그늘에 기탁하다. 자연에 맡기다. 여기서는 어지러운 亂世(난세)를 피해 고향으로 돌아가고자 하는 마음을 담고 있다.

歸鳥(귀조) 二首

翼翼歸鳥, (익익귀조)
載翔載飛.[1] (재상재비)
雖不懷遊,[2] (수불회유)
見林情依. (견림정의)
遇雲頡頏,[3] (우운힐항)
相鳴而歸.[4] (상명이귀)
遐路誠悠,[5] (하로성유)
性愛無遺.[6] (성애무유)

돌아가는 새 (2수)

훨훨 자유로이 날아 돌아온 새
날아오르기도 하고 내닫기도 하였다.
비록 노닐고 싶은 생각은 없었으나
숲을 보면 의지하고 싶은 심정이었다.
구름을 만나 오르락내리락 날다가
서로 짝 삼아 지저귀며 돌아왔나.
멀고 먼 길 참으로 아득하였으나
천성이 자연을 좋아해 버리지를 못했다.

---

1) 載翔載飛(재상재비) : 날고 또 날다. 빙빙 돌기도 하고 날아오르기도 하다.

2) 不懷遊(회유) : 노닐고자 하는 생각이 없다.

3) 頡頏(힐항) : 위아래로 오르내리다. 《詩經(시경)·邶風(패풍)·燕燕(연연)》에 "燕燕于飛(연연우비), 頡之頏之(힐지항지)." (제비들이 나는데, 오르락내리락 난다.) 라는 구절이 있다. 頡(힐) : 날아오르다. 頏(항) : 날아 내리다.

4) 相鳴(상명) : 서로 짝 삼아 지저귀다.

5) 遐路(하로) : 먼 길. 誠悠(성유) : 아득히 멀다.

6) 性愛(성애) : 천성이 본래 자연을 좋아하다. 無遺(무유) : 버리지 못하다. 도연명은 어려서부터 세속의 기풍에 잘 어울리지 못하고 천성이 본래 자연을 좋아했다. 여기서는 그 의미로 사용됨.

歸鳥(귀조) 三首

翼翼歸鳥, (익익귀조)

相林徘徊.[1] (상림배회)

豈思天路,[2] (기사천로)

欣及舊棲.[3] (흔급구서)

雖無昔侶,[4] (수무석려)

衆聲每諧.[5] (중성매해)

日夕氣淸,[6] (일석기청)

悠然其懷.[7] (유연기회)

돌아가는 새 (3수)

훨훨 자유로이 날아 돌아온 새

나무숲을 보고 이리저리 배회한다.

어찌 하늘 길 날아오를 생각을 하랴?

옛날 서식했던 둥지에 다다르니 기쁘다.

비록 옛날의 벗들은 남아 있지 않지만

여러 무리의 새소리는 늘 조화를 이룬다.

저녁 무렵 공기가 산뜻하고 맑으니

한가로운 이 마음 더할 나위 없다.

---

1) 徘徊(배회): (일정한 일 없이) 이리저리 배회하다.

2) 天路(천로): 출세를 위해 나가는 벼슬길을 가리킴.

3) 舊棲(구서): 옛날 서식처. 옛 살던 집.

4) 昔侶(석려): 옛날의 친구. 옛 벗. 옛 짝.

5) 衆聲(중성): 무리지어 지저귀는 소리. 每諧(매해): 늘 조화를 이루다.

6) 日夕(일석): 저녁 무렵. 초저녁.

7) 悠然(유연): 유유하다. 한가하다. 유연하다.

歸鳥(귀조) 四首

翼翼歸鳥, (익익귀조)
戢羽寒條.[1] (즙우한조)
遊不曠林,[2] (유불광림)
宿則森標.[3] (숙칙삼표)
晨風淸興,[4] (신풍청흥)
好音時交.[5] (호음시교)
矰繳奚施,[6] (증격해시)
已卷安勞.[7] (이권안로)

돌아가는 새 (4수)

훨훨 자유로이 날아 돌아온 새
차가운 가지에 내려 날개를 접는다.
넓은 숲에서 노닐지 않아도
묵는 곳은 울창한 숲의 나뭇가지 끝이다.
새벽바람 맑은 기운 불러일으키니
아름다운 소리 때때로 어울린다.
화살을 또 어디에다 쏘겠는가?
이미 숲 속에 숨었거늘 어찌 힘쓰랴?

1) 戢羽(즙우) : 날개를 접다. 날개를 거두어들이다. 寒條(한조) : 찬 나뭇가지. 겨울의 나뭇가지.
2) 曠林(광림) : 넓은 숲. 광활한 수풀.
3) 森標(삼표) : 울창한 숲의 나뭇가지 끝.
4) 晨風(신풍) : 새벽바람. 淸興(청흥) : 맑은 기운이 일어나다.
5) 好音(호음) : 좋은 소리. 아름다운 소리. 時交(시교) : 때때로 어울리다.
6) 矰繳(증격) : '矰'는 실을 매어 새를 쏘는 짧은 화살. 繳(격) : 주살의 줄.
7) 卷(권) : 거두다. 숨다. 《論語(논어)·衛靈公(위령공)》에 "邦有道(방유도), 則仕(즉사), 邦無道(방무도), 則可卷而懷之(즉가권이회지)." (나라에 도가 있으면 벼슬에 나아가고, 도가 없으면 거두어 속에 감출 수 있구나!)라는 구절이 있다.

사천을 유람하며(遊斜川) 序文(서문)

　신축년 정월 5일, 날씨는 맑고 화창하며 경치는 한적하고 아름답다. 이웃마을 몇 사람과 함께 斜川(사천)을 유람하였다. 끝없이 흐르는 물가에 이르러 멀리 曾城山(증성산)을 바라보니, 방어와 잉어는 저물녘에 비늘을 번득이며 뛰어오르고 갈매기는 부드러운 바람을 타고 펄럭이며 난다. 저 남쪽 언덕(여산)은 듣던 대로 오래된 곳이어서 다시 감탄할 바는 아니지만, 저 '증성산'으로 말하자면 곁에 기댄 것 없이 홀로 물 가운데 빼어나 있어 멀리 신령한 崑崙山(곤륜산)을 떠올리게 하여 그 아름다운 이름이 사랑스럽다. 기쁜 마음으로 대하여도 만족스럽지 못해 즉석에서 시를 읊어내어 세월 흘러가는 것 슬퍼하며 내 나이 머물 수 없음을 슬퍼한다. 각각 나누어 나이와 마을을 적고 시일을 적는다.

遊斜川(유사천) 一首 并序(병서)

　辛丑正月五日(신축정원오일), 天氣澄和(천기징화),[1] 風物閒美(풍물문미).[2] 與二三隣曲(여이삼린곡),[3] 同遊斜川(동유서천). 臨長流(임장류), 望曾城(망증성).[4] 魴鯉躍鱗於將夕(방리약린어장석),[5] 水鷗乘和以翻飛(수구승화이번비).[6] 彼南阜者(피남부자),[7] 名實舊矣(명실구의).[8] 不得乃爲嗟歎(부득내위차탄). 若夫曾城(약부증성), 傍無依接(방무의접),[9] 獨秀中皐(독수중고),[10] 遙想靈山(요상영산),[11] 有愛嘉名(유애가명).[12] 欣對不足(흔대부족),[13] 率爾賦詩(솔이부시).[14] 悲日月之遂往(비일월지수왕),[15] 悼吾年之不留(도오연지불류).[16] 各疏年紀鄕里(각소연기향리),[17] 以記其時日(이기기시일).[18]

---

1) 天氣(천기) : 날씨. 澄和(징화) : 맑고 화창하다. 맑고 온화하다.
2) 風物(풍물) : 경치. 경관. 풍경. 閒美(한미) : 한적하고(한가롭고) 아름답다.
3) 隣曲(인곡) : 이웃마을 사람. 이웃사람.
4) 曾城(증성) : 산 이름. 曾城山(증성산). 廬山(여산)의 북쪽에 있으며, 다른 이름은 江南嶺(강남령) 또는 天子鄣(천자장)이 있음.
5) 魴鯉(방리) : 방어와 잉어.
6) 和(화) : 和風(화풍). 산들바람. 부드러운 바람.
7) 南阜(남부) : 남쪽 언덕. 여기서는 廬山(여산)을 가리킴.
8) 舊(구) : 오래다.
9) 無依接(무의접) : 의지하여 기댈 곳이 없다.
10) 皐(고) : 물가의 높은 곳.
11) 靈山(영산) : 崑崙山(곤륜산)을 가리킴.
12) 嘉名(가명) : 아름다운 이름. 훌륭한 이름.
13) 對(대) : 산과 경물을 대하고 감상하다.
14) 率(솔) : 여기서는 '즉흥'이란 뜻으로 쓰임. 爾(이) : 助詞(조사).
15) 遂(수) : 나아가다. 끊임없이 이어지다. 연속하다.
16) 悼(도) : 상하다. 아깝다.
17) 疏(소) : 항목을 나누어 기술하다.
18) 以(이) : 접속사.

遊斜川(유사천)

開歲倏五日,[1] (개세숙오일)
吾生行歸休,[2] (오생행귀휴)
氣和天惟澄,[3] (염지동중회)
及辰爲茲遊,[4] (급신위자유)
氣和天惟澄,[5] (기화천유징)
班坐依遠流,[6] (반좌의원류)
弱湍馳文魴,[7] (약단치문방)
閒谷矯鳴鷗.[8] (한곡교명구)

사천을 유람하다

새해가 시작되어 홀연 닷새가 지났으니
나의 인생도 머지않아 종지부를 찍겠지.
그 때를 생각하자니 마음이 움직거려
때를 맞추어 이 놀이를 하는 것이다.
기운은 화창하고 하늘 또한 맑은데
긴 물길을 따라 줄지어서 앉았다.
완만하게 흐르는 여울목엔 얼룩진 방어 치닫고
한적한 계곡엔 갈매기 울며 날아간다.

---

1) 倏(숙) : 홀연. 잠깐.
2) 行歸休(행귀휴) : 결국 죽음으로 돌아가다.
3) 氣和(기화) : 기온이 하창하다. 澄(징) : 맑다.
4) 辰(신) : 때. 시간.
5) 氣和(기화) : 기온이 하창하다. 澄(징) : 맑다.
6) 班坐(반좌) : 나이 순서대로 앉다. 순서대로 앉다.
7) 弱(약) : 물의 흐름이 느리다. 湍(단) : 여울.
8) 矯(교) : 높이 날다. 펄펄 날다.

迴澤散游目,[1] (형택산유목)　　　멀리 물 위를 눈을 돌려 응시하기도 하고

緜然睎曾丘.[2] (면연제증구)　　　아득히 멀리 曾丘(증구)산을 바라보기도 한다.

雖微九重秀,[3] (수미구중수)　　　곤륜산의 높고 빼어남에는 미치지 못하지만

顧瞻無匹儔.[4] (고첨무필주)　　　둘러보아도 그에 견줄 만한 상대가 없다.

提壺接賓侶,[5] (제호접보려)　　　술병을 들고 같이 온 친구들 마주하여

引滿更獻酬.[6] (인만갱헌주)　　　잔에 가득 술을 따라 번갈아 주고받는다.

未知從今去,[7] (미지종금거)　　　알 수 없어라, 지금 이후의 일을

當復如此不.[8] (당부여차불)　　　다시 이처럼 즐길 수 있겠는가?

中觴縱遙情,[9] (중상종요정)　　　중간쯤 술을 마시다가 아득한 정 멋대로 풀어놓고

忘彼千載憂.[10] (망피천재우)　　　저 천년의 근심 잊어버린다.

且極今朝樂,[11] (차극금조락)　　　잠시나마 오늘 아침을 맘껏 즐겨야지

明日非所求.[12] (명일비소구)　　　내일 일은 애써 보아도 소용없다.

---

1) 迴(형) : 멀다. 澤(택) : 물이 쌓여 고인 곳.

2) 緜然(면연) : 사려가 깊다. 차마 눈을 떼지 못하다. 睎(제) : 응시하다.

3) 微(미) : 다른 것에 비해 못하다. 뒤떨어지다. 九重(구중) : 崑崙山(곤륜산)의 높은

4) 顧瞻無匹儔(고첨무필주) : 돌아보아도 상대할 짝이 없다.

5) 接(접) : (손님을) 맞이하다. 서로 마주하다.

6) 引(인) : 술을 따르다. 更(갱) : 바꾸다. 교체하다. 여기서는 "잔을 번갈아 주고받다."의 뜻.

7) 未知從今去(미지종금거) : 지금 이후의 일을 알지 못하다.

8) 不(불) : 否(부)의 뜻과 동일하다. ~하지 않았는가? 의문문 맨 끝에 쓰여 물음을 나타내는 조사로 쓰임.

9) 中觴(중상) : 여기서는 반은 깨어 있고 반은 취해 있는 상태를 가리킴. 중간쯤 술을 마시다.

10) 千載憂(천재우) : 천년의 근심. 生(생)과 死(사)의 근심. 漢代(한대) 《古詩十九首(고시십구수)》에 "生年不滿百(생년불만백), 常懷千載憂(상회천재우)."(인생 백년을 다 채우지 못하면서 천년의 근심을 품고 산다.)라는 구절이 있다.

11) 且(차) : 잠시. 잠깐. 今朝(금조) : 오늘 아침.

12) 非所求(비소구) : 구하는 바가 아니다. 여기서는 "(내일 일에 대해)" "애써 보아도 소용없다."의 뜻.

작품해설

斜川(사천)을 유람한 시기는 序文(서문)에 나와 있는 대로 干支(간지)로 辛丑年(신축년)이며, 이 해는 隆安(융안) 5년(401), 도연명의 나이 37세 때이다. '斜川(사천)'은 지명이며, 현재의 중국 江西省(강서성) 星子縣(성자현) 廬山(여산) 동남쪽에 위치한 곳을 말한다. 산천문학이라 해도 순수자연의 동정만을 묘사한다고는 볼 수 없으나 그는 景物(경물)에 感得(감득)한 바가 있으면 종종 감정을 모아 마음을 詩想(시상)에 기탁하였다. 시 중에 "기운은 화창하고 하늘 또한 맑은데, 긴 물길을 따라 줄지어서 앉았다. 약한 여울목엔 얼룩진 방어 치닫고, 한적한 계곡엔 갈매기 울며 날아간다."의 대목은 한 폭의 그림처럼 정겹게 다가온다. 또 曾城(증성)의 빼어난 경치에 흠뻑 젖어 술을 번갈아 주고받으며 감흥을 노래하고 있는 부분에서 시인의 호방한 풍골이 은은하게 투출된다. 이처럼 斜川(사천)의 풍물이 한가롭고 아름답게 펼쳐져 있기에 시인의 소박한 감성과 고결한 마음이 움직일 수밖에 없는 화락한 정경이 한 폭의 산수화처럼 채색되어 있다. 여기에는 시인이 대자연에 변화를 따라 生死(생사)와 得失(득실)에 연연치 않고 자연에 마음을 기탁한 채 自適(자적)하며 살아가는 유연한 삶의 태도가 그려져 있다.

示周續祖謝(시주속조사) 一首

주속지, 조기, 사경이
세 사람에게 보여주다 (1수)

負痾頹簷下,[1](부아퇴첨하)

終日無一欣.[2](종일무일흔)

藥石有時閑,[3](약석유시한)

念我意中人.(염아의중인)

相去不尋常,[4](상거불심상)

道路邈何因.[5](도로막하인)

周生述孔業,[6](주생술공업)

祖謝響然臻.[7](조사향연진)

道喪向千載,[8](도상향천재)

今朝復斯聞.[9](금조부사문)

馬隊非講肆,[10](마대비강사)

校書亦已勤.[11](교서역이근)

老夫有所愛,[12](노부유소애)

思與爾爲隣.[13](사여이위린)

願言誨諸子,[14](원언회제자)

從我穎水濱.[15](종아영수빈)

병들어 무너진 처마 아래서 지내자니

종일토록 기쁜 일이 하나도 없다.

약과 침으로 치료하다가 틈이라도 생기면

내 마음 속 그리운 사람들을 생각한다.

서로간의 거리가 가깝지도 멀지도 않지만

도로가 멀게만 느껴지니 무슨 연유인가?

周君(주군)이 공자의 학문을 강술하니

祖君(조군)과 謝君(사군)이 호응하여 모였다.

儒學(유학)이 천년 가까이나 상실되었었는데

오늘 비로소 여기에서 다시 들어본다.

마구간은 經書(경서)를 강론할 곳이 아닌데도

책을 교감하는 일에 저토록 부지런하다.

이 늙은이는 진정 좋아하는 바가 있어서

그대들과 이웃이 되고자 생각하는 것이다.

원컨대 제군들에게 말해주고 싶거니와

나와 함께 穎水(영수)의 물가에서 밭을 가세.

---

1) 痾(아): 병. 頹(퇴): 무너지다. 기울다.

2) 終日(종일): 하루 종일. 無一欣(무일흔): 기쁜 일이 하나도 없다.

3) 石(석): 전통적인 의학에서는 약에도 돌을 사용했다. 이와 관련하여《本草(본초)》에도 기록되어 있는데 磁石(자석)에 속하는 돌 종류를 말한다. 여기서는 '침'의 뜻으로 사용되었다. 閑(한): 틈.

4) 尋(심): 8척. 常(상): 16척.

5) 道路邈何因(도로막하인): 길이 멀게만 느껴지는 이유가 무엇인가?

6) 述孔業(술공업): 공자의 유학을 강술하다.

7) 響(향): 울리다.《易經(역경)·繫辭(계사)》에 "其受命也如響(기수명야여향)." (그 명을 받음이 울리는 것과 같다.)이라는 구절이 있다. 臻(진): 이르다.

8) 道(도): 여기서는 儒道(유도)를 가리킴. 千載(천재): 천 년.

9) 斯(사): 여기서는 공자의 道(도)를 가리킴. '斯聞(사문)'은 주어가 도치됨. 본래 '聞斯'

10) 馬隊(마대): 말을 사육하는 곳. 講肆(강사): 강론하는 곳.

11) 校(교): 정정하다. 여기서는 '校勘(교감)'을 의미한다.

12) 老夫有所愛(노부유소애): 이 늙은이는 좋아하는 바가 있다. 여기서는 도연명 자신을 자칭한 것이다.

13) 爲隣(위린): 이웃이 되다.

14) 誨(회): 가르치다. 인도하다. '謝(사)'라고 된 판본도 있다. 言(언): 어조사로 뜻이 없다.

15) 穎水濱(영수빈): 영수의 발원지는 河南省(하남성) 登封縣(등봉현) 지역이며, 安徽省(안휘성) 지역의 淮水(회수)로 흘러들어간다. 堯(요)임금 때 隱士(은사)였던 許由(허유)가 中岳(중악)의 穎水(영수)가에서 밭을 갈았다고 전해진다. 여기에서는 隱居(은거)의 장소를 가리킨다.

작품해설

이 시는 意熙(의희) 12년(416), 도연명의 나이 52세 때 지은 작품이다. 내용 중에 "道喪 向千載(도상향천재), 今朝復斯聞(금조부사문)."(儒道(유도)가 천년 가까이나 상실되었었는 데, 오늘 비로소 여기에서 다시 들어본다.)이란 구절은 시인을 매우 기쁘게 하는 상황으로 전개되었는데, 바로 뒤에 "馬隊非講肆(마대비강사), 校書亦已勤(교서역이근)"(마구간은 경 서를 강론할 곳이 아닌데도, 책을 교감하는 일에 저토록 부지런하다.) 라는 구절이 와서 전 후의 문맥은 얼핏 보기에 일치하지 않는 듯 보이지만 부조화 속에 오히려 익살스러운 맛이 배가된 느낌을 갖게 한다. 시인이 周績之(주속지), 祖企(조기), 謝景夷(사경이) 세 사람에 대해 매우 우호적인 마음을 품고 있음을 알 수 있다. 시 중에 文勢(문세)의 起伏(기복)이 교 체되는 가운데 호의적인 마음을 불러들이고 있는데 이것은 시인이 전통적으로 넌지시 돌려 말하는 풍자적인 특색을 계승했다고 볼 수 있다.

산해경을 읽고서 13수(讀山海經[1] 十三首)

讀山海經(독산해경) 一首　　산해경을 읽고서 (1수)

孟夏草木長,[2](맹하초목장)　　초여름 초목들이 무럭무럭 자라나

繞屋樹扶疎,[3](요옥수부소)　　집을 둘러싼 수목들이 무성하다.

衆鳥欣有託,[4](중조흔유탁)　　무리의 새는 의지할 곳 있어 기뻐하고

吾亦愛吾廬.[5](오역애오려)　　나 역시 내 허름한 초가집을 사랑한다.

旣耕亦已種,[6](기경역이종)　　밭을 갈아 제치고 씨도 이미 뿌렸는지라

時還讀我書.[7](시환독아서)　　이따금 돌아와 내 소장된 책들을 읽는다.

窮巷隔深轍,[8](궁항격심철)　　외진 마을이라 벼슬아치들의 수레 없고

頗廻故人車.[9](파회고인거)　　친구들의 수레마저도 번번이 돌아간다.

歡然酌春酒,[10](환연작춘주)　　즐겁게 봄 술을 마시고자

摘我園中蔬.(적아원중소)　　뒤뜰에 자란 채소를 뜯는다.

微雨從東來,[11](미우종동래)　　가랑비 동쪽으로부터 내리자

好風與之俱.(호풍여지구)　　좋은 바람도 더불어 불어온다.

---

1) 山海經(산해경) : 漢代(한대) 이전부터 전해오는 중국 고대의 최고의 지리서인《산해경》은 작자와 연대는 미상이고, 洛陽(낙양)을 중심으로 산맥, 하천, 신선, 전설, 산물, 동식물 등이 다양하게 기록되어 있다. 전국시대 이전의 작품으로 전해지고 있는《五藏山經(오장산경)》5편이 있으며, 세월을 거듭해 오면서 후에 내용이 조금씩 부가된 것으로 알려지고 있다. 중국의 신화와 자연관에 대한 중요한 연구 자료이다. 현재 전해지고 있는 것은 18권이다.《산해경》이라는 이름은 사마천의《사기》에서 처음으로 등장한다. 劉向(유향)의 아들인 劉歆(유흠)이 이전에 전해져 오던 내용에 부가하여 편찬했고 진대의 郭璞(곽박)이 최초로 주석을 달았고 圖贊(도찬)을 지었다고 전해진다.《산해경》은 중국 문학사에서 중요한 위치를 차지하고 있으며, 상상력이 풍부한 내용으로 인해 후대의 중국의 문인들에게 많은 영향을 주었다. 그 원인은 '志異類(지이류)' 문체의 효시로 여겨지기 때문이며, 기이한 이야기를 중심으로 사람과 풍물이 혼연일체로 묘사가 되어 환상적이고 신비로운 색채를 바탕으로 생동감 있게 묘사되어 중국소설의 발전에 중요한 영향을 끼쳤으나 역사적인 사실은 아니다.

2) 孟夏(맹하) : 초여름. 음력으로 4월에 속하며 여름을 孟夏(맹하), 仲夏(중하), 季夏(계하)로 나누고 있다.

3) 繞屋(요옥) : 집을 둘러싸다. 扶疎(부소) : 초목이 우거진 모양.

4) 衆鳥(중조) : 무리의 새들. 有託(유탁) : 기탁할 곳이 있다.

5) 廬(려) : 초려. 농막.

6) 旣耕亦已種(기경역이종) : 밭을 갈고 씨를 뿌리다.

7) 時還讀我書(시환독아서) : 이따금 돌아와 가지고 있는 책을 읽다.

8) 窮巷(궁항) : 구석지고 후미진 마을. 隔(격) : 없다. 막다. 가로막다. 격리하다. 深轍(심철) : 깊게 파인 수레바퀴 자국. 수레가 크면 바퀴 자국이 깊게 파인다. 여기서는 지위가 높은 사람이 타는 수레를 가리킨다.

9) 頗(파) : 두루. 많이. 여러 번. 廻故人車(회고인거) : 친구들이 수레를 돌려 찾아오다.

10) 歡然(환연) : 즐겁게. 유쾌하게. 酌春酒(작춘주) : 봄 술을 마시다.

11) 微雨(미우) : 가랑비. 보슬비.

汎覽周王傳,(범람주왕전)　　　　《穆天子傳(목천자전)》을 대강 살펴보고
流觀山海圖.[12](류관산해도)　　　《山海經(산해경)》의 그림들을 대충 훑어본다.
俯仰終宇宙,[13](부앙종우주)　　　위아래로 고개 돌려 우주를 두루 둘러보니
不樂復何如.(불락부하여)　　　　이것이 즐겁지 않다면 또 어떻게 하겠는가?

12) 山海圖(산해도):《山海經圖(산해경도)》를 가리킨다.《산해경》에는 옛 그림과 한나라가 전한 그림이 있다.
13) 俯仰(부앙): 아래로 굽어보고 위로 우러러 보다. 위아래로 하늘과 땅을 살피다.

작품해설

　이 시는 머리말 구실을 하는 序詩(서시)이며, 농사의 틈을 이용해 독서하면서 自得(자득)의 즐거움을 묘사하고 있다. 《山海經(산해경)》 등의 책을 끌어들여 스스로 廣大無邊(광대무변)한 우주 속을 마음속으로 여행하면서 더할 나위 없는 희열감에 빠져들고 있다.

讀山海經(독산해경) 二首

玉臺凌霞秀,[1] (옥대능하수)
王母怡妙顏[2] (왕모이묘안)
天地共俱生,(천지공구생)
不知幾何年.[3] (부지기하년)
靈化無窮已,(영화무궁이)
館宇非一山.[4] (관우비일산)
高酣發新謠,[5] (고감발신요)
寧效俗中言[6] (녕효속중언)

산해경을 읽고서 (2수)

玉山(옥산)의 瑤臺(요대)는 노을 위로 아름답게 솟았고
王母(서왕모)의 신령스런 얼굴에는 화락한 빛이 인다.
하늘과 땅의 정기를 모두 갖추고 태어났으니
몇 만 년이 지났는지 알지 못한다.
신령스러운 변화가 무궁무진하니
머무는 집도 하나의 산만이 아니다.
즐겁게 술 마시며 새 노래 부르지만
어찌 세속의 부박한 말을 본받았겠는가?

---

1) 玉臺(옥대) : 玉山(옥산)의 瑤臺(요대)로 西王母(서왕모)가 거처하는 곳.《山海經(산해경)》에 "又西三百五十里(우서삼백오십리), 曰(왈), 玉山(옥산), 是西王母所居也(시서왕모소거야)."라는 구절이 나온다. 凌(능) : 높이 치솟다. 뛰어넘다. 瑤臺(요대) : 瑤玉(요옥)으로 지은 臺(대).《离騷(이소)》에 "望瑤臺之偃蹇兮(망요대지언건혜)."라는 구절이 나온다.

2) 怡(이) : 화락하다.

3) 不知幾何年(부지기하년) : 西王母(서왕모)가 長生(장생)하고 不老(불로)하는 것을 뜻함.

4) 館宇非一山(관우비일산) : 거처하는 집이 하나의 산만이 아니다.《山海經(산해경)·西山經(서산경)》에 는 '서왕모'가 거주하는 곳이 玉山(옥산), 〈海內北經(해내북경)〉에는 崑崙(곤륜)의 북쪽, 〈大荒西經(대황서경)〉에는 곤륜의 언덕,《穆天子傳(목천자전)》에는 弇山(엄산)에 산다고 되어 있다.

5) 高酣(고감) : 성대한 宴會(연회). 謠(요) : 노래.《穆天子傳(목천자전)》에 "乙丑(을축), 天子觴西王母於瑤池之上(천자상서왕모어요지지상), 西王母爲天子謠(서왕모위천자요). 謠云(요운), 白雲在天(백운재천), 山陵自出(산릉자출). 道里悠遠(도리유원), 山川間之(산천간지). 將子無死(장자무사), 尙能復來(상능부래)."라는 구절이 있다.

6) '寧' : 어찌. 效(효) : 본받다. 俗中言(속중언) : 세속의 부박한 말.

작품해설

　이 시는 하늘과 땅의 정기를 타고 태어난 西王母(서왕모)의 아름다운 자태와 長壽(장수), 高雅(고아)하고 平易(평이)한 형상에 대해 묘사하고 있다. 속세와는 구분되는 환상의 이상 세계가 시인의 상상 속에 펼쳐져 있다.

讀山海經(독산해경) 三首   산해경을 읽고서 (3수)

迢迢槐江嶺,[1](초초괴강령)   아득히 멀고 먼 槐江山(괴강산)

是謂玄圃丘,[2](시위현포구)   이곳을 上帝(상제)가 사는 玄圃(현포)의 언덕이라 부른다.

西南望崑墟,[3](서남망곤허)   서남쪽으로 곤륜산 언덕을 바라보니

光氣難與儔,[4](광기난여주)   찬란한 빛과 기운은 누구와도 견줄 곳이 없다.

亭亭明玕照,[5](정정명간조)   밝은 琅玕樹는(낭간수) 높이 솟아 빛나고

落落清瑤流,[6](락락청요류)   맑고 깨끗한 瑤水(요수)는 졸졸 흘러간다.

恨不及周穆,[7](한불급주목)   한스러운 것은 周(주)나라의 穆王(목왕)을 따라

託乘一來遊.[8](탁승일래유)   그의 수레를 타고 이곳에 같이 놀러올 수 없는 것이다.

---

1) 迢迢(초초) : 아득히 먼 모양. 槐江嶺(괴강령) : 괴강산.《山海經(산해경) · 西山經(서산경)》에 "槐江之山,(괴강지산) 多藏琅玕(다장은 간), 黃金(황금), 玉(옥), 實惟帝之平圃(실유제지평포). 爰有謠水(원유요수), 其清洛洛(기청낙낙)."이라는 구절이 있다.

2) 玄圃(현포) : 天帝(천제), 즉 上帝(상제)가 사는 곳을 가리킨다. 上帝(상제)의 農園(농원).《山海經(산해경) · 西山經(서산경)》에는 '平圃(평포)', 郭璞(곽박)의 注(주)에는 '玄圃(현포)',《離騷(이소)》에는 '縣圃(현포)'로 되어 있다.

3) 崑墟(곤허) : 崑崙山(곤륜산). '墟(허)'는 언덕 또는 山嶺(산령)을 가리킴.《山海經(산해경) · 西山經(서산경)》에 "南望崑崙(남망곤륜), 其光熊熊(기광웅웅), 其氣魂魂(기기혼혼)." 이라는 구절이 있다.

4) 光氣(광기) : 신령스러운 빛과 기운.

5) 亭亭(형형) : 높이 솟은 모양. 玕(간) : 琅玕樹(낭간수).

6) 落落(낙낙) : '洛洛(낙낙)'과 같은 뜻. 물이 화락하게 흐르는 모양. 淸瑤流

7) 周穆(주목) : 周(주)나라의 穆王(목왕)을 가리킴.

8) 乘(승) : 수레. 전하는 바에 의하면, 주나라 穆王(목왕)은 수레는 여덟 필의 준마가 이끄는 수레를 타고 서쪽으로 놀러갔다고 한다.《穆天子傳(목천자전)》에 "天子之駿(천자지준), 赤驥(적기), 盜驪(도려), 白義(백의), 踰輪(유륜), 山子,渠黃(거황), 華騮(화유), 綠耳(녹이)." 라는 구절이 있다.

작품해설

　이 시는 玄圃(현포)에 대해 읊고 있으며, ‘현포’라는 것은 天帝(천제), 즉 하느님의 農園(농원)을 말하며 이곳은 끝없이 밝고 아름다운 理想樂園(이상낙원)이다. 시인은 신비롭고 빼어난 경치가 펼쳐지고 신령한 물이 흐르는 이곳에 그 옛날 周穆王(주목왕)의 수레를 타고 놀러올 수 없는 것을 한스러워 하고 있다.

讀山海經(독산해경) 四首　　　산해경을 읽고서 (4수)

丹木生何許,[1](단목생하허)　　　신기한 丹木(단목)이 어디에서 자라나는 걸까?

乃在崟山陽.[2](내재밀산양)　　　바로 崟山(밀산)의 양지바른 산언덕에서 자란다.

黃花復朱實,[3](황화부주실)　　　노란 꽃이 피고 또 붉은 열매가 열려

食之壽命長.[4](식지수명장)　　　그것을 먹으면 수명이 길어진다고 한다.

白玉凝素液,[5](백옥응소액)　　　丹水(단수)의 흰 옥은 하얀 진액으로 응결되고

瑾瑜發奇光.[6](근유발기광)　　　아름다운 瑾瑜(근유)의 옥은 기이한 빛을 발산한다.

豈伊君子寶,[7](기이군자보)　　　어찌 저 군자들의 보배로만 취급되었겠는가?

見重我軒黃[8](견중아헌황)　　　우리 황제 軒轅氏(헌원씨)도 소중하게 여기셨다.

---

1) 丹木(단목):《山海經(산해경·西山經(서산경)》에 나오는 나무 이름.

2) 崟山(밀산):《山海經(산해경·西山經(서산경)》에 나오는 산 이름. "'밀산'의 위에는 丹木(단목)이 많이 자라고 잎이 둥글고 줄기는 붉으며 노란 꽃에 붉은 열매를 맺는다. 그 맛은 마치 엿과 같고 이것을 먹으면 배가 고프지 않고, 丹水(단수)가 이곳에서 나와 서쪽으로 흘러 稷澤(직택)으로 흘러든다." 라는 구절이 있다.

3) 黃花復朱實(황화부주실):《山海經(산해경·西山經(서산경)》에 나오는 丹木(단목)을 가리킴. 注(주)29 참조.

4) 之(지): '之'는 丹木(단목)을 가리킴. '단목'을 먹으면 수명이 길어진다.

5) 白玉(백옥):《山海經(산해경·西山經(서산경)》에 "丹水出焉(단수출언), 西流注于稷澤(서류주우직택), 其中多白玉(기중다백옥)." ('단수'가 이곳에서 나와 서쪽으로 '직택'으로 흘러드는데, 그 속에는 백옥이 많다.) 이라는 구절이 있다.

6) 瑾瑜(근유): 아름다운 玉(옥)의 일종.《山海經(산해경·西山經(서산경)》에 "瑾瑜之玉爲良(근유지옥위양), 堅栗精密(견율정밀), 濁澤有而光(탁택유이광), 五色發作(오색발작), 以和柔剛(이화유강)." ('근유'라는 玉(옥)이 훌륭하여 단단한 밤처럼 결이 정밀하고 반질반질한 빛을 내는데 다섯 가지 색은 강함과 부드러움을 조화시킨다.) 이란 구절이 있다.

7) 伊(이): 저. '彼(피)'와 같은 뜻. 君子寶(군자보): 도덕과 학문이 높은 사람들에게 가장 필요한 보물.

8) 見重(견중): 중시되다. 소중하게 여기다. 軒黃(헌황): 黃帝(황제)를 가리킴.《史記(사기)·五帝本紀(오제본기)》에 "黃帝者(황제자), 少典之子(소전지자), 姓公孫(성공손), 名曰軒轅(명왈헌원)."('황제'는 '소전'의 아들로 성은 '공손'이고 이름은 '헌원'이다.) 이란 구절이 있다.

작품해설

　이 시에서는 《山海經(산해경)·西山經(서산경)》에 나오는 丹木(단목)에 대해 읊고 있다. 崟山(밀산)에 있는 '단목'의 열매를 먹으면 배고프지 않고, 鐘山(종산)에 나는 瑾瑜(근유)라는 아름다운 玉(옥)을 몸에 차고 다니면 불길한 일들을 막아내고 다스릴 수 있다고 하는 내용이다. 당시 도덕과 학문이 높은 군자들에게 보물처럼 소중하게 여겨졌던 물건이었음을 미루어 알 수 있다.

讀山海經(독산해경) 五首

翩翩三靑鳥,[1](편편삼청조)
毛色奇可憐,[2](모색기가련)
朝爲王母使,[3](조위왕모사)
暮歸三危山.[4](모귀삼위산)
我欲因此鳥,(아욕인차조)
具向王母言.[5](구향왕모언)
在世無所須,[6](재세무소수)
惟酒與長年.[7](유주여장년)

산해경을 읽고서 (5수)

훨훨 가볍게 나는 세 마리 파랑새
털빛이 기이하고 사랑스럽다.
아침에는 西王母(서왕모)의 使臣(사신)이 되었다가
저녁에는 三危山(삼위산)으로 돌아간다.
나는 이 세 마리 파랑새의 도움을 받아
서왕모에게 소망을 선하고 싶다
세상에 사는 동안 필요한 것은 별로 없고
오로지 술을 마시며 오래 살기를 바랄뿐이다.

---

1) 翩翩(편편) : 훨훨 나는 모양. 경쾌하게 춤추는 모양. 三靑鳥(삼청조) : 《山海經(산해경)·大荒西經(대황서경)》에 "有三靑鳥(유삼청조), 赤首黑目(적수흑목), 一名曰大鵹(일명대려), 一名少鵹(일명대려), 一名曰靑鳥(일명왈청조)." (세 마리의 파랑새가 있는데 붉은 머리에 검은 눈을 갖고 있다. 하나는 이름이 '대려'라 하고, 하나는 '소려'라하며, 한 마리는 '청조'라고 한다.) 는 구절이 있다.

2) 毛色(모색) : 털빛. 奇可憐(기가련) : 기이하고 사랑스럽다.

3) 王母使(왕모사) : 《山海經(산해경)·海內北經(해내북경)》에 "西王母, 梯

4) 三危山(삼위산) : 《山海經(산해경)·西山經(서산경)》에 "三危山(삼위산), 三靑鳥居之(삼청조거지)." (삼위산이란 곳에는 세 마리의 파랑새가 이곳에 산다.) 라는 구절이 있다.

5) 具(구) : 갖추다. 구비하다. '俱(구)'와 같은 뜻.

6) 在世(재세) : 세상에 살아 있다. 無所須(무소수) : 필요한 것이 없다.

7) 酒與長年(주여장년) : 술과 長壽(장수). 술을 좋아하는 도연명으로서는 몸이 건강해야 오래 동안 술을 즐길 수 있다는 뜻이기도 하다.

작품해설

 이 시에서는 西王母(서왕모)의 使臣(사신)이라 할 수 있는 靑鳥(청조)에 대해 읊고 있다. 시인은 仙界(선계)의 새인 '청조'에게 자신의 소망하는 술과 長壽(장수), 즉 오래 살기를 바라는 마음을 '서왕모'에게 대신 전해줄 것을 희망하고 있다.

讀山海經(독산해경) 六首

逍遙蕪皐上,[1] (소요무고상)
杳然望扶木.[2] (묘연망부목)
洪柯百萬尋,[3] (홍가백만심)
森散覆暘谷. (삼산복양곡)
靈人侍丹池,[4] (영인시단지)
朝朝爲日浴. (조조위일욕)
神景一登天,[5] (신경일등천)
何幽不見燭. (하유부견촉)

산해경을 읽고서 (6수)

蕪皐山(무고산) 위를 자유로이 노닐며
아득히 멀리 전설의 神木(신목)을 바라본다.
거대한 나뭇가지는 백만 장이나 되어
사방으로 흩어져 暘谷(양곡)을 덮고 있다.
羲和(희화)가 丹池(단지)가에서 기다리다가
매일 아침 새벽마다 태양을 목욕시킨다.
신령한 빛 번쩍이며 일단 하늘가로 올라가면
어느 어둡고 구석진 곳인들 비추지 않겠는가?

---

1) 逍遙(소요): 구애됨이 없이 자유롭게 노니는 모양. 이것은 상상속의 사사
2) 杳然(묘연): 아득히 먼 모양. 扶木(부목): '榑木(부목)'을 말하며, 전설상의 神木(신목)을 가리킨다.
3) 洪柯(홍가): 거대한 나뭇가지. 尋(심): 8척.
4) 靈人(영인): 神(신). 태양의 모친인 羲和(희화)를 가리킴. 《山海經(산해경)·大荒南經(대황남경)》에 "羲和者(희화자), 帝俊之妻(제준지처), 生十日(생십일)." ('희화'는 '제준'의 아내로 열개의 해를 낳았다.) 이란 구절이 있다. 丹池(단지): 물맛이 단 '甘淵(감연)'을 가리킴. 《山海經(산해경)·大荒南經(대황남경)》에 "東南海之外(동남해지외), 甘水之間(감수지간), 有羲和之國(유희화지국), 有女子名曰羲和(유여자명왈희화)."(동남쪽 바다의 밖, 감수의 사이에 희화의 나라가 있다. 희화라고 하는 여자의 이름이 있는데 지금 감연에서 해를 목욕시키고 있다.) 라는 구절이 있다.
5) 神景(신경): 태양을 가리킴. 여기서 '景(경)'은 '影(영)'과 같은 뜻.

작품해설

이 시에서는 전설상의 神木(신목)이라 할 수 있는 扶木(부목)과 해가 뜨는 계곡인 暘谷(양곡)에 대해 읊고 있다. 시인은 상상과 환상의 나래를 펼치고 無皐山(무고산) 위를 자유로이 노닐며 '양곡'을 덮고 있는 상징적인 '부목'을 바라보며 태양을 칭송하고 있다. 신령한 빛을 번쩍이며 하늘가로 올라간 태양이 인간세상의 어둡고 구석진 곳까지 두루 비추어주길 바라는 한 가닥 희망을 담고 있다.

讀山海經(독산해경) 七首

粲粲三珠樹,[1] (찬찬삼주수)
寄生赤水陰.[2] (기생적수음)
亭亭凌風桂,[3] (정정능풍계)
八幹共成林.[4] (팔간공성림)
靈鳳撫雲舞,[5] (영봉무운무)
神鸞調玉音.[6] (신난조옥음)
雖非世上寶,[7] (수비세상보)
爰得王母心.[8] (원득왕모심)

산해경을 읽고서 (7수)

찬란하게 빛나는 三株樹(삼주수)는
赤水(적수)의 남쪽 기슭에 기생한다.
바람을 가르고 높이 솟아오른 계수나무
나무 여덟 그루가 한 조각 나무숲을 이루었다.
영명한 봉황새는 구름을 어루만지며 춤추고
신령한 鸞(난)새는 구슬 같은 목소리를 낸다.
비록 세상에서 귀하게 여기는 보배는 아니지만
西王母(서왕모)의 마음을 흡족하게 해 준다.

---

1) 粲粲(찬찬) : 찬란하게 빛나는 모양. 三珠樹(삼주수) :《山海經(산해경) · 海外南經(해외남경)》에 "三珠樹(삼주수), 在厭火北(재염화북), 生赤水上(생적수상). 其樹皆如柏(기수여백), 葉皆爲珠(엽개위주)." (세 그루의 珠樹(주수)가 焰火(염화)의 북쪽에 있는데 赤水(적수)의 물가에서 자란다. 그 나무의 생김새가 마치 잣나무 같고 잎은 모두 구슬로 되어 있다.) 라는 구절이 있다.

2) 赤水陰(적수음) : 물의 남쪽은 陰(음)에 해당하며, 赤水(적수)의 남쪽 기슭을 의미한다.

3) 亭亭(정정) : 높이 우뚝 솟은 모양.

4) 八幹(팔간) : 八棵樹(팔과수).《山海經(산해경) · 海內南經(해내남경)》에 "桂林八樹(계림팔수), 在番隅東(재번우동)." (계림의 여덟 그루 나무가 番隅(번우)의 동쪽에 있다.) 이란 구절이 있다.

5) 靈鳳撫雲舞(영봉무운무) :《山海經(산해경) . 大荒南經(대황남경)》에 "鸞鳥自歌(난조자가), 鳳鳥自舞(봉조자무)·난새가 스스로 노래 부르고, 봉황이 스스로 춤춘다."라는 구절이 있다.

6) 神鸞調玉音(신란조옥음) : 신령한 난새의 아름답고 미묘한 소리.

7) 雖非世上寶(수비세상보) : 비록 세상의 보배는 아니지만.

8) 爰得王母心(원득왕모심) : 서왕모의 마음을 흡족하게 하다. 백성들이 더불어 잘 살고 태평한 세상을 바라는 마음을 가리킴.

작품해설

　신령스럽고 靈明(영명)한 鳳凰(봉황)과 신령스런 鸞(난)새에 대해 읊고 있다. 난새의 노래와 봉황의 춤은 《山海經(산해경) · 大荒南經(대황남경)》의 '載民之國(질민지국)'에 묘사되어 있는데 이러한 배경 뒤에는 태평한 세상을 갈망하는 시인의 마음이 표출되어 있다.

讀山海經(독산해경) 八首　산해경을 읽고서 (8수)

自古皆有沒,[1](자고개유몰)　　예로부터 모두 삶과 죽음이 있었는데

何人得靈長.[2](하인득영장)　　어느 누가 신령하게 오래도록 살 수 있겠는가?

不死復不老,(불사부불로)　　죽지도 않고 또 늙지도 않으면서

萬歲如平常.[3](만세여평상)　　평상시처럼 만세토록 오래오래 살겠는가?

赤泉給我飮,[4](적천급아음)　　마시면 不老(불로)하는 赤泉(적천)을 내게 마실 물로 주고

員丘足我糧.[5](원구족아량)　　員丘山(원구산) 不死(불사)하는 나무를 내게 양식으로 준다면

方與三辰游,[6](방여삼진유)　　마땅히 해와 달과 별과 더불어 노닐 것인데

壽考豈渠央.[7](수고기거앙)　　오래도록 장수하는데 어찌 갑자기 수명이 다하겠는가?

---

1) 自古(자고) : 예로부터. 皆有沒(개유몰) : 모두 죽음을 맞이하다. 태어난 생명은 모두 한 번의 죽음은 반드시 있다. 누구라도 죽음에서 자유로울 수는 없다는 뜻.

2) 靈長(영장) : '靈'은 신령하다. '長'은 오래도록 살다.

3) 萬歲如平常(만세여평상) : 현재 또는 평상시처럼 영원하다.

4) 赤泉(적천) : 마시면 장수한다고 하는 샘물. 《山海經(산해경 · 海外南輕經(해외남경)》에 "不死民在其東(불사민재기동), 其爲人黑色(기위인흑색), 壽不死(수불사)." (죽지 않는 백성이 그 동쪽에 있는데 그 사람의 모습은 검은 색이고 오래 살며 죽지 않는다.) 라는 구절이 있다.

5) 員丘(원구) : 員丘山(원구산). 《山海經(산해경)》郭璞(곽박)의 注(주)에 "有員丘山(유원구산), 上有不死樹 , 食之乃壽 ; 亦有赤泉 , 飮之不老." (원구산이 있는데 그 꼭대기에는 죽지 않는 나무가 있어서 그것을 먹으면 장수한다. 또 적천이 있는데 그 물을 마시면 늙지 않는다.) 라는 구절이 나온다.

6) 方(방) : '當(당)'과 같은 뜻. 마땅히 ~해야 한다. 三辰(삼진) : 해, 달, 별을 의미함.

7) 考(고) : '老(로)'와 뜻이 같음. 늙다. 쇠하다. 渠(거) : '遽(거)'와 같은 뜻. 갑자기. 央(앙) : 다하다. '盡(진)'과 같은 뜻으로 쓰임.

작품해설

　마시면 늙지 않고 장수하는 赤泉(적천)과 먹으면 죽지 않고 오래 사는 員丘山(원구산) 위의 나무에 대해 읊고 있다. 이처럼 《山海經(산해경)》에 나오는 '적천'과 '원구산 위에 있는 나무'에 관한 이야기는 　시인에게 不老不死(불로불사)하고 三辰(삼신), 즉 해와 달과 별과 더불어 노니는 假想的(가상적)인 詩想(시상)을 불러 일으켜 상상의 세계를 넘나들게 하고 있다.

讀山海經(독산해경) 九首

산해경을 읽고서 (9수)

夸父誕宏志,[1] (과보탄굉지)

乃與日競走[2] (내여일경주)

俱至虞淵下,[3] (구지우연하)

似若無勝負,[4] (사약무승부)

神力旣殊妙, (신력기수묘)

傾河焉足有,[5] (경하언족유)

餘迹寄鄧林,[6] (여적기등림)

功竟在身後,[7] (공경재신후)

夸父(과보)는 허황된 큰 뜻을 품고서

해와 더불어 달리기 경주를 했다

함께 虞淵(우연) 아래까지 도달했으나

승부가 가려지지 않은 것 같았다.

신령한 힘 이미 유별나고 기묘했으나

황하의 물 다 들이켜 마신들 어찌 만족했겠는가?

남은 자취를 鄧林(등림)에 기탁했으니

그의 공적은 결국 죽은 후에 남게 되었다.

---

1) 夸父 : 신화 속에 등장하는 神人(신인)의 이름. 誕(탄) : 허풍을 떨다. 과장하여 믿을 수 없다.

2) 乃與日競走(내여일경주) : 해와 함께 달리기 경주를 하다. 《山海經(산해경)·海外北經(해외북경)》에 "夸父與日逐走고보여일축주), 入日(입일). 渴欲得飮(갈욕득음), 飮于河渭(음우하위). 河渭不足(하위부족), 北飮大澤(북음대택). 未至(미지), 道渴而死(도갈이사), 棄其杖(기기장), 化爲鄧林(화위등림)."(과보가 태양과 달리기 경주를 하였는데 해가 저물었다. 목이 말라 물을 마시고 싶어하다 황하와 위수의 물을 마셨다. 황하와 위수의 물이 부족하여 북쪽에 있는 대택의 물을 마시러 갔다가 도착하기도 전에 길에서 목이 말라 죽었다. 그 지팡이를 버렸는데 변하여 '등림'이 되었다.) 라는 구절이 있다.

3) 虞淵(우연) : '禺淵(우연)' 또는 '禺谷(우곡)'을 뜻함. 신화에 나오는 "해가 떨어지는 곳"을 가리킴. 《山海經(산해경)·大荒北經(대황북경)》에 "夸父不量力(과부불량력), 欲追日景(욕추일경), 逮之于禺谷(체지우우곡), 將飮河而不足也(장음하이부복야), 將走大澤(장주대택), 未至(미지), 死于此(사우차).(과보가 자신의 힘을 헤아리지 않고 해 그림자를 쫓아가려고 하다가, 우곡에 이르렀다. 황하의 물을 마시려 했으나 만족하지 못하고 대택으로 가려고 했는데 그곳에 이르지도 못한 채 이곳에서 죽었다.)라는 구절이 있다.

4) 似若(사약) : 마치 ~인 것 같다. 無勝負(무승부) : 승부를 가리지 못하다.

5) 傾河(경하) : 황하의 물을 다 들이켜 마시다. 有(유) : 여기서는 "충분하다."의 뜻.

6) 餘迹寄鄧林(여적기등림) : 지팡이가 복숭아나무 숲으로 변하다. 여기서 '등림'은 복숭아나무 숲을 가리킴.

7) 身後(신후) : 사후. 죽은 뒤.

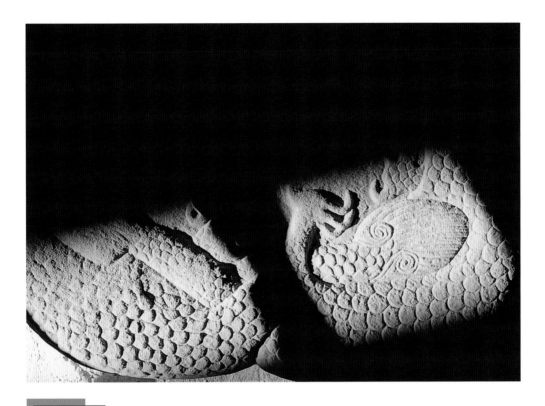

작품해설

　이 시에서는 자신의 역량을 과신하며 태양과 무모하게 승부를 겨루고자 했던 夸父(과보)의 壯擧(장거)에 대해 읊고 있다. 허황되리만큼 큰 뜻을 품고 자신만의 신령한 힘과 두려움 없는 기개로 특별한 기량을 떨쳤던 '과보'라는 神人(신인)은 후대에는 행복을 가져다주는 상징적인 존재로 사람들의 입에 오르내린다.

讀山海經(독산해경) 十首

精衛銜微木,[1](정위함미목)
將以塡滄海.[2](장이전창해)
刑天無干戚,[3](형천무간척)
猛志固常在.[4](맹지고상재)
同物旣無慮,[5](동물기무려)
化去不復悔.[6](화거불부회)
徒設在昔心,[7](도서재석심)
良晨詎可待.[8](양신거가대)

산해경을 읽고서 (10수)

精衛(정위)라는 새는 작은 나뭇가지 물어다가
큰 바다를 메우려는 뜻을 품었다.
刑天(형천)은 방패와 도끼를 들고 춤을 추었으니
맹렬한 뜻은 아직도 굳게 남아 있다
같은 사물로 보아도 이미 근심이 사라졌으니
일시에 죽어버려도 조금도 후회하지 않았다.
공연히 젊은 시절의 이상과 포부를 구비하고 있으나
전도가 유망한 좋은 날을 어찌 기다릴 수 있겠는가?

---

1) 精衛銜微木(정위함미목): '정위'는 신화 속의 새 이름.《山海經(산해경)·北山經(북산경)》에 "發鳩之山(발구지산), 其上多柘木 (기상다자목). 有鳥焉(유조언), 其狀如烏(기상여오), 文首(문수), 白喙(백훼), 赤足(적족), 名曰精衛(명왈정위), 其鳴自詨(기명자 효).是炎帝之少女名曰女娃(시염제지소여명왈여왜), 女娃游于東海(여왜유우동해), 溺而不返(닉이불반), 故爲精衛(고위정위), 常銜西山之木石(상함서산지목석), 以堙于東海(이인우동해)."('발구'라는 산 위에서는 산뽕나무가 많이 자란다. 어떤 새는 그 생김 새가 까마귀 같은데 머리에 무늬가 있고 부리는 희고 다리는 붉다. 이름을 '정위'라고 하며 그 울음소리는 자신을 부르짖는 것이다. 이 새는 '염제'의 어린 딸로 이름을 '여왜'라고 하였다. '여왜'는 동쪽에서 노닐다가 물에 빠져 돌아오지 못했으므로 '정위'가 되어 항 상 서쪽 산의 나무와 돌을 물어다가 동해를 메우는 것이다.)라는 구절이 있다.

2) 以(이): 쓰다. 쓰이다. 써 보니.

3) 刑天(형천): 神(신)의 이름. 干(간): 방패. 戚(척): 도끼. 무기.《山海經(산해경)·海外西經(해외서경)》에 "形天與帝至此爭神(형천여제 지차쟁신), 帝斷其首(제단기수), 葬之常羊之山(장지상양지산), 乃以乳爲目(내이유위목), 以臍爲口(이제위구), 操干戚以舞(조간척 이무)."(형천은 천제와 이곳에 이르러 신의 지위를 놓고 싸움을 하였는데 천제가 그의 머리를 잘라 상양산에 묻자 곧 젖으로 눈을 삼 고 배꼽으로 입을 삼아 방패와 도끼를 들고 춤을 추었다.)라는 구절이 있다.

4) 猛志(맹지): 용맹한 뜻(정신).

5) 同物(동물): 만물은 본래 하나의 속성이라는 뜻.

6) 化去(화거): (일시에) 죽다.

7) 徒設(도설): 공연히 구비하다. 在昔心(재석심): 젊은 시절의 이상과 포부.

8) 良晨(양신): 전도가 매우 유망한 세월을 비유함.

작품해설

이 시에서는 精衛(정위)라는 새와 刑天(형천)에 대해 읊고 있다. 도연명의 시 중에서 비교적 높고 낭랑한 論調(논조)를 유지하며 용맹하게 나아간 '정위'와 '형천'을 칭송하고 있다. 죽음을 두려워하지 않고 원대한 뜻을 펼치고자 푸른 바다를 메우려는 이들의 굴하지 않는 정신을 상기시키며 자신의 처지를 돌아보고 분투노력하고자 하는 마음을 표출하고 있다.

讀山海經(독산해경) 十一首 　　산해경을 읽고서 (11수)

臣危肆威暴,[1](신위사위폭) 　　신하인 危(위)는 포악한 짓을 제멋대로 휘둘렀고
欽駓違帝旨,[2](흠비위제지) 　　欽駓(흠비)라는 신선은 하느님의 뜻을 거슬렀다.
窫窳强能變,(알유강능변) 　　窫窳(알유)는 죽음을 피해 그래도 변신할 수 있었으나
祖江遂獨死,[3](조강수독사) 　　祖江(조강)은 결국 홀로 죽음을 맞이하였다
明明上天鑒,[4](명명상천감) 　　조금의 소홀함도 없이 분명하게 하늘이 밝히시니
爲惡不可履,[5](위악불가리) 　　누구라도 악한 짓을 자행해서는 아니 된다.
長枯固已劇,[6](장고고이극) 　　疏屬山(소속산)에 묶여 위험에 처했던 확실한 고통을
駿鶚豈足恃.[7](준악기족시) 　　금계와 물수리로 형체가 변한들 어찌 믿을 바가 되겠는가?

---

1) 臣危(신위): '巨猾(거활)'로 된 판본도 있음.
2) 欽駓(흠비): 《山海經(산해경)·海內西經(해내서경)》에 "貳負之臣曰危(이부지신왈위), 危與貳負殺窫窳(위여이부살알유). 帝乃桎之 疏屬之山(제내곡지소속지산), 桎其右足(질기우족), 反縛兩手與髮(반박양수여발), 繫之山上木(계지산상목)." (이부의 신하에 '위'라 는 사람이 있는데, '위'는 이부와 더불어 '알유'를 살해했다. 천제가 이에 소속산에 묶어 놓았는데 오른발에 족쇄를 채우고 양손을 머리와 함께 뒤로 묶어 산 위의 나무에 매어 놓았다.)라는 구절이 있다.
3) 祖江(조강): 葆江(보강)이라고도 함. 欽鵃(흠비)와 鼓(고)에 의해 죽임을 당한 신화의 인물.
4) 天鑒(천감): 하늘이 밝히다.
5) 爲惡(위악): 악한 짓. 不可履(불가리): 자행해서는 안 된다.
6) 長枯(장고): 영원한 갈증. 여기서는 신하가 죄를 지어 하느님(天帝)에 의해 疏屬山(소속산)의 나무에 묶여 위험에 처함을 가리킴. 劇 (극): 고통.
7) 駿鶚(준악): 금계와 물수리. 豈足恃(기족시): 어찌 믿을 바가 되겠는가?

작품해설

이 시에서는 貳負(이부)의 신하인 危(위)와 欽駓(흠비)에 대해 읊고 있다. 시인은 이들의 凶暴(흉포)하고 奸惡(간악)한 행위에 대해 신랄하게 비판하고 있으며, 이렇게 악행을 저지른 자들은 반드시 엄중한 징벌을 받을 것이라는 믿음을 토로하고 있다.

讀山海經(독산해경) 十二首

鴟鴸見城邑,[1](주치견성읍)
其國有放士.[2](기국유방사)
念彼懷王世,[3](념피회왕세)
當時數來止.[4](당시수래지)
靑丘有奇鳥,[5](청구유기조)
自言獨見爾.[6](자언독견이)
本爲迷者生,[7](본위미자생)
不以喩君子.[8](불이유군자)

산해경을 읽고서 (12수)

鴟鴸(주치)라는 새가 도시에 나타나면
그 나라에는 추방되는 현인이 있다고 한다.
그 옛날 초나라 懷王(회왕) 때를 떠올려 보니
당시에는 그 새가 자주 와서 머물렀을 게다.
靑丘山(청구산)에 기이한 소리를 내는 새가 있어
자신만이 남이 길을 잃지 않게 할 수 있다고 한다.
이 새는 본래 미혹한 사람을 위해 태어난 것이지
밝게 깨우친 군자를 위한 것은 아니다.

---

1) 鴟鴸(주치) : 솔개와 멧비둘기 종류에 속하는 새.
2) 放士(방사) : 나라에서 추방된 현인.
3) 懷王(회왕) : 초나라 懷王(회왕)을 가리킴. 戰國(전국)시대 후기의 초나라 군주.
4) 數來止(수래지) : 수차례 날아와 서식하다.
5) 靑丘(청구) : 전설 속에 나오는 산 이름.《山海經(산해경)·南山經(남산경)》에 "又東三百里(우동삼백리) , 曰靑丘之山(왈청구지산) , 其陽多玉(기양다옥) , 其陰多靑䨼(기음다청호)." (다시 동쪽으로 300리를 가면 청구산이라는 곳이 있는데 그 남쪽에는 옥이 많이 나고, 북쪽에는 靑䨼(청호)가 많이 난다.)라는 구절이 있다.
6) 自(자) : 기이한 소리를 내는 새(奇鳥). (이) : 語尾助詞(어미조사)
7) 迷者(미자) : 미혹한 사람.
8) 喩(유) : 밝게 깨우치다.

작품해설

이 시에서는 鴟鵂(치주)와 靑丘(청구)라는 새에 대해 읊고 있다. 나라가 어지러우면 이들 새가 都城(도성)에 나타난다고 한다. 이 두 개의 經文(경문)으로 인해 屈原(굴원)은 流配(유배)를 당하고 楚(초)나라가 망하게 되는 비통한 역사적 교훈을 생각하게 한다. 시의 내용은 현신들의 말을 듣지 않고 자신의 잘못을 고집하여 깨닫지 못한 초나라 懷王(회왕)에 대한 질책과 讒言(참언)으로 귀결하고 있다.

讀山海經(독산해경) 十三首   산해경을 읽고서 (13수)

巖巖顯朝市,[1](암암현조시)   대신들의 말과 행동이 나라 안 조정에 드러나니
帝者愼用才.[2](제자신용재)   제왕은 신중하게 인재를 등용해야한다.
何以廢共鯀,[3](하이폐공곤)   어찌하여 公共(공공)과 鯀(곤)을 폐하였는가.
重華爲之來.(중화위지래)   순임금이 그 간사함을 보고 제재하였다.
仲父獻誠言,[4](중부헌성언)   관중이 정성을 다해 간언을 드렸는데도
桓公乃見猜.(환공내견시)   제나라 환공은 듣지 않고 그를 의심하였나.
臨沒告飢渴,[5](임몰고기갈)   환공이 임종 시에 배고프고 목마르다고 말한들
當復何及哉.[6](당복하급재)   이러한 상황에서 무엇으로 그의 말이 미칠 수 있겠는가?

---

1) 巖巖(암) : 山石(산석)이 쌓아올린 모양으로 우뚝 빛나는 대신의 지위를 형용함. 《詩經(시경)·小雅(소아)》〈節南山(절남산)〉에 "節彼
南山(절피남산), 維石巖巖(유석암암), 赫赫師尹(혁혁사윤), 民具爾瞻.(민구이첨)"이라는 구절이 있다. 여기에서 '師尹(사윤)'은 周
(주)나라 조정의 太師(태사)인 尹氏를 가리킨다. 顯朝市(현조시) : 조정이나 나라 안에 드러나다.

2) 愼用才(신용재) : 신중하게 인재를 등용하다.

3) 廢共鯀(폐공곤) : 共工(공공)과 鯀(곤)을 가리킨다. '鯀'은 夏禹(하우)의 부친이며, 堯(요)임금이 나이가 들어 舜(순)에게 시험 삼아 정
치를 돌보게 하였다. 이 기간에 舜은 '四凶(사흉)'을 처벌하였고, 요임금이 죽자 舜은 정식으로 제위에 올랐다.

4) 仲父(중부) : 管仲(관중)을 가리킴. 춘추시대 제나라의 정치가. 제나라 환공은 경으로 삼아 제국을 크게 다스렸으며, 오패의 하나가
되었다. 환공은 그를 중부로 존칭했다. 獻誠言(헌성언) : 관중이 병이 깊어지자 제나라 환공에게 국정을 물었더니 관중은 정성을 다
해 3대 간신인 易牙(역아), 개방, 수조를 척퇴할 것을 간하였다.

5) 臨沒告飢渴(임몰고기갈) : 제나라 환공이 병이 깊어지자 자신의 세 살 난 아들까지 요리해서 받친 대표적인 3대 간신인 易牙(역아),
竪刁(수조)에 의해 궁전 안에 갇히게 되었고 그들은 음식을 주지 않았다.

6) 當復何及哉(당복하급재) : 후회한들 어찌할 수 없다.

작품해설

이 시에서는 임금이 共公(공공)과 鯀(곤)을 廢(폐)하여 朝廷(조정)에서 물러나게 한 것에 대해 읊고 있다. 나라를 위태롭게 만드는 조정의 간사한 무리들을 물리쳐야 충신과 賢者(현자)들이 政事(정사)에 참여해야 국가의 튼튼한 기틀을 바로 잡을 수 있다. 그렇지 않으면 임금은 亂臣賊子(난신적자)들에 의해 머지않아 재앙을 당하게 되고, 나라는 혼란에 빠지게 된다. 齊(제)나라 桓公(환공)의 慘事(참사)가 바로 이와 같은 교훈을 준다. 그러므로 신중하게 사람을 써야 하는 것은 나라를 책임 진 임금에게 있어서 가장 중요한 大事(대사)라 할 수 있다.

連雨獨飮(연우독음) 一首

運生會歸盡,[1](운생회귀진)
終古謂之然.[2](종고위지연)
世間有松喬,[3](세간유송교)
於今定何閒.(어금정하한)
故老贈余酒,(고로증여주)
乃言飮得仙.(내언음득선)
試酌百情遠,[4](시작백정원)
重觴忽忘天.[5](중상홀망천)
天豈去此哉,[6](천기거차재)
任眞無所先.[7](임진무소선)
雲鶴有奇翼,[8](운학유기익)
八表須臾還.[9](팔표수유환)
自我抱玆獨,(자아포자독)
僶俛四十年.[10](민면사십년)
形骸久已化,[11](형해구이화)
心在復何言.[12](심재부하언)

연일 내리는 비에 혼자 술 마시면서 (1수)

태어난 생명은 반드시 죽어 돌아간다는 것을
오랜 옛날부터 늘 그렇게 해왔던 말이다.
세상에 적송자와 임자교가 있었다지만
지금에 그들은 정작 어디에 있는지 들어보았는가?
세상일에 정통한 노인이 나에게 술을 보내주면서
마시면 신선이 될 수 있다고 말을 한다.
시험 삼아 한잔 마시니 온갖 상념이 멀리 사라지고
거듭 술잔을 비우다보니 홀연히 하늘을 잊는다.
하늘이 어찌 이곳을 떠나갔을 리가 있겠는가?
순수함 그대로 자연에 맡기니 앞설 바가 없는 것이다.
구름을 헤치며 나는 학이 기이한 날개를 가지고
광활한 우주공간을 순식간에 헤집고 돌아온 느낌이다.
이 고독한 마음을 품고 살아온 나 자신을 돌아보니
애쓰며 지나 온 날들이 이미 40년이나 흘러버렸다.
나의 육신은 오래 전에 이미 변해 버렸지만
마음은 그대로 남아 있으니 다시 무슨 말을 하겠는가.

---

1) 運生(운생) : 운명에 의해 태어나다. 운수에 의해 태어나다. 인생은 천지 사이에서 쉼없이 운행하다가 결국 한 번의 죽음을 맞이하게 된다. 1구와 2구에서는 예로부터 지금까지 모두 이러한 이치에서 벗어나지 않았음을 묘사하고 있다.

2) 終古謂之然(종고위지연) : 1구에 대한 부연설명으로 볼 수 있다. (태어난 생명은 반드시 죽음으로 돌아가는 이치) 옛날부터 모두 이와 같았다.

3) 松喬(송교) : 전설 속의 仙人(선인)인 赤松子(적송자)와 王子喬(왕자교)를 가리킴.

4) 百情(백정) : 인생의 각종 감정과 욕망 등에 얽매이는 것을 가리킴.

5) 重觴(중상) : 연이어 술잔을 들이키다. 여기에서 '重'은 '다시'의 뜻.

6) 去此(거차) : 이곳을 떠나다.

7) 任眞(임진) : 순수함 그대로 자연에 맡기다. 자연에 역행하지 않고 순응하다. 《莊子(장자)·齊物論(제물론)》, 郭象注(곽상주)에 "夫任自然而忘是非者(부임자연이망시비자), 其體中獨任天眞而已(기체중독임천진이이), 又何所有哉(우하소유재)."라는 구절이 있다. 無所先(무소선) : 무엇이든지 우세하지 못한 것이 없다.

8) 雲鶴有奇翼(운학유기익) : 구름 속 선학의 기이한 날갯짓.

9) 八表(팔표) : 팔방 밖. 須臾(수유) : 잠깐 동안. 잠시.

10) 僶勉(민면) : 분발. 노력하다.

11) 形骸(형해) : 사람의 형체. 몸. 《莊子(장자)·齊物論(제물론)》에 "其形化(기형화), 其心與之然(기심여지연), 可不謂大哀乎(가불위대애호)?, 陶反其意而用之(도반기의이용지)."라는 구절이 있다.

12) 心(심) : 자연에 기탁한 마음을 가리킴.

작품해설

본 작품은 晉(진) · 元興(원흥) 3년(404), 시인의 나이 40세에 지은 시이다. 〈정운〉, 〈시운〉, 〈영목〉 등의 시와 같은 시기에 지은 것으로써 이들 3편의 시는 회우(懷友), 憂國(우국), 建功(건공) 등의 정서가 반영되어 있다. 이 시에서는 해결할 수 없는 고민들을 배제하고 연일 내리는 비에 홀로 술을 마시며 느낀 감흥을 묘사하였다. 생이 있으면 반드시 죽음이 있는데, 신신을 이렇게 기대할 수 있겠는가. 술을 마시며 그러한 심정을 잊고 달래며 자연에 맡기니 선후(先後)가 따로 없다. 본시에서 언급되고 있는 '眞(진)'은 즉, 자연의 진솔함을 표현한 것이다. 어떤 假飾(가식)이나 虛僞(허위)와는 정반대되는 순수한 情(정)과 본성에 합치한 지극히 정성스러운 상태에 이른 것을 말한다.

莊子(장자) · 齊物論(제물론)에 "任自然而忘是非者(임자연이망시비자), 其体獨任天眞而已(기체독임천진이이)"라 언급되어 있는데, 莊子(장자)는 인간의 內的(내적)인 수양과 자연의 純眞(순진)을 유지하고, 사회공리를 멀리하여 가식이 없는 정성됨을 길러 고상한 인격의 '美(미)'를 찾고자 했던 것이다. "眞(진)"은 도연명의 140여 편 詩文(시문) 중에서 여러 차례 언급되었고 또한 "美(미)"자를 어울려 사용하여 윤리도덕의 뜻을 많이 내포시켰다. 예컨대, 〈感士不遇賦(감사불우부)〉의 "淳源汨以長分(순원골이장분), 美惡作以導途(미악작이도도)"와 같다. 도연명의 시 중에도 "眞"에 대한 표현이 다수 언급되어 있는데 이는 진솔한 情趣(정취)에 대한 美的(미적) 표현이라 할 수 있다. 魏晉玄學(위진현학) 중의 "自然派(자연파)"는 노장철학의 任眞自然(임진자연)과 無爲自然(무위자연)을 믿고, 인위적인 사상을 반대하며 자연으로 名敎(명교)를 부정하는 것을 계승하였다. 이렇게 볼 때 東晉時期(동진시기)에 생활했던 도연명은 舊自然說(구자연설)을 발전시켜 사상과 철학 면에서 新自然觀(신자연관)을 견지했다고 볼 수 있다.

구월 구일 중양절 한가하게 지내면서(九日閑居)

序文(서문)

　나는 한가롭게 살면서 구월 구일 重九(중구), 즉 重陽(중양)의 이름을 좋아한다. 가을 국화가 정원에 가득하지만 술통에 술이 떨어져서 마실 길이 없다. 부질없이 국화꽃을 감상하면서 마음속 감회를 시에 부친다.

九日閑居(구일한거)　並序(병서)

　余閑居,(여한거) 愛重九之名.[1](애중구지명) 秋菊盈園,(추국영원) 而持醪靡由.[2](이지요미유) 空服九華,[3](공복구화) 寄懷於言.[4](기회어언)

---

1) 愛重九之名(애중구지명) : 重九(중구)는 음력으로 9얼 9일을 가리킨다. 옛날 사람들은 9를 奇數(기수)인 陽(양)으로 삼았기 때문에 重九(중구)는 또 重陽(중양)이라고도 하며 이날을 중양절로 삼았다. '九'는 '久'와 발음이 같고, 單數(단수) 중에서는 최고로 높은 數(수)이며, '重九'는 아주 오래 길게라는 뜻과 원만한 의미를 담고 있으므로 '重九'라는 좋아하는 것이다.
2) 靡由(미유) : 근거가 없다. 두서가 없다. 여기서는 술을 담아놓은 술통을 거꾸로 뒤집어도 술이 바닥이 나서 나오지 않는 것을 가리킨다.
3) 服(복) : 사용하다. 여기서는 감상의 의미로 전환되었다. 九華(구화) : 重九(중구)의 국화를 의미한다.
4) 寄懷於言(기회어언) : 마음속 감회를 시에 기탁하다.

九日閑居(구일한거)

구월 구일 중양절
한가하게 지내면서(九日閑居)

世短意常多,[1](세단의상다)

인생은 짧고 근심은 늘 많은데

斯人樂久生,[2](사인낙구생)

사람들은 오래 살기를 희망한다.

日月依辰至,[3](일월의신지)

해와 달이 계절을 따라 당도하니

舉俗愛其名.[4](거속애기명)

민간에서는 重陽(중양)이란 이름을 좋아한다.

露凄暄風息,[5](노처훤풍식)

이슬은 차갑고 따뜻한 바람은 그쳤으며

氣澈天象明.(기철천상명)

공기는 맑고 하늘의 기상은 밝다.

往燕無遺影,[6](왕연무유영)

떠나간 제비는 남긴 그림자마저 없는데

來雁有餘聲,[7](래안유여성)

찾아온 기러기는 울음소리 여운을 남긴다.

酒能祛百慮,[8](주능거백려)

술은 모든 근심을 떨어 없애고

菊解制頹齡.[9](국해제퇴령)

국화는 늙어가는 나이를 억제한다.

如何蓬廬士,[10](여하봉려사)

어찌하여 허름한 초가집 선비는

空視時運傾.[11](공시시운경)

부질없이 지나가는 세월만 보고 있는가?

---

1) 世短意常多(세단의상다) : 이 구절은《古詩十九首(고시십구수)》의 "生年不滿百(생년불만백), 常懷千歲憂.(상회천세우.)" 인생 백년을 다 채우지 못하면서, 천년의 근심을 품고 산다.)라는 구절의 의미를 사용했다.

2) 樂久生(낙구생) : 오래 사는 것을 좋아하다.(희망하다)

3) 日月依辰至(일월의신지) :《左傳(좌전)·昭公七年(소공칠년)》에 "公曰(공왈), 多語寡人辰(다어과인신), 日月之會是謂辰(일월지회시위신), 故以配日(고이배일)." 이라는 구절이 나온다.

4) 舉俗愛其名(거속애기명) : 민간에서는 그 이름, 즉 重九(중구)를 좋아한다.

5) 露凄(노처) : 이슬이 차다. 暄風(훤풍) : 따뜻한 바람. 息(식) : 그치다. 쉬다.

6) 往燕(왕연) : 가버린 제비. 떠나간 제비. 無遺影(무유영) : 그림자를 남기지 않다.

7) 來雁(래안) : 날아온 기러기. 餘聲(여성) : 남은 소리. 여운.

8) 祛百慮(거백려) : 온갖 근심을 제거하다(떨어 없애다).

9) 解(해) : 어떤 판본에는 '爲'로 되어 있다. '酒'와 '菊'은 서로 상대하고 있고, '解'와 '能'이 상대를 이루고 있다. '解'는 본래 "깨닫다.", "이해하다."의 뜻인데, "할 수 있다."의 뜻으로 전환되었다. 制(제) : 멈추다. 그치다. 절제하다. 약속하다. 頹(퇴) : 무너지다.《禮記(예기)·檀弓(단궁)》에 "泰山其頹乎(태산기퇴호), 梁木其壞乎(양목기괴호), 哲人其萎乎(철인기위호)." (태산이 무너지는구나!, 대들보가 무너지는구나!, 철인이 시드는구나!)라는 구절이 있다.

10) 廬舍(여사) : 허름한 초가집.

11) 傾(경) : 기울다. 비끼다. 여기서는 "세월이 흘러가다."의 뜻으로 쓰임.

塵爵恥虛罍,[12] (진부치허뢰)　　먼지 쌓인 술잔은 빈 술독에 수치를 느끼고

寒花徒自榮. (한화도자영)　　차가운 국화는 공연히 혼자서 피어있다.

斂襟獨閒謠,[13] (염금독한요)　　옷깃 여미고 홀로 한가하게 노래 부르자니

緬焉起深情.[14] (면언기심정)　　아련한 깊은 정이 마음속에 일어난다.

棲遲固多娛,[15] (서지고다오)　　은둔하며 지내는 것도 본래 즐거움 많은 것

淹留豈無成.[16] (엄류기무성)　　오래 머문다 해서 어찌 이루는 것이 없겠는가?

---

12) 爵(작) : 술을 마시는 그릇. 罍(뢰) : 술독. 술을 저장하는 그릇.

13) 謠(요) : 曲調(곡조)가 있는 노래를 '歌(가)'라 하고, 곡조가 없는 노래를 '謠(요)'라고 한다. 《詩經(시경)·魏風(위풍)·園有桃(원유도)》에 "心之憂矣(심지우의), 我歌且謠(아가차요)." 의 구절이 있다.

14) 緬(면) : 아련하고 깊은 정.

15) 棲遲(서지) : (거처를 정하여) 살다. 머무르다. 遲(지) : 느리다. 여기서는 "은거하며 지내다." 의 뜻.

16) 淹(엄) : 오래다. 오래 머무르다. 변하지 않다. 宋玉(송옥)의 《九辯(구변)》에 "時亹亹而過中兮(시미미이과중혜), 蹇淹留而無成(건엄류이무성)." (시간은 쉬지 않고 흘러 중반을 넘으려 하는데, 머물고 막히어 이룬 것이 없다.) 란 구절이 나온다.

작품해설

본 시는 대략 元熙(원희) 원년(419) 9월, 도연명의 나이 55세 때 지은 작품이다. 이 시기는 시인의 생활형편이 매우 어려운 시기로써 늘 술과 쌀이 떨어졌다. 《宋書(송서)·陶潛傳(도잠전)》에 "嘗九月九日無酒(상구월구일무주), 出宅邊菊叢中坐(출택변국총중좌), 久(구), 値弘(王宏)送酒至(치홍(왕홍)송주지), 卽便就酌(즉편취작), 醉而後歸(취이후귀)."(한번은 9월 9일인데 술이 없어서 밖으로 나가 집 주변 국화꽃 떨기 속에 앉아 있다가, 王弘(왕홍)이 보내온 술이 도착하자 곧바로 마시기 시작하여 취한 후에야 집으로 돌아갔다.) 라는 기록이 있다. 이 시에는 重陽節(중양절)에 국화를 감상하다가 술이 없어 마시지 못하는 안타까운 심정이 담겨져 있다. 시의 형식은 漢代(한대) 《古詩(고시)》의 詩風(시풍)을 따르고 있다. 첫 수에서는 자연이 인간에게 가져다주는 따스한 향기와 중양절의 아름다운 기후와 景物(경물)을 묘사하고 있다. 하반부에서는 安貧(안빈)과 高雅(고아)한 절조가 서로 조화를 이루며 합치하고 있다. 시 중에서 "空視時運傾(공시시운경)", "淹留豈無成(엄류기무성)"이란 구절은 시인의 심경이 완전하게 평온을 찾지 못한 상태를 반영하였다.

諸人共遊周家墓栢下 一首 (제인공유주가묘백하)[1]

여러 사람들이 함께 周氏(주씨) 집안의 무덤 잣나무 아래서 놀다 (1수)

今日天氣佳,[2] (금일천기가)

淸吹與鳴彈.[3] (청취여명탄)

感彼栢下人,[4] (감피백하인)

安得不爲歡.[5] (안득불위환)

淸歌散新聲,[6] (청가산신성)

綠酒開芳顔.[7] (녹주개방안)

未知明日事,[8] (미지명일사)

余襟良已殫.[9] (여금양이탄)

오늘은 날씨가 화창하고 아름다워

피리 불고 거문고 타는 소리 울려 퍼진다.

저 잣나무 아래 잠들어 있는 망자를 생각하면

어찌 즐겁게 놀지 않을 수 있겠는가?

맑은 노래는 새로운 소리를 펼쳐 내고

푸른빛 맑은 술은 좋은 얼굴 탁 트이게 한다.

내일 일이 어찌될지 아직은 모르지만

내 가슴은 이미 시원하게 풀려 버렸다.

---

1) 周家墓(주가묘) : 중국 晉(진)나라 때, 도연명의 祖父(조부)인 東晉(동진)초기의 陶侃(도간)과 함께 명장으로 알려진 周訪(주방)의 집안 묘지로 추정되나 자세한 내용은 알 수 없다. 《晉書(진서)·周訪傳(주방전)》에 陶侃(도간)이 부모상을 당했을 때, 집안에 있던 소가 갑자기 사라져 어디에 있는지 알 수가 없었다. 그때 어떤 노인이 산등성이에 소가 한 마리 졸고 있는데 그 자리에 장사를 지내면 높은 벼슬을 하게 된다고 알려주었다. 또 다른 산을 가리켜 주며 그곳에 장사를 지내면 2천석이나 되는 갑부가 나올 수 있다고 하였다. 陶侃(도간)이 소를 찾은 그 자리에 장사를 치르고 난 후 집안이 흥성해졌다고 한다. 노인이 가르쳐 준 다른 명당의 산은 陶侃(도간)과 姻戚(인척)간인 남방인 周訪(주방)이 부친상을 당하자 그 곳에 장사를 지냈는데 과연 그는 將相(장상)이 되었고 3대가 益州(익주)에서 41년 동안 벼슬을 했다고 한다. 내용으로 볼 때 당시 풍수지리학이 성행했음을 알 수 있다.

2) 天氣(천기) : 날씨. 佳(가) : 아름답다. 곱다.

3) 淸吹(청취) : 맑은 바람. 여기서는 맑은 피리 소리. 鳴彈(명탄) : 거문고 타는 소리.

4) 栢下人(백하인) : 잣나무 아래 묻혀 있는 사람(망자). 고대의 장례 풍속은 묘지 주변에 잣나무와 소나무를 많이 심었다고 한다.

5) 安得(안득) : (반문의 뜻으로) 어찌 …일 수 있으랴. 어떻게 …할 수 있으랴.

6) 散新聲(산신성) : 새로운 소리를 뿜어내다.

7) 綠酒(녹주) : 새로 담근 술은 맑고 진한 녹색을 띠고 있으므로 綠酒(녹주)라고 함.

8) 未知明日事(미지명일사) : 내일 일을 알지 못하다. 여기서는 앞으로 일어날 죽음 등의 문제에 대해 그 누구도 알지 못한다는 뜻.

9) 良(양) : 심하다. 몹시. 매우. 已(이) : 어조사. 殫(탄) : 다하다. 없어지다.

작품해설

이 시는 대략 義熙(의희) 9년(413), 도연명의 나이 49세 때 지은 작품으로 아마도 〈形影神(형영신)〉을 지은 시기와 근접할 것으로 추산된다. 시의 내용으로 볼 때, 산 위에 위치한 묘지에 올라 주변의 景物(경물)을 감상한다거나 하는 구체적인 내용은 찾아볼 수 없으나 제목에서 이미 "잣나무 아래 있는 周墓(주묘)"라고 명확하게 소재를 밝히고 있다. 여기에는 아마도 시인 자신의 깊은 뜻이 있음을 암시해주는 대목이다. 죽은 사람은 이미 세상을 떠나 땅 속에 잠들어 영원한 침묵을 유지한 채 말이 없지만 살아있는 사람은 자연의 정취를 만끽하며 저마다 行樂(행락)을 즐기고 있는 사람들의 모습이 대조적으로 그려져 있다. 평범한 내용 속에 세밀한 시의 맛이 가미되어 있고 生(생)과 死(사)의 경계에서 벗어나고자 하는 시인의 초일한 태도가 감지되고 있다. 詩情(시정)이 호방하고 시의 어조 또한 경쾌한 분위기를 주는 가운데 맑게 울려 퍼지는 피리 소리와 거문고 타는 소리가 묘지, 잣나무와 어울려 상징적인 조화를 이루어주고 있다.

悲從弟仲德(비종제중덕)¹⁾ 一首 | 사촌동생 중덕을 슬퍼함 (1수)
(悲從弟仲德)

銜哀過舊宅,²⁾(함애과구택)
悲淚應心零,³⁾(비루응심령)
借問爲誰悲,(차문위수비)
懷人在九冥,⁴⁾(회인재구명)
禮服名群從,⁵⁾(예복명군종)
恩愛若同生,⁶⁾(은애약동생)
門前執手時,⁷⁾(문전집수시)
何意爾先傾.(하의이선경)
在數竟不免,⁸⁾(재수경부면)
爲山不及成,⁹⁾(위산불급성)
慈母沈哀疚,¹⁰⁾(자모침애구)
二胤纔數齡,¹¹⁾(이윤재수령)
雙位委空館,¹²⁾(쌍위위공관)
朝夕無哭聲,¹³⁾(조석무곡성)
流塵集虛坐,¹⁴⁾(류진집허좌)
宿草旅前庭.¹⁵⁾(숙초여전정)

슬픔을 머금고 옛날 그가 살던 집에 들르니
서글픈 눈물이 마음에 사무쳐 흘러내린다.
물어보건대 누구를 위해 슬퍼하는 것인가?
생각하는 사람이 깊은 황천에 있기 때문이다.
가족의 친소관계로 따지면 사촌 동생이지만
아끼고 사랑하는 것은 친동생이나 다름없다.
문 앞에서 손잡으며 헤어질 때만 해도
네가 먼저 세상을 떠날 줄을 어찌 생각했겠나.
타고난 운수에 매여 결국 벗어나지 못하고
공업을 쌓다가 미쳐 완성에 이루지 못했구나.
자애로운 숙모님은 비통에 잠겨 계시고
두 아이는 이제야 겨우 어린 두서너 살이다.
두 부부의 위패는 텅 빈 집에 놓인 채
아침저녁으로 곡하는 소리도 들리지 않는다.
떠도는 먼지는 텅 빈 자리에 쌓여 있고
묵은 풀은 집 앞뜰에 무성하게 돋아나 있다.

---

1) 從弟(종제) : 祖父(조부)의 동생에 해당함. 사촌동생. 仲德 (중덕) : 도연명에는 이밖에도 종제가 한 분 더 계시는데 敬遠(경원)이다. 敬德(경덕)은 아마도 敬遠(경원)의 동생으로 보인다. 이 때문에 '仲' 또는 '仲德'을 사용했다.

2) 銜哀(함애) : 슬픔을 머금다. 舊宅(구택) : 예전에 살던 집.

3) 悲淚(비루) : 슬픔에 눈물을 흘리다. 心零(심령) : 마음. 영혼.

4) 九冥(구명) : 어두운 곳. 지하. 옛 말에 의하면, 땅에는 구층이 있는데 이것을 '九冥'이라 하였다.

5) 禮服(예복) : 같은 조상의 친소관계. 여기서는 '喪禮(상례)'의 服制(복제)를 가리킨다. 상례의 복제에는 斬衰(참쇠), 齊衰(제쇠), 大功(대공), 小功(소공), 緦麻(시마)가 있다. 群從(군종) : 같은 조상을 둔 사촌형제들 간을 의미함. 從兄(종형), 從弟(종제), 從妹(종매) 從姊(종자) 등으로 친소관계를 나타냈다.

6) 同生(동생) : 동생. 형제. 같은 부모 아래서 태어나다.

7) 門前執手時(문전집수시) : 문 앞에서 손을 잡으며 헤어질 때.

8) 在數(재수) : 정해진 운수. 타고난 운명.

9) 爲山不及成(위산불급성) : 산을 이루지 못하다. 功業(공업)을 이루지 못하다.

10) 慈母(자모) : 자애로운 어머니. 沈哀(침애) : 슬픔에 잠기다. 疚(구) : 고통.

11) 胤(윤) : 후대. 二胤(이윤) : 남겨진 두 자식.

12) 雙位(쌍위) : 仲德(중덕) 부부의 두 위패.

13) 哭聲(곡성) : 곡하는 소리. 울음소리.

14) 流塵(유진) : 떠도는 먼지. 이리저리 날리는 먼지.

15) 宿草(숙초) : 묵은 풀. 旅(여) : 무성하다. 많다.

階除曠遊迹,¹⁶⁾(계제광유적)   층계와 뜰에는 노닐던 자취마저 사라졌는데

園林獨餘情.¹⁷⁾(원림독여정)   정원에만 유독 너의 정이 남아 있다.

翳然乘化去,¹⁸⁾(예연승화거)   어둠속으로 변화의 이치를 따라 세상을 떠나니

終天不復形.¹⁹⁾(종천불부형)   영원토록 그 모습 다시 볼 수가 없다.

遲遲將回步,²⁰⁾(지지장회보)   느릿느릿 발걸음을 돌리려 하는데

惻惻悲襟盈.²¹⁾(측측비금영)   처량하고 슬픔 마음이 복받쳐 오른다.

---

16) 階除(계제) : 섬돌. 층계와 뜰. '階'는 傍室(방실)이고, '除'는 집을 오르는 계단. 曠(광) : 사라지다. 遊迹(유적) : 놀던 자취. 놀던 흔적.

17) 園林(원림) : 정원.

18) 翳然(예연) : 숨겨진 모양. 어두운 모양. 슬프고 침울하다. 乘化(승화) : 자연의 변화를 따르다.

19) 形(형) : 형체. 육신. 모습.

20) 遲遲(지지) : 느릿느릿한 모양. 꾸물거리는 모양.

21) 惻惻(측측) : 처량하고 슬픈 모양. 통절한 모양.

작품해설

이 시는 대략 晉(진) · 義熙(의희) 8년(412), 도연명의 나이 48세 때 지은 작품이다. 이 해는 시인의 온가족이 南村(남촌)을 떠나 6년 동안이나 떨어져 지냈던 上京里(상경리) 옛집으로 돌아온 때이다. 그가 '상경리'에 돌아왔을 때는 이미 이전의 상황과는 모든 것이 달라져 있었다. 從弟(종제)인 仲德(중덕)의 옛 집을 찾아 故人(고인)을 추모할 때 슬픔에 잠긴 숙모님과 남겨진 어린 두 자식, 텅 빈 자리엔 먼지만 이리저리 나돌고 있음을 보며 비통한 심정을 토로하고 있다. 이 시는 5단계로 나누어 간곡한 어조를 사용하여 애절한 마음을 나타내고 있으며, 마치 친한 친구를 대하듯 말 나오는 대로 솔직하고 담박한 감정을 쏟아내고 있다.

오류선생전(五柳先生傳)[1]

〈오류선생전〉은 대략 晉(진)·義熙(의희) 6년(410), 도연명의 나이 46세 때 지은 것으로 보인다. 문장 속에 묘사된 거처 환경을 추단해 볼 때, 이곳은 아마도 전원으로 돌아와 머물던 집으로 보인다. 본문에서 선생은 명리나 물질에 욕심이 없고 가난한 생활 속에서도 安貧樂道(안빈낙도)하며 節操(절조)를 지켜 나가는 삶의 태도를 묘사하고 있다. 문장 중에 나오는 "不戚戚於貧賤(불척척어빈천), 不汲汲於富貴(불급급어부귀)."의 구절은 본문 주제의 주된 사상이라 할 수 있다. 전체적인 내용의 특징은 傳記(전기)의 순서에 입각하여 서술하였으나 사용된 언어는 오히려 틀에 얽매이지 않고 자유로우며 소탈함이 넘쳐흐른다. "不知何許人也(부지하허인야)", "不詳其姓字(불상기성자)" 등의 구절은 모두 솔직하게 기재할 수 없는 부분으로 취급하고 있는데 이것은 단지 글의 품격과 예술성을 부각시키기 위한 언어로 간주할 수 있다. 시인은 이러한 언어를 통해서 자연스런 성정을 표현함과 동시에 즐거움 속에 세속적인 근심을 잊어버리는 경계에 도달하고 있다. 본문은 전기의 형식을 채용하고 있으나 내용은 이와 달리 오히려 담박한 의지와 활달한 감흥이 넘쳐흐르고 시인의 초탈한 마음의 思維(사유)가 표출되어 있다.

---

1) 도연명이 자기 자신을 제3의 인물처럼 가공하여 쓴 전기형식의 글이다.

五柳先生傳(오류선생전) 幷序(병서)

선생은 어느 곳에 사는 사람인지도 모르고, 또 그의 姓(성)과 자(字)도 자세하게 알 수 없으나, 집 주변에 다섯 그루의 버드나무가 있었기 때문에 그것으로써 號(호)를 삼았다.

先生不知何許人(선생부지하허인),[1] 亦不詳其姓字(역부상기성자),[2] 宅邊有五柳樹 (택변유오류수),[3] 因以爲號焉(인이위호언).

한적하고 조용하며 말이 적었고 명예나 실리를 바라지 않았다. 책읽기를 좋아하지만 깊이 파고들지는 않았다. 매번 시문의 뜻을 깨닫거나 부합하는 글이 있으면 기뻐서 밥 먹는 것도 잊었다.

閑靖少言(한정소언),[4] 不慕榮利(불모영리),[5] 好讀書(호독서), 不求甚解(불구심해),[6] 每有意會(매유의회),[7] 便欣然忘食(편흔연망식).[8]

성품이 술을 좋아하지만 집이 가난하여 항상 마실 수는 없었다. 친구들이 이와 같은 처지를 알고는 때때로 술자리를 마련하여 그를 초청했다.

性嗜酒(성기주),[9] 家貧不能常得(가빈불능상득),[10] 親舊知其如此(친구지기여차), 惑置酒而招之 (혹치주이초지).[11]

---

1) 何許(하허): 어느 곳. '許'는 곳. 《墨子(묵자)·非樂(비락)》에 "舟車旣已成矣(주거기이성의), 吾將惡許用之?" 라는 구절이 있다. (배와 수레를 이미 다 만들었다. 나는 이것을 어디에 사용할까?') 여기에서 惡許(악허)는 '어느 곳'을 의미한다.

2) 詳(상): 상세하다. 명확하다. 姓字(성자): 名(명)과 字(자)

3) 宅邊(택변): 집 주변. 五柳樹(오류수): 다섯 그루의 버드나무.

4) 閑靖(한정): 한적하고 조용하다. 少言(소언): 말수가 적다.

5) 不慕(불모): 원하지 않다. 꾀하지 않다. 榮利(영리): 명예와 이익.

6) 不求甚解(불구심해): 연구할 가치가 없거나 글자나 이론적인 문제를 가지고 너무 깊게 매달리거나 불필요한 부분에 집착하지 않다. 사실, 도연명의 사유세계는 매우 세밀했으며, 經史(경사)와 역대 詩文(시문)의 지식뿐만 아니라 訓詁(훈고)에 정밀하게 통달할 정도로 박학다식하였다.

7) 意會(의회): 깨닫다. 여기서 '意'는 시문의 내용이나 뜻을 가리킨다.

8) 欣然(흔연): 즐거워하다. 기뻐하다. 忘食(망식): 밥 먹는 것조차 잊어버리다.

9) 性嗜酒(성기주): 천성적으로 술을 좋아하다.

10) 不能常得(불능상득): 늘 술을 마실 수 없었다.

11) 置酒(치주): 술상을 차리다.

그가 가서 마시면 언제나 흥이 나게 마셨고, 반드시 취하길 원했다. 취하고 나면 곧 물러 갔는데, 가고 머무름에 미련을 두지 않았다. 좁은 방은 텅 비어 쓸쓸했으며 바람과 햇빛을 제대로 가리지 못했다.

　　造飮輒盡(조음첩진),[12]　期在必醉(기재필취),[13]　旣醉而退 (기취이퇴),[14]　曾不吝情去留(증불인정거류),[15]　環堵蕭然 (환도소연),[16]　不蔽風日(불폐풍일),[17]

　　거칠고 짧은 베옷을 기워 입고, 밥그릇과 표주박이 자주 비어도 마음만은 편안하였다. 항상 문장을 지어 스스로를 즐기면서 자못 자신의 뜻을 나타내려 하였다. 얻고 잃음에 대한 생각을 잊고서, 이러한 태도를 견지하며 스스로의 일생을 마쳤다.

　　短褐穿結(단갈천결),[18]　簞瓢屢空(단표누공),[19]　晏如也(안여야),[20]　常著文章自娛(상저문장자오),[21]　頗示己志(파시기지),[22]　忘懷得失(망회득실),[23]　以此自終(이차자종),[24]

---

12) 造(조) : 가다. 輒(첩) : 언제나. 盡(진) : 흥겹게 다 마시다.
13) 期在必醉(기재필취) : 반드시 취하길 원하다.
14) 旣醉而退(기취이퇴) : 취하면 곧 물러가다.
15) 曾(증) : 언제나. 不吝情(불인정) : 미련을 두지 않다. 去留(거류) : 떠나거나 머무르다.
16) 環堵(환도) : 사방이 담벽이다. 여기서는 방, 즉 실내를 가리킴. 蕭然(소연) : 텅 비어 물건이 없는 모양.
17) 不蔽風日(불폐풍일) : 바람이나 햇빛을 가리지 못하다.
18) 短褐(단갈) : 거칠고 짧은 베옷. 穿結(천결) : 구멍이 나거나 헤진 곳을 꿰매다.
19) 簞瓢(단표) : '簞(단)' : 옛날에 밥을 담았던 대나무로 만든 둥근 그릇. 광주리. 瓢(표) : 물을 푸는 도구. 《論語(논어)·雍也(옹야)》에 "一簞食(일단식), 一瓢飮(일표음), 在陋巷(재누항), 人不堪其憂(인불감기우), 回也不改其樂(회야불감기락), 賢哉(현재), 回也(회야)! (한 대그릇의 밥을 먹고, 한 표주박의 물을 마시며, 누추한 거리에서 사는 것에 대해, 사람들은 그 근심을 참지 못하는데, 안회는 그 즐거움을 변치 않으니, 참으로 어질다. 안회여!)라는 구절이 있다.
20) 晏(안) : 편안하다. 如(여) : 조사.
21) 著文章(저문장) : 문장을 짓다. 自娛(자오) : 스스로 즐거워하다.
22) 頗示己志(파시기지) : 오로지 자신의 뜻이나 정신을 나타내다.
23) 忘懷得失(망회득실) : 이해득실에 얽매이지 않다. 득실에 대한 생각을 잊어버리다.
24) 自終(자종) : 생을 마감하다.

찬문(贊文)을 지어 말한다. 齊(제)나라 黔婁(검루)의 아내가 말하기를 "빈천을 걱정하지 않았고, 부귀에 급급해하지 않았다."하였다. 그녀의 말은 바로 이 오류선생과 같은 '검루'를 말하는 것이다. 술을 즐겨 마시고 시를 지어 자신의 뜻을 즐겼으니, 옛날 無懷氏(무회씨)의 백성인가? 아니면 갈천씨(葛天氏)의 백성이던가?

贊曰(찬왈) ;[25] 黔婁之妻有言(검루지처유언)[26] : "不戚戚於貧賤(불척척어빈천),[27] 不汲汲於富貴(불급급어부)."[28] 其言兹若人之儔乎(기언자약인지주호)![29] 酣觴賦詩(감상부시),[30] 以樂其志(이락기지).[31] 無懷氏之民歟(무회씨지민여)?[32] 葛天氏之民歟(가천씨지민여)![33]

---

25) 贊(찬) : 보통 傳記文(전기문) 뒤쪽에 붙여서 주인공 등을 칭찬하는 글이다.

26) 黔婁之妻有言(검루지처유언) : 검루 : 劉向(유향)의《烈女傳(열녀전)》에는 춘추시대 魯(노)나라 사람이라고 되어 있고, 皇甫謐(황보밀)의《高士傳 (고사전)》에는 齊어(제)나라 사람으로 되어 있음. 또 어떤 판본에는 '之妻(지처)'라는 두 글자가 없다.

27) 戚戚(척척) : 근심하고 두려워하는 모양.

28) 不汲汲(불급급) : 급급해하지 않다.

29) 其言兹(기언자) : 그녀가 말한 이러한 말. 兹(자) : 오류선생을 가리킴. 若人(약인) : 그 사람. 여기서는 黔婁(검루)를 가리킴. 儔(주) : 같은 例(예).

30) 酣觴賦詩(감상부시) : 술을 즐기며 시를 짓다.

31) 以樂其志(이락기지) : (자신의) 뜻을 즐기다.

32) 無懷氏(무회씨) : 전설 속의 먼 옛날 帝王(제왕)의 이름. 晉(진)나라 皇甫謐(황보밀)의《帝王世紀》와 宋(송)나라 羅泌(라비)의《路史 (로사)》 등에 이와 관련된 이야기가 있다.

33) 葛天氏(갈천씨) : 전설 속의 먼 옛날 제왕의 이름.

자제문(自祭文)

　본 祭文(제문)은 南朝(남조), 宋(송)나라 元嘉(원가) 4년(427), 도연명의 나이 63세 때 죽음을 몇 개월 앞둔 9월에 지은 作(작)이며 그해 11월에 세상을 떠났다. 따라서 본문은 가시적으로 시인의 絕筆(절필)이 된 셈이다. 본 제문에서는 도연명의 인생관과 生死觀(생사관), 그의 넓은 도량과 삶의 철학이 생생하게 표출되어 있다. 전원에 돌아와 몸소 경작을 하면서 빈천하게 살았지만 결코 다른 길을 택하지 않았던 그의 節操(절조)와 소박하고 진솔했던 삶의 역정이 잘 나타나 있다. 제문은 일반적으로 산 사람이 죽은 자를 위해 짓는 것이지만 본 제문은 오히려 살아있는 사람이 자신이 죽은 후를 준비하여 쓴 것이다. 전체적인 내용이 슬프고 침통한 분위기가 무겁게 짓누르는 가운데에서도 혼탁한 세상과 야합하지 않고 세속의 번잡함과 인연을 끊은 채 살아온 시인의 풍모가 여실히 느껴진다. 절실했던 그의 인생역정을 제문에 담아 진솔한 필치로 써내려간 본 작품은 千古(천고)에 전해지는 걸작으로 손꼽힌다.

自祭文(자제문)

歲惟丁卯,¹⁾(세유정묘)
律中無射.²⁾(율중무역)
天寒夜長,³⁾(천한야장)
風氣蕭索.⁴⁾(풍기소색)
鴻鴈于征,⁵⁾(홍안우정)
草木黃落.⁶⁾(초목황락)
陶子將辭,⁷⁾(도자장사)
逆旅之館,⁸⁾(역려지관)
永歸於本宅.⁹⁾(영귀어본댁)

스스로 제문을 짓다(自祭文)

때는 干支(간지)로 丁卯年(정묘년)
律呂(율려)로 음력 구월인 가을
날씨는 차고 밤은 길기만한데
바람의 기운은 삭막하고 쓸쓸하다.
큰 기러기들은 멀리 남쪽으로 날아가고
초목은 노랗게 시들어 떨어진다.
내 자신은 바야흐로
잠시 나그네처럼 머물던 여인숙 같은 세상을 떠나
영원한 본 집인 죽음으로 돌아가고자 한다.

---

1) 歲惟丁卯(세유정묘) : 때는 六十甲子(육십갑자)의 干支(간지)로 '정묘년(427)'이다. 여기에서 '惟'는 어조사. '정묘년'은 시인이 63세를 일기로 세상을 떠나던 해이며, 東晉(동진)을 찬탈하여 정권을 잡은 劉裕(유유)가 죽고, 그의 아들인 劉義榮(유의영)이 그 뒤를 이어 宋(송)나라의 文帝(문제)로 권력을 행사했던 元嘉(원가) 4년에 해당된다.

2) 律中無射(율중무사) : '律'은 律呂(율려)를 가리킴. 옛날 사람들은 12律(율)을 정하여 12律管(율관)으로 연주를 하였으며, 12단계 표준음으로 삼았다. 옛날 사람들은 또 대자연의 음향과 1년 4계절의 기온과 기류를 밀접하게 연관시켜 12율을 12월에 배치하였다. 여기에서 '無射(무사)'는 12律名(율명)의 하나이며, 음력 9월을 대표한다. 《禮記(예기)·月令(월령)》에 "季秋之月(계추지월), 其音商(기음상), 律中無射(율중무사)."라는 구절이 나온다.

3) 天寒夜長9천한야장) : 날씨는 차고 밤은 길다.

4) 風氣(풍기) : 바람 기운. 蕭索(소색) : 삭막하고 쓸쓸하다.

5) 鴻鴈(홍안) : 큰 기러기. 征(정) : 멀리 날아가다.

6) 黃落(황락) : (잎이) 노랗게 시들어 떨어지다.

7) 陶子(도자) : 도연명 자신을 칭함.

8) 逆旅之館(역여지관) : 나그네가 묵는 여관. 여기서는 마치 나그네가 잠시 묵었다 가는 여인숙과 같은 세상을 의미한다.

9) 宅(택) : 여기에서는 墓穴(묘혈)을 가리킴. 《禮記(예기)·雜記(잡기)》에 "大夫卜宅與葬日(대부복택여장일)."이라는 구절이 나온다.

故人悽其相悲,[10] (고인처기상비)
同祖行於今夕,[11] (동조행어금석)
羞以嘉蔬,[12] (수이가소)
薦以淸酌.[13] (천이청작)
候顔已冥,[14] (후안이명)
聆音愈漠,[15] (영음유막)
嗚呼哀哉.[16] (오호애재)

옛 친구들이 서로 어울려 구슬프게 슬퍼하며
모두들 오늘 밤 떠나는 나를 위해 제사 지낸다.
제사상에는 음식물을 잘 진설해 놓고
정성으로 맑은 술을 따라 올린다.
이미 어둡게 변한 나의 죽은 얼굴을 바라보며
나의 말소리를 들으려 해도 침묵만 더할 뿐이니
아! 매우 슬프고 슬프도다!

---

10) 故人(고인) : 친한 옛 친구. '其(기)'는 조사. '相(상)' : 서로 어울리다.

11) 同(동) : 모두들 같이. 여기서는 가족과 친구들을 가리킴. 祖行(조행) : 송별하다. 여기서는 '제사지내다.'의 뜻. 〈弟從弟敬遠文(제종제경원문)〉에 보임.

12) 羞(수) : 바치다. 드리다. 음식물. 嘉蔬(가소) : 제사용 쌀의 총칭. 《禮記(예기) · 典禮(전례)》에 "稻曰嘉蔬(도왈가소)."라는 구절이 나온다.

13) 薦(천) : 바치다. 다하다. 추천하다.

14) 候(후) : 바라보다. 冥(명) : 어둡다. 昏暗(혼암)

15) 漠(막) : 보잘 것 없다. 낮다. 적다. 〈擬輓歌辭(의만가사)〉에 "欲語口無音(욕어구무음), 욕시안무광."이라는 구절이 나온다.

16) 嗚呼哀哉(오호애재) : 아! 슬프도다!

茫茫大塊,[17](망망대괴)　　　　　망망하고 아득한 넓은 대지와

悠悠高旻,[18](유유고민)　　　　　끝도 없이 드높은 유구한 하늘

是生萬物,[19](시생만물)　　　　　하늘과 땅 사이에서 세상 만물이 나왔는데

　余得爲人.[20](여득위인)　　　　나는 그 중에서 사람으로 태어났다.

自余爲人[21](자여위인)　　　　　내가 사람으로 태어난 이래

逢運之貧,[22](봉운지빈)　　　　　가난뱅이 운수를 만나게 되었다.

簞瓢屢罄,[23](단표누경)　　　　　한 그릇의 밥과 한 바가지의 물도 늘 비어있었고

絺綌冬陳.[24](치격동진)　　　　　가늘고 거친 갈포를 걸치고 추운 겨울을 보내야했다.

含歡谷汲,[25](함환곡급)　　　　　계곡에서 흘러나오는 물을 마시며 기뻐도 했고

行歌負薪.[26](행가부신)　　　　　땔나무를 지고 걸어가면서 노래를 부르기도 했다.

翳翳柴門,[27](예예시문)　　　　　누추하고 보잘것없는 사립문 안에서

事我宵晨.[28](사아소신)　　　　　아침부터 저녁까지 내게 주어진 일을 하였다.

---

17) 茫茫(망망): 아득히 먼 모양. 한없이 넓다. 大塊(대괴):

18) 悠悠(유유): 유유하다. 유구하다. 旻(호): 하늘.

19) 是(시): 대명사. 하늘과 땅 사이.

20) 余得爲人(여득위인):

21) 自余爲人(자여위인): 내가 사람으로 태어난 이래.

22) 運(운): 家運(가운).

23) 簞瓢(단표): 한 그릇의 밥과 한 바가지의 물.

24) 絺綌(치격): 가늘고 허름한 葛布(갈포).《詩經(시경)·周南(주남)·葛覃(갈담)》에 "爲絺爲綌(위치위격)."이라는 구절이 나온다. 원래 갈포는 여름에 입는 거친 옷이다.

25) 谷(곡): 계곡. 汲(급): 물을 마시다. 물을 긷다.

26) 行歌(행가): 걸어가면서 노래하다.

27) 翳翳(예예): 초라하다. 허름하다. 보잘것없다.

28) 事我(사아): 일. 종사하다. 주어진 일을 하다. 宵晨(소신): 아침부터 저녁까지. 두 단어의 위치가 서로 바뀌었다.

春秋代謝,[29] (춘추대사)　　　봄가을 계절이 바뀔 때까지

有務中園.[30] (유무중원)　　　전원에 나가 농사일을 하였다.

載耘載耔,[31] (재운재자)　　　김을 매고 또 잡초를 뽑으며

迺育迺繁.[32] (내육내번)　　　곡식을 가꾸고 작물을 늘려 나갔다.

欣以素牘,[33] (흔이소독)　　　즐거운 마음으로 때론 서적을 읽고

和以七絃.[34] (화이칠현)　　　혹은 거문고를 타며 화락하였다.

冬曝其日,[35] (동폭기일)　　　겨울에는 따스한 햇볕을 쬐고

夏濯其泉.[36] (하탁기천)　　　여름에는 샘물로 몸을 씻었다.

勤靡餘勞,[37] (근미여로)　　　쉴 틈 없이 부지런히 일을 했어도

心有常閒.[38] (심유상한)　　　마음만은 언제나 한가로웠다.

樂天委分,[39] (락천위분)　　　천명을 달게 즐기며 분수에 맞게

以至百年.[40] (이지백년)　　　그렇게 한 평생을 살아왔다.

---

29) 春秋(춘추): 봄가을. 代謝(대사): 신구교대. 신진대사. 바뀌다.

30) 務(무): 농사일. 中園(중원): 전원. 들.

31) 載(재) ~載: ~하면서 ~하다.(동시에 두 가지 동작을 나타냄)

32) 迺(내): 이에. 어조사. 育(육): 기르다. 가꾸다. 繁(번): 식물이 무성하게 자라다.

33) 素牘(소독): 書籍(서적)을 가리킴. 牘(독): 書版(서판). 木簡(목간).

34) 七絃(칠현): 琴(금). 거문고. 七絃琴(칠현금).

35) 曝(폭): (햇볕을) 쬐다.

36) 濯(탁): 씻다.

37) 靡(미): 無(무). 없다. 餘(여): 剩(잉): 남다. 勞(로): 부지런하다.

38) 常(상): 언제나. 늘. 閒(한): 한가롭다.

39) 委分(위분): 본분에 맡기다. 분수에 맡기다.

40) 百年(백년): 평생. 일생.

惟此百年, ⁴¹⁾(유차백년)	백년도 안 되는 짧은 인생을

惟此百年,⁴¹⁾(유차백년)　　　　백년도 안 되는 짧은 인생을
夫人愛之,⁴²⁾(부인애지)　　　　사람들은 소중히 여기고 사랑한다.
懼彼無成,⁴³⁾(구피무성)　　　　이룬 것이 없음을 두려워하며
愒日惜時.⁴⁴⁾(게일석시)　　　　틈도 없이 서두르며 시간을 아까워한다.
存爲世珍,⁴⁵⁾(존위세진)　　　　살아있을 때는 귀하게 되길 바라고
沒亦見思.⁴⁶⁾(몰역견사)　　　　죽은 뒤에는 그리워하고 기억되길 바란다.
嗟我獨邁,⁴⁷⁾(차아독매)　　　　아아! 나만 홀로 나의 길을 고집하며
曾是異玆.⁴⁸⁾(증시이자)　　　　일찍이 세상 사람들과는 매우 달랐다.

---

41) 惟(유) : 語頭助詞(어두조사).

42) 夫(부) : 語頭助詞(어두조사). 人(인) : 어떤 사람.

43) 彼(피) : 대명사로 사람의 일생을 가리킴. 無成(무성) : 이룬 것이 없다. 성취한 것이 없다.

44) 愒(게) : 탐하다.

45) 存(존) : 세상에 살아 있을 때. 珍(진) : 보배. 귀하다.

46) 沒(몰) : 죽음. 見思(견사) : 그리워지다.

47) 嗟(차) : 개탄하다. 탄식하다. 邁(매) : 나아가다. 전진하다. 여기서는 躬耕(궁경)하고자 전원으로 돌아가는 길을 가리킴.

48) 曾(증) : 줄곧. 異(이) : 같지 않다. 玆(자) : 여기. 여기서는 存爲世珍(존위세진), 沒亦見思(몰역견사).를 가리킴.

寵非己榮,⁴⁹⁾(총비기영)　사랑 받는 것을 영광으로 여기지 않았으니

涅豈吾緇.⁵⁰⁾(열기오치)　티끌세상이 어찌 나를 물들일 수 있었겠는가?

捽兀窮廬,⁵¹⁾(졸올궁려)　허름한 오두막집일지언정 의연하게 지내며

酣飮賦詩.⁵²⁾(감음부시)　흥겹게 술을 마시고 시를 지으며 살아왔다.

識運知命,⁵³⁾(식운지명)　운명이라는 것에 대해 알고는 있었지만

疇能罔眷.⁵⁴⁾(주능망권)　누군들 세상에 미련을 두지 않을 수 있겠는가?

余今斯化,⁵⁵⁾(여금사화)　나는 이제 이렇게 죽음으로 돌아가도

可以無恨.⁵⁶⁾(가이무한)　더 이상 억울함이나 한스러움이 없다.

壽涉百齡,⁵⁷⁾(수섭백령)　백 살 가깝도록 살만큼 살면서

身慕肥遯.⁵⁸⁾(신모비둔)　이 몸은 여유로운 은둔생활을 동경하였다.

從老得終,⁵⁹⁾(종로득종)　살만큼 살고 늙어 천수를 다했으니

奚所復戀.⁶⁰⁾(해소부련)　어찌 더 이상 무엇에 연연해하리오.

---

49) 寵(총) : 과분한 사랑. 己(기) : 나. 자신. 榮(영) : 영광으로 여기다.

50) 涅(열) : 검고 더러운 물에 오염되다. 검은 물을 들일 때 쓰는 광석. 緇(치) : 검은 색. 《論語(논어) · 陽貨 (양화)》에 "不曰白乎(불왈백호), 涅而不緇(열이불치)." (희다고 말하지 않았는가? 검은 물을 들여도 검어지지 않는다.) 라는 구절이 있다.

51) 捽(졸) : 抵觸(저촉). 여기서는 세속과 맞지 않다. 兀(올) : 높고 특출함. 窮廬(궁려) : 오두막집에서 가난하게 살다.

52) 酣飮賦詩(감음부시) : 술을 즐기며 시를 짓다.

53) 識運知命(식운지명) : 주어진 運數(운수)와 수명을 알다.

54) 疇(주) : 語頭(어두) 조사. 별 뜻이 없음. 罔(망) : 없다. 眷(권) : (인간 세상에 대해) 미련을 두다. 연연해하다.

55) 斯(사) : 글 중간의 助詞(조사). 化(화) : 大化(대화). 죽음.

56) 無恨(무한) : 여한이 없다. 원통함이 없다.

57) 涉(섭) : 이르다. 미치다. 百齡(백령) : 백세. 長壽(장수)를 가리킴. 《禮記(예기) · 典禮(전례)》에 "六十曰耆(육십왈기).", "七十曰老.(칠십왈로)" (60세를 '기'라 하고, 70세를 '老'라 한다.) 라는 구절이 나온다. 도연명은 63세에 죽음을 맞이했으므로 이에 근거하면 장수한 사람이라고 볼 수 있다.

58) 肥遯(비둔) : 은퇴. 여기에서 '肥'는 여유롭고 스스로 만족한 생활을 가리킴. 遯(둔) : 은거하다. 세상을 피해 운둔하다. 《易(역) · 巽卦 (손괘)》에 "上九(상구), 肥遯(비둔), 無不利(무불리)." 라는 구절이 있다.

59) 得終(득종) : 천수가 다하다.

60) 奚(해) : 어찌. 무엇.

寒暑逾邁,[61](한서유매)　　　　계절은 바뀌어 세월은 점점 흘러가고

亡旣異存.[62](망기이존)　　　　죽음은 이미 살아있을 때와는 다르다.

外姻晨來,[63](외인신래)　　　　친척들은 새벽녘에 급히 달려오고

良友宵奔.[64](양우소분)　　　　친한 친구들도 밤새 달려와 문상한다.

葬之中野,[65](장지중야)　　　　사람들은 들판 한가운데 나를 장사지내고

以安其魂.[66](이안기혼)　　　　내 영혼을 편안하게 명복을 빌어준다.

窅窅我行,[67](요요아행)　　　　내가 가는 길은 깊고도 아득한 곳

蕭蕭墓門.[68](소소묘문)　　　　무덤 문에는 쓸쓸한 찬바람 소리만 들린다.

奢耻宋臣,[69](사치송신)　　　　宋(송)나라 桓魋(환퇴)의 사치스런 장례 부끄럽고

儉笑王孫.[70](검소왕손)　　　　漢(한)나라 楊王孫(양왕손)의 검소한 장례도 가소롭다.

廓兮已滅,[71](곽혜이멸)　　　　한 조각 허무한 나는 이미 죽어 사라졌으니

慨焉已遐.[72](개언이하)　　　　이미 멀리 떠나갔음을 개탄할 뿐이다.

---

61) 寒暑(한서): 추위와 더위. 여기서는 추위와 더위가 바뀌는 계절의 변화, 즉 세월을 의미함. 逾邁(유매) : 점점 지나가다. 점점 흘러가다.

62) 亡(망): 죽음. 存(존) : 생존. 旣異存(망기이존) : 죽어서 이미 살아있을 때와는 다르다.

63) 外姻(외인): 친척. 본래 외부 姓(성)의 인척, 즉 여자 쪽의 친척을 가리킴.

64) 奔(분): 급히 달려와 문상을 하다.

65) 葬之中野(장지중야) : 들 한가운데 장사 지내다.

66) 以安其魂(이안기혼) : 그 영혼을 편안하게 위로하다.

67) 窅窅(요요) : 깊고 아득한 모양.

68) 蕭蕭(소소) : 쓸쓸한 찬바람 소리.

69) 奢耻(사치) : 사치스러움을 부끄럽게 느끼다. 宋臣(송신) : 춘추시대의 송나라 환퇴를 가리킴. 환퇴는 죽을 때 사치스럽게 장례를 치렀다고 한다. 《孔子家語(공자가어)》에 "孔子在宋(공자재송) , 見桓魋自爲石槨(견환퇴자위석곽) , 三年而不成(삼년이불성) , 工匠皆病(공장개병) . 夫子愀然曰(부자초연왈), 若是其靡也,(약시기미야)" (공자가 송나라에 있을 때, 환퇴가 스스로 石槨(석곽)을 만드는데 3년이 되어도 이루지 못하고 장인들이 모두 병이 드는 것을 보자 공자가 정색을 하면서 말씀하시길, "이것은 사치나 다름없다.")라는 구절이 있다.

70) 笑(소): 가소롭다. 王孫(왕손) : 楊王孫(양왕손)이며, 西漢(서한)시기 武帝(무제) 때의 사람. 그는 알몸으로 장사를 지내는 裸葬(나장)을 주장했다.

71) 廓(곽): 공허하다. 매우 넓다. 광활하다.

72) 慨(개): 개탄하다. 遐(하) : 멀다.

不封不樹,⁷³⁾(부봉부수)   내 무덤에 봉분도 나무도 필요 없으니

日月遂過,⁷⁴⁾(일월수과)   시간의 흐름 따라 모두가 사라지리라.

匪貴前譽,⁷⁵⁾(비귀전예)   생전에 명예를 귀하게 여긴 적이 없으니

孰重後歌.⁷⁶⁾(숙중후가)   죽은 뒤에 누가 나를 칭송하여 줄 것인가.

人生實難,⁷⁷⁾(인생실난)   참으로 어렵게 살아온 인생살이였는데

死如之何.⁷⁸⁾(사여지하)   죽은 뒤에는 또 어떻게 될 것인지

嗚呼哀哉!(오호애재)   아 슬프고 애통하도다!

---

73) 不封(불봉) : 흙을 쌓아 봉분을 만들지 않다. 不樹(불수) : 나무를 심지 않다. 《禮記(예기) · 王制(왕제)》에 "庶人縣封, 葬不爲雨
止, 不封不樹." (서인은 줄을 달아 하관하며, 비가 내려도 장사를 그치지 않았으며, 봉분을 만들지도 나무를 심지도 않았다.)
라는 구절이 있다.

74) 日月遂過(일월수과) : 세월이 흘러 사라지다.

75) 匪貴(비귀) : 귀하지 않다. 前譽(전예) : 생전의 명예.

76) 孰(숙) : 누구. 後歌(후가) : 죽은 뒤에 칭송하다.

77) 實難(실난) : 참으로 어렵다.

78) 如之何(여지하) : '之'는 조사. 어떠하냐. 어떨 것인가. 어떠하다.

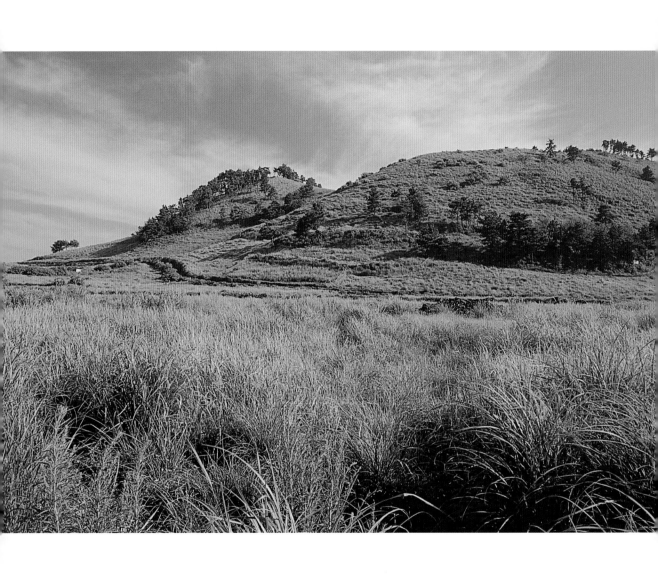

始作鎭軍參軍經曲阿 一首 (시작진군참군경곡아)[1]

弱齡寄事外,[2] (약령기사외)
委懷在琴書. (위회재금서)
被褐欣自得, (피갈흔자득)
屢空常晏如. (누공상안여)
時來苟冥會, (시래구명회)
宛轡憩通衢. (완비게통구)
投策命晨裝, (투책명신장)
暫與園田疎. (잠여원전소)
眇眇孤舟遊, (묘묘고주유)
綿綿歸思紆. (면면귀사우)
我行豈不遙, (아행기불요)
登陟千里餘. (등척천리여)
目倦川塗異, (목권천도이)
心念山澤居. (심념산택거)
望雲慙高鳥, (망운참고조)
臨水愧游魚. (임수괴유어)
眞想初在襟, (진상초재금)
誰謂形迹拘. (수위형적구)
聊且憑化遷, (요차빙화천)
終返班生廬.[3] (종반반생려)

처음 진군장군의 참군이 되어 곡아를 지나며 짓다 (1수)

어려서부터 세상일 밖에 뜻을 두고
마음속에는 거문고와 책만을 품었다.
거친 베옷 걸치고도 뜻을 얻으면 즐거웠고
곳간이 늘 비어도 마음만은 태연하였다.
시기가 도래하여 잠시 우연히 만남에 끌려
고삐를 돌려 벼슬길에 잠시 머물게 되었다.
지팡이를 던지고 새벽 길 떠날 채비를 명받아
잠시 동안 전원의 집과 멀어지게 되었다.
아득히 멀리 외로운 배는 물길 헤쳐 떠나는데
되돌아가고 싶은 생각만 끊임없이 맴돈다.
내 가는 벼슬길이 어찌 멀지 않겠는가?
오르고 건너고 하는 과정이 천리 길이나 된다.
물결 따라 달라지는 타향의 풍경에 눈도 지치고
마음은 오직 고향의 산과 물가에 사는 일 생각한다.
구름을 바라보면 높이 나는 새에 부끄러워하고
물가에 이르면 노니는 물고기에 부끄러워진다.
참된 생각이 애초부터 마음속에 들어 있는데
몸이 얽매여있다고 누가 말할 수 있겠는가?
잠시 세상의 변화를 따라 돌아다니다가
결국엔 전원의 오두막집으로 돌아가리라.

---

1) 始作(시작) : 처음으로 되다. 鎭軍叅軍(진군참군) : 鎭軍將軍府(진군장군부)의 叅軍(참군). 鎭軍(진군)은 '진군장군'의 약칭. 曲阿(곡아) : 지금의 江蘇省(강소성) 丹陽(단양).
2) 弱齡(약령) : 20세.
3) 班生廬(반생려) : 반생은 동한의 반고를 가리킨다.

작품해설

　이 시는 晉(진)·元興(원흥) 3년(401), 도연명의 나이 40세에 지은 작품이다. 전년도 12월은 楚王(초왕)인 桓玄(환현)이 晉(진)나라를 찬탈하고 황제의 자리에 올랐으며, 年號(연호)를 永始(영시)로 개정하였다. 이 해 2월 유로지의 부하로 있던 劉裕(유유)는 많은 신하들에 의해 맹주로 추대되었으며, 부하들을 거느리고 京口(경구)에서 擧事(거사)하였다. 3월에 建康(건강)을 공격하여 점령하였고, 桓玄(환현)은 潯陽(심양)을 거쳐 江陵(강릉)으로 후퇴하였다가 결국 劉裕(유유)에 의해 죽고 말았다. 사대절, 팔주군사도독, 서주자사로 추대되었다. 이 기간, 유유는 진군장군을 잠시 맡았다. 군부를 경구에 설치하고 이 시는 도연명이 정벽에 의해 진군군부의 참군이 되었다. 유유의 거사는 당시 의거로 보여졌으며, 도연명은 〈영목〉이란 시 속에도 건공의 사상을 토로하고 있다. 이러한 것은 도연명이 마땅히 정벌에 적극적인 행동을 촉진시켰다. 그러나 桓玄(환연)은 본래 사마도자 집안에서 일어났기 때문에 음모와 야심을 실행하여 나갔다. 눈앞의 劉裕(유유)도 이렇게 할 가능성이 매우 크게 보였기 때문에 시인의 열정이 둔감되었다. 따라서 본시는 출사와 복귀의 모순된 심리를 반영하고 있다. 도연명은 고궁절을 지키며 스스로 힘썼으며, 자신은 오히려 또 정치의 소용돌이 속에 들어갔다. 시인은 처음의 충심을 위반하고 있음을 느끼기 시작했으며, 아울러 부끄러움을 표시하고 결국 전원의 초려로 돌아가고자 하였다.

張長公(장장공)[1]

遠哉長公,[2] (원재장공)
蕭然何事.[3] (소연하사)
世路多端,[4] (세로다단)
皆爲我異.[5] (개위아이)
斂轡揭來,[6] (염비걸래)
獨養其志.[7] (독양기지)
寢跡窮年,[8] (침적궁년)
誰知斯意.[9] (수지사의)

장장공(張長公)

포부가 원대한 장공이시여!
묵묵히 숨어 지낸 것은 무엇 때문인가?
세상의 길 여러 갈래가 있고 복잡하나
모두 나의 뜻과 희망과는 거리가 멀었다.
벼슬길 말고삐 돌려 고향에 돌아와서는
홀로 나의 의지를 지키며 수양했노라.
종적을 감추고 일생을 마감하니
누가 이 깊은 뜻을 알 수 있겠는가?

---

1) 張長公(장장공) : 西漢(서한)의 名臣(명신)인 張釋之(장석지)의 아들. 名(명)은 張摯(장지), 字(자)가 長公(장공)이다. 《史記(사기)·張釋之列傳(장석지열전)》에 "張摯(장지), 字長公(자장공), 官至大夫(관지대부), 免(면). 以不能取容當世(이불능취용당세), 故終身不仕(고종신불사)." (장지의 자는 장공이며, 대부의 벼슬에 이르러 면직되었으며, 당세에 영합하지 못했기 때문에 종신토록 벼슬을 하지 못했다.) 라는 구절이 있다.

2) 遠哉(원재) : 원대하구나!

3) 蕭然(소연) : 쓸쓸하고 적막하다.

4) 世路多端(세로다단) : 세상을 살아가는 길은 여러 갈래로 나뉘어져 있고 복잡하다. 《列子(열자)·說符篇(설부편)》에 "大道以多歧亡羊(대도이다기망양), 學者以多方喪生." (큰 길은 갈래가 많아서 양을 잃어버리고, 학문을 하는 사람은 다양한 방법이 있어서 삶을 잃어버린다.) 이라는 구절이 나온다.

5) 皆爲我異(개위아이) : 모두가 나의 희망과 다르다. 《史記(사기)·張釋之列傳(장석지열전)》에 "張長公(장장공), 性公直(성공직), 不能曲屈見容於當世(불능곡굴견용어당세)." (장장공은 성품이 곧고 강직하여, 세상에 굴곡되어 바르지 못한 것을 보아 넘길 수 없었다.) 라는 구절이 있다.

6) 轡(비) : 말고삐. 재갈. 揭(걸) : 가다.

7) 獨養其志(독양기지) : 홀로 그 의지를 기르다(키워나가다.).

8) 寢跡(침적) : 자취를 감추다. 행적을 감추다. 窮年(궁년) : 죽음에 이르다. 인생이 다하다.

9) 誰知斯意(수지사의) : 누가 이 뜻을 알겠는가?

怨詩楚調示龐主簿鄧治中 一首 (원시초조시방주부등치중)

원한의 시, 초나라 노래를 방주부와 등치중에게 보이다

天道幽且遠,[1] (천도유차원)
하늘의 道(도)는 그윽하여 멀기만 하고

鬼神茫昧然.[2] (귀신망매연)
귀신의 일은 망막하여 헤아리기 어렵다.

結髮念善事, (결발염선사)
머리 땋아 올리고 착한 일만을 생각하며

俛俛六九年.[3] (민면육구년)
애쓰며 살아온 지가 이미 54년이나 되었다.

弱冠逢世阻,[4] (약관봉세조)
약관의 나이에 험난한 세상을 만나 고생했고

始室喪其偏. (시실상기편)
결혼 후 얼마 되지 않아 아내를 잃고 홀로 되었다.

炎火屢焚如, (염화루분여)
화재를 당하기도 하며 타들어가는 극심한 가뭄도 만나

螟▨恣中田.[5] (명역자중전)
곡식을 갉아먹는 해충들이 논밭에 우글거렸다.

風雨縱橫至, (풍우종횡지)
비바람이 미친 듯이 닥치고 몰아쳐서

收斂不盈廛.[6] (수렴불영전)
곡식을 거두어들여도 곳간에 차질 않았다.

夏日長抱飢,[7] (하일장포기)
긴긴 여름날엔 온종일 허기에 배를 곯았고

寒夜無被眠. (한야무피면)
추운 겨울밤에는 이불도 없이 잠을 잤다.

造夕思鷄鳴, (조석사계명)
저녁이 되면 닭 우는 새벽이 오길 바랐고

及晨願烏遷.[8] (급신원오천)
아침이 되면 하루해가 빨리 넘어가길 갈망했다.

在己何怨天,[9] (재기하원천)
모든 것이 나의 탓이니 어찌 하늘을 원망하랴만

離憂悽目前.[10] (이우처목전)
근심을 만나고 나니 눈앞의 일이 처량하다.

---

1) 天道(천도) : 天理(천리).《易經(역경)》謙卦(겸괘)에 "天道虧盈而益謙(천도휴영이익겸)."(하늘의 도는 가득 찬 것을 비우고 겸손한 데는 채워준다.)

2) 鬼神(귀신) : 佛道(불도)에서 宣揚(선양)하는 鬼神(귀신). 이때는 佛道(불도)가 성행하였고, 義熙(의희) 10년(414)에 廬山(여산) 東林寺(동림사)의 主持(주지) 慧遠(혜원)이 123명을 모아 白蓮社(백련사)를 결성하여 불도의 성행을 더욱 부채질하였다.

3) 俛俛(민면) : 열심히 노력하다. 六九年(육구년) : 54세를 가리킨다.

4) 弱冠(약관) : 20세를 가리킴.

5) 螟(명) : 螟蟲(명충). 螟蛾(명아) 즉, 나방의 幼蟲(유충).

6) 廛(전) : 100묘 넓이의 밭. 一戶(일호) 점용땅.

7) 長抱饑(장포기) : 오랫동안 굶주리다.

8) 烏(조) : 태양을 가리킴. 고대신화에 나오는 세발 까마귀 즉, 三足烏(삼족조).

9) 怨天(원천) : 하늘을 원망하다.《論語(논어) · 憲問(헌문)》편에 "不怨天(불원천), 不尤人(불우인)."(공자가 말하길, 하늘을 원망하지도 않고, 남을 탓하지도 않는다.)

10) 離憂(이우) : 환난을 당하다.

吁嗟身後名,[11] (우차신우명)	아아! 죽은 뒤에 이름을 날리는 것은
於我若浮煙.[12] (어아약부연)	나에게는 마치 덧없이 떠도는 구름과 연기 같다.
慷慨獨悲歌,(강개독비가)	마음이 격앙되어 나 홀로 슬픈 노래를 부르자니
鐘期信爲賢.[13] (종기신위현)	鍾子期(종자기)야말로 진실로 현명한 사람이었다.

---

11) 名(명) : 名聲(명성).

12) 《論語(논어) · 述而(술이)》편에 "飯蔬食(반소사) 飮水(음수) 曲肱而枕之(곡굉이침지) 樂亦在其中矣(낙역재기중의) 不義而富且貴(불의이부차귀) 於我(어아) 如浮雲(여부운)."(나물을 먹고 물을 마시고 팔을 베고 누웠으니 낙은 역시 그 가운데 있더라. 의롭지 않은 부귀는 나에게는 뜬 구름 같도다.)

13) 鍾期(종기) : 鍾子期(종자기)를 가리킴. 春秋時期(춘추시기) 초나라 사람. 伯牙(백아)의 知音(지음).

작품해설

　이 시는 義熙(의희) 14년(418), 도연명의 나이 54세 때 지은 작품이며, 집안에 술과 곡식이 자주 떨어지고 생활하는데 매우 곤고한 시기였다. 시의 중심을 이루고 있는 詩語(시어)는 "念善事(염선사)"와 "逢世阻(봉세조)"이며, 知天命(지천명)의 나이에 자신이 걸어온 인생의 과정들을 회고하고 있다. 성품이 본래 俗世(속세)에 어울리지 못하고 산수자연을 좋아했던 도연명이었지만, 당시 유유(劉裕)가 군주를 살해하고 나라를 篡奪(찬탈)하자 정치와 벼슬에 환멸을 느끼고 매우 분개했으며 이름마저 잠(潛)으로 바꿨다. 본 시는 《楚辭(초사)》의 曲調(곡조)를 본받아 어지러운 亂世(난세)에 出仕(출사)의 과정에서 자신이 겪어 온 온갖 어려움과 빈곤에 시달렸던 그간의 일들을 친구인 龐主簿(방주부)와 鄧治中(증치중)에게 절절한 심정으로 토로하고 있다. 마지막 구에서는 知音(지음)의 故事(고사)로 인구에 회자되는 鍾子期(종자기)를 賢人(현인)으로 높이 언급하며 자신의 처지를 친구들이 잘 이해해주기를 바라는 마음이 담겨 있다.

歸去來兮辭(귀거래혜사)

歸去來兮,¹⁾(귀거래혜) 田園將蕪²⁾胡不歸.³⁾(전원장무호불귀)

旣⁴⁾自以心爲形役,⁵⁾(기자이심위형역) 奚⁶⁾惆愴⁷⁾而獨悲.(해추창이독비)

悟已⁸⁾往之不諫,⁹⁾(오이왕지불간) 知來者之可追 .(지래자지가추)

實迷塗¹⁰⁾其未遠,(실미도기미원) 覺今是而昨非.(각금시이작비)

舟遙遙¹¹⁾以輕颺,¹²⁾(주요요이경양) 風飄飄¹³⁾而吹衣.(풍표표이취의)

問征夫¹⁴⁾以前路,(문정부이전로) 恨晨光之熹微.(한신광지희미)

乃瞻¹⁵⁾衡宇,¹⁶⁾(내첨형우) 載欣載奔.¹⁷⁾(재흔재분)

僮僕¹⁸⁾歡迎,(동복환영) 稚子¹⁹⁾候門.²⁰⁾(치자후문)

三徑²¹⁾就荒,²²⁾(삼경취황) 松菊猶存.(송국유존)

携幼²³⁾入室,(휴유입실) 有酒盈樽(유주영준)

引壺觴以自酌,(인호상이자작) 眄²⁴⁾庭柯以怡顏.²⁵⁾(면정가이이안)

---

1) 歸去來兮(귀거래혜) : 돌아가자! 보통 來나 兮는 어조사로써 詠嘆(영탄)이나 강조의 뜻을 나타낼 때 쓰임. 특히 兮는 楚辭(초사)와 賦(부)에 쓰이는 조사임.

2) 蕪(무) : 잡초가 무성하게 자라나 황폐하게 되다.

3) 胡不歸(호불귀) : 어찌 돌아가지 않으랴? 胡는 왜, 어찌=何(하)와 같은 의미.

4) 旣(기) : 이미.

5) 以心爲形役(이심위형역) : 마음을 육신의 노예로 삼다.

6) 奚(해) : 어찌 ~ 하랴?

7) 惆愴(추창) : 슬퍼하다. 걱정하다.

8) 已往(이왕) : 이미 지난 일. 과거.

9) 不諫(불간) : 탓하지 않다. 말하지 않다. 《論語(논어)·微子(미자)》편에 나오는 말.

10) 迷塗(미도) : 길을 잃고 헤매다. 길을 잘 못 들다.

11) 搖搖(요요) : 흔들거리는 모양. 출렁거리는 모양.

12) 輕颺(경양) : 가볍게 바람에 날리다.

13) 飄飄(표표) : 바람이 펄럭이는 모양.

14) 征夫(정부) : 길 가는 나그네. 행인.

15) 乃瞻(내첨) : 마침내 보이다.

16) 衡宇(형우) : 초라한 집. 대문과 지붕. 衡門屋宇(형문옥우).

17) 載欣載奔(재흔재분) : 기뻐서 즉시 달려가다. 載는 어조사. 載~載 : ~하며 ~하다.

18) 僮僕(동복) : 머슴 아이.

19) 稚子(치자) : 어린 자식.

20) 候門(후문) : 문에서 기다리다.

21) 三徑(삼경) : 세 개의 작은 길. 隱者(은자)가 사는 곳을 三徑이라고도 함.

22) 就荒(취황) : 무성하게 자라난 풀.

23) 携幼(휴유) : 어린 아이의 손을 잡다.

24) 眄(면) : 보다. 바라보다.

25) 怡顏(이안) : 기쁜 얼굴 표정.

(고향으로) 돌아가자!(歸去來兮辭)

전원이 황폐하고 있는데 어찌 돌아가지 않으랴?
이미 내 스스로 마음을 육신의 노예로 삼았거늘
어찌 슬퍼하며 홀로 서러워만 해야 하겠는가?
이미 지난 일을 탓해야 소용이 없음을 깨달았고
앞으로 바른 길을 좇는 것이 옳다는 것을 알았노라.
사실 내 자신 길을 잘못 들어 헤매기는 했으나
아직은 그렇게 멀리 벗어난 것만은 아니다.
지금은 깨달아 지난날의 벼슬살이가 잘못되었음도 알았다.
배는 흔들흔들 가볍게 바람을 타고 떠가고
표표히 부는 바람은 옷자락을 불어 날린다.
길가는 나그네에게 앞으로 남은 길을 묻기도 하고
새벽빛이 희미한 것을 한스럽게 여기기도 한다.
마침내 나의 집 대문과 지붕이 보이자
기쁜 마음에 단숨에 뛰어갔다.
머슴아이 길에 나와 나를 반기고
어린 자식은 문에서 기다리고 있다.
뜰 안의 세 갈래 작은 길은 황량하건만
소나무와 국화만이 시들지 않고 남아있다.
어린것 손을 잡고 방안으로 들어가니
술 단지에는 향기로운 술이 가득하다.
술 단지와 술잔을 끌어당겨 홀로 술을 마시며
뜰 나뭇가지 바라보며 기쁜 낯으로 미소 짓는다.

倚南窓以寄傲,[1](의남창이기오) 審容膝[2]之易安.(심용슬지이안)

園日涉以成趣,[3](원일섭이성취) 門雖設而常關.(문수설이상관)

策扶老[4]以流憩,[5](책부노이류게) 時矯首[6]而遐觀.[7](시교수이하관)

雲無心以出岫,(운무심이출수) 鳥倦飛而知還.(조권비이지환)

影翳翳[8]以將入,(영예예이장입) 撫孤松而盤桓.[9](무고송이반환)

歸去來兮,(귀거래혜) 請息交以絶遊.(청식교이절유)

世與我而相違,(세여아이상위) 復駕言[10]兮焉求.[11](복가언혜언구)

悅親戚之情話,(열친척지정화) 樂琴書[12]以消憂.(낙금서이소우)

農人告余以春及,(농인고여이춘급) 將有事[13]於西疇.[14](장유사어서주)

或命巾車,[15](혹명건차) 或棹孤舟.(혹도고주)

旣窈窕[16]以尋壑,[17](기요조이심학) 亦崎嶇[18]而經丘.(역기구이경구)

木欣欣[19]以向榮,[20](목흔흔이향영) 泉涓涓[21]而始流.(천연연이시류)

善萬物之得時,(선만물지득시) 感吾生之行休.[22](감오생지행휴)

已矣乎,(이의호) 寓形[23]宇內[24]復幾時?(우형우내복기시)

---

1) 寄傲(기오) : 거리낌 없는 마음을 기탁하다. 의기양양한 마음.

2) 容膝(용슬) : 무릎을 용납하다. 도연명이 살고 있는 집이 매우 협소함을 의미.

3) 成趣(성취) : 뜻이 자연이 이루어지다. 趣는 趨(추)의 의미로도 쓰임.

4) 扶老(부로) : 지팡이의 의미. '策扶老(책부로)'는 '지팡이를 짚다'의 의미.

5) 流憩(유게) : 돌아다니다 발길 닿는 대로 쉬다.

6) 矯首(교수) : 고개를 들다.

7) 遐觀(하관) : 멀리 바라보다.

8) 翳翳(예예) : 어둑어둑해지는 모양.

9) 盤桓(반환) : 왔다갔다 하는 것.

10) 駕言(가언) : 수레를 타고 세상에 나가는 것.

11) 焉求(언구) : 무엇을 구할 것인가?

12) 琴書(금서) : 거문고와 책.

13) 有事(유사) : 일이 있게 되다.

14) 西疇(서주) : 서쪽 밭.

15) 巾車(건거) : 포장을 친 수레.

16) 窈窕(요조) : 깊숙한 모양. 꾸불꾸불 깊숙이 들어간 모양.

17) 尋壑(심학) : 골짜기를 찾다.

18) 崎嶇(기구) : 산이 높고 험한 모양.

19) 欣欣(흔흔) : 즐거운 모양.

20) 向榮(향영) : 나무가 생기 있게 자라나는 모양.

21) 涓涓(연연) : 물이 졸졸 흐르는 모양.

22) 行休(행휴) : 가다가 멈추다. 動靜(동정)

23) 寓形(우형) : 몸을 기탁하다.

24) 宇內(우내) : 하늘과 땅 사이. 세상.

남쪽 창가에 기대어 마냥 거리낌 없는 마음이 드니
무릎을 드리울 만한 작은 집이지만 마음만은 편하다.
날마다 거닐다보니 전원은 운치 있게 되었고
대문은 만들어 놓았지만 항상 닫혀 있다.
지팡이에 몸을 의지해 돌아다니다 쉬기도 하고
때때로 고개 들어 먼 곳을 바라보기도 한다.
무심한 구름은 산골짜기를 벗어나오고
날다가 지친 새들은 제 둥지로 돌아옴을 안다.
해는 뉘엿뉘엿 저녁 빛은 어두워지려 하는데
외로운 소나무 어루만지며 서성이고 있다.
돌아왔노라. 세상과의 교제를 끊고 살아가리라.
세상과 나는 서로 어긋나 떨어져 있으니
다시 수레 몰고 나가 무엇을 구할 수 있단 말인가?
친척들과 정겨운 이야기 나누며 즐거워하고
거문고와 책을 즐기며 근심을 해소한다.
농부가 찾아와 봄이 왔다고 알려 주면
장차 서쪽 밭에다 씨 뿌릴 채비 한다.
포장 친 수레를 타기도 하고
조각배 한 척에 노를 짓기도 하고
깊은 산골짜기를 찾아가기도 하고
울퉁불퉁 거친 언덕을 오르기도 한다.
나무들은 즐거운 듯 무럭무럭 자라나고
샘물은 졸졸 솟아나 흐르기 시작한다.
만물이 때를 얻어 자라는 것은 좋지만
내 삶의 종점은 가까워지고 있음을 느낀다.
아, 이대로 모든 것이 끝난단 말인가?
세상에 내 몸이 있을 날이 다시 얼마나 될까?

曷不委心²⁵⁾任去留,²⁶⁾(갈불위심임거류) 胡爲乎遑遑²⁷⁾欲何之.(호위호황황욕하지)

富貴非吾願,(부귀비오원) 帝鄕²⁸⁾不可期.(제향불가기)

懷良辰²⁹⁾以孤往,³⁰⁾(회량신이고왕) 或植杖³¹⁾而耘耔.³²⁾(혹식장이운자)

登東皐³³⁾以舒嘯,³⁴⁾(등동고이서소) 臨淸流而賦詩.³⁵⁾(임청류이부시)

聊乘化³⁶⁾以歸盡,³⁷⁾(요승화이귀진) 樂夫天命³⁸⁾復奚疑.³⁹⁾(낙부천명복해의)

---

25) 委心(위심) : 마음을 맡기다.

26) 去留(거류) : 떠나감과 머묾. 삶과 죽음.

27) 遑遑(황황) : 조급한 모양. 초조한 모양. 허둥지둥하다.

28) 帝鄕(제향) : 天國(천국). 仙鄕(선향).

29) 良辰(량신) : 좋은 날.

30) 孤往(고왕) : 혼자 가다.

31) 植杖(식장) : 지팡이를 꽂다. 지팡이를 세우다.

32) 耘耔(운자) : 김매고 북돋는 것.

33) 東皐(동고) : 동쪽 언덕.

34) 舒嘯(서소) : 휘파람을 길게 불다. 시원하게 읊조리다.

35) 賦詩(부시) : 시를 짓다.

36) 乘化(승화) : 만물의 변화를 타다. 만물의 조화를 타다.

37) 歸盡(귀진) : 삶이 다하고 죽음. 궁극적인 無로 돌아감.

38) 樂夫天命(낙부천명) : 주어진 천명을 즐기다.

39) 復奚疑(부해의) : 다시 무엇을 의심하랴?

어찌 자연의 섭리를 따라 분수대로 살아가지 않겠는가?
황급한 마음으로 욕심내며 바랄 것이 그 무엇인가?
부귀는 내가 바라는 바가 아니고
죽어 천제가 사는 천국에 가는 것도 기대할 수 없다.
좋은 날이라 생각되면 혼자 거닐며 즐기고
지팡이 꽂아놓고 김을 매기도 한다.
동쪽 언덕에 올라 시원하게 읊조리기도 하고
맑은 시냇물을 대하고 시를 짓기도 한다.
잠시 조화의 변화를 탔다가 생명 다해 돌아갈지니
주어진 천명을 즐길 뿐인데 무엇을 다시 의심하랴?

작품해설

〈귀거래혜사〉는 義熙(의희) 원년(405) 도연명의 나이 41세 되던 해 마지막 벼슬살이였던 彭澤令(팽택령)을 불과 80일 만에 그만두고 고향의 전원으로 돌아오면서 지은 것이다. 辭(사)의 내용 속에는 시인의 고결한 품성과 德操(덕조)가 잘 침투되어 있고, 전체적으로 순박함과 즐거운 정감이 넘쳐 흐른다. 무엇보다도 언어가 平易(평이)하고 流暢(유창)하며 詩意(시의)가 흥취로 넘쳐나고 있다. 최고의 명문으로 손꼽히는 도연명의 〈귀거래혜사〉는 漢代(한대)에 성행했던 賦(부)의 형식을 갖추고는 있지만 꾸밈과 형식에 얽매였던 당시 漢代(한대)의 생명력이 없는 賦와는 전혀 다른 느낌을 주는 작품이다. 소박하고 평범한 내용 속에 도연명 자신이 스스로 체득한 삶의 세계와 초극적인 인생관이 잘 담겨져 있는 글이기도 하다. 심오한 대자연의 섭리는 우리 인간에게 늘 평범한 변화의 도리로 삶의 문제에 명백한 현상을 깨닫게 해준다. 일찍이 송나라의 歐陽修(구양수)가 도연명의 〈귀거래혜사〉를 晉代(진대) 유일의 문장이라고 극찬했다. 가난하고 궁핍한 어려운 집안 살림으로 처자를 먹여 살려야 했던 도연명은 出仕(출사)와 隱退(은퇴)를 거듭하다가 결국 고향 전원으로 돌아가야만 했던 그의 자연관과 인생관이 깊은 감명과 함께 주옥처럼 노래되고 있다. 본성이 자연을 닮아 인위적으로 세속에 어울릴 수 없었던 그였기에 난세의 벼슬살이에 적응하지 못하고 결국 고향 전원으로 돌아가는 심정이 절실하게 나타나 있다. 이 〈귀거래혜사〉는 훗날 세상 사람들에게 많은 감동을 불러 일으켰고 아주 널리 애창되고 있는 辭(사) 중의 하나이다.

경자세오월중종도환조풍어규림(庚子歲五月中從都還阻風於規林) 二首
경자년 5월중에 서울에서 돌아오는데 『규림』에서 바람에 길이 막히다

序文(서문)

  이 시는 隆安(융안) 4년(400), 陶淵明(도연명)의 나이 36세 때 지은 시이며, 1수와 2수 두 편으로 이루어져 있다. 본 편은 그 중 2수이다. 1수에서는 고향으로 돌아가는 마음이 생동 적으로 그려져 있는 반면, 본 편인 2수에서는 벼슬살이에 대한 幻滅(환멸)과 懷疑(회의), 隱退(은퇴)와 歸鄕(귀향)에 대한 심정이 잘 나타나 있다. 관직을 버리고 고향으로 돌아가 는 길에 規林(규림)이라는 곳에서 바람을 만나 山河(산하)에 길이 막히자 전원생활에 대한 그리움, 고향에 계신 어머니와 가족들을 한시라도 빨리 만나고 싶은 그리운 마음과 초조한 심정을 표현하고 있다. 시 속에서 이미 도연명의 정치적인 열정은 더 이상 찾을 수 없는데 이는 당시 불안했던 정치·사회적인 배경과 무관하지 않다.

庚子歲五月中從都還阻風於規林 二首
(경자세오월중종도환조풍어규림)

自古歎行役,[1] (자고탄행역)
我今始知之. (아금시지지)
山川一何曠,[2] (산천일하광)
巽坎難與期.[3] (손감난여기)
崩浪聒天響,[4] (붕낭괄천향)
長風無息時.[5] (장풍무식시)
久游戀所生,[6] (구유연소생)
如何淹在茲.[7] (여하엄재자)
靜念園林好, (정념원림호)
人間良可辭.[8] (인간양가사)
當年詎有幾,[9] (당년거유기)
縱心復何疑.[10] (종심부하의)

경자년 5월중에 서울에서 돌아오는데
「규림」에서 바람에 길이 막히다 (2수)

예로부터 객지에 일 나가는 것을 탄식했는데
나는 지금에야 비로소 그것을 알게 되었다.
산천은 어찌하여 그처럼 멀고 넓기만 하고
바람과 물의 변화 또한 기약하기가 어렵다.
요란하게 무너지는 물결은 하늘에 울려 퍼지고
세차게 불어대는 바람은 잠시도 멎을 때가 없다.
객지생활 오래되어 어버이 생각 더욱 그리운데
어찌하여 이곳에서 오래도록 머물러야 하는가.
전원과 수풀의 아름다움을 조용히 생각하자니
사람들의 틈바구니란 본래 물러나야 하는 거라.
한창 젊은 나이의 시간은 얼마 되지도 않는데
마음 가는대로 살 일이지 다시 무엇을 의심하랴.

---

1) 行役(행역) : 公務(공무)로 인해 여러 지방을 편력하다.《詩經(시경)·魏風(위풍)·陟岵(척호)》에 "父曰(부왈) : 嗟(차)! 予子行役(여자행역), 夙夜無己(숙야무기)."라는 구절이 나온다.

2) 一何曠(일하광) : 멀고 넓다. 매우 넓다.

3) 巽(손) :《周易(주역)》八卦(팔괘)의 하나. 卦象(괘상)은 '風(풍)', 즉 바람을 나타내며, 符號(부호)는 . 坎(감)은 팔괘의 하나. 卦象(괘상)은 '水(수)', 즉 물을 나타내며, 卦象(괘상)은 . 與(여) : 부합. 期(기) : 바라다. 희망. 難與期(난여기) : 변화를 예측하기 어렵다.

4) 聒(괄) : 떠들썩하다. 요란하다. 崩浪(붕낭) : 무너져 내리는 파도.

5) 無息時(무식시) : 쉬지 않고 바람이 불다.

6) 久游(구유) : 오랫동안 여행하다. 객지를 떠돌아다니다. 戀所生(연소생) : 부모님이 그립다.

7) 淹(엄) : 머무르다. 茲(자) : '此(차)'와 같은 뜻. 여기.

8) 人間(인간) : 관리사회를 가리킴. 良(양) : 매우. 人間良可辭(인간양가사) : 관리사회를 벗어나 수 있다.

9) 當年(당년) : 한창 나이. 詎(거) : 어찌. 有幾(유기) : 얼마나 되겠는가?

10) 縱心(종심) : 마음이 가는대로. 마음에 맡기다. 疑(의) : 망설이다. 머뭇거리다.

和胡西曹示顧賊曹¹⁾ 一首
(화호서조시고적조)

호서조의 시에 화답하여
고적조에게 보여주다 (1수)

蕤賓五月中,²⁾(유빈오월중)

초목이 울창한 오월 중에

清朝起南颸,³⁾(청조기남시)

맑은 아침 남풍이 불어온다.

不駛亦不遲,⁴⁾(불사역불지)

빠르지도 느리지도 않게

飄飄吹我衣.⁵⁾(표표취아의)

살랑살랑 내 옷깃을 스치며 분다.

重雲蔽白日,⁶⁾(중운폐백일)

뭉게구름은 밝은 해를 가리고

閒雨紛微微.⁷⁾(한우분미미)

한가로운 비는 가늘게 흩날린다.

流目視西園,⁸⁾(류목시서원)

시선을 돌려 서쪽 정원을 보노라니

曄曄榮紫葵.⁹⁾(엽엽영자규)

자줏빛 해바라기 무럭무럭 자란다.

於今甚可愛,(어금심가애)

지금이야 귀엽고 아름답지만

奈何當復衰.(내하당부쇠)

다시 시들게 됨을 어찌하랴?

感物願及時,(감물원급시)

제 때에 감상 하기를 바라지만

每恨靡所揮.¹⁰⁾(매한미소휘)

마실 술 없으니 매양 한스럽구나.

---

1) 和(화) : 호응하다. 화답하다. 다른 사람이 지은 시의 題材(제재)와 표현 양식에 근거하여 짓는 것이다. 이것은 詩歌(시가)의 창작에 있어서 일종의 특정한 방식이다. 示(시) : (어떤 사람에게) 보여주다. 胡(호), 顧(고) : 이름과 발자취는 알려지지 않음. 西曹(서조) : 州郡(주군)을 주관하는 관리 및 선거 관원. 賊曹(적조) : 도적의 처벌을 주관하는 관아.

2) 蕤賓(유빈) : 12樂律(악률)의 하나. 고대 음악은 五音(오음)과 十二律(십이율)로 나눈다. '오음'은 宮(궁), 商(상), 角(각), 徵(치), 羽(우)이고, '십이율'은 黃鐘(황종), 大呂(대여), 太簇(태족), 夾鐘(협종), 姑洗(고세), 仲呂(중여), 蕤賓(유빈), 林鐘(임종), 夷則(이칙), 南呂(남여), 無射(무사), 應鐘(응종)이다. 律管(율관)은 대나무로 만들며, 黃鐘(황종)의 길이는 9촌, 應鐘(응종)까지 4寸(촌) 7分(분) 4厘(리)가 되며, 十二律官(십이율관)은 12階(계)의 標準音9표준음)을 불어댄다. 고대의 사람들은 또 자연계의 24節氣(절기), 12개월이 12계의 聲音(성음)에 존재한다고 생각했다. 이 12계의 '성음'은 천지 사이의 기운과 바람으로 조성된 것이다. 《呂氏春秋(여씨춘추)·音律(음률)》에 " 大聖至理之世 , 天地之氣合而生風 , 日至則月鐘其風 , 以生十二律. 仲冬日短至(중동일단지), 則生黃鐘(즉생황종). 季冬生大呂(계동생대여). 孟春生太簇,(맹춘생태족) 仲春生夾鐘(중춘생협종), 季春生姑洗(계춘생고세), 孟夏生仲呂(맹하생중여), 仲夏日長至(중하일장지), 則生蕤賓(즉생유빈), 季夏生林鐘(계하생임종), 孟秋生夷則(맹추생이칙), 中秋生南呂(중추생남여), 季秋生無射(계추생무사), 孟冬生應鐘(맹동생응종). 天地之風氣正(천지지풍기정), 則十二律定矣(즉십이율정의)."라는 구절이 있다. 蕤賓(유빈)은 仲夏(중하)에 소생하는데 '유빈'과 仲夏(중하)인 5월은 서로 상응하므로 5월의 樂律(악률)이라고 말할 수 있다.

3) 清朝起南颸(청조기남표) : 맑은 아침 바람은 남쪽에서 분다. '清朝(청조)' : 맑은 아침의 기운. '颸(표)' : 서늘한 바람.

4) 駛(사) : 달리다. 질주하다. 급하다.

5) 飄飄(표표) : 펄럭이는 모양. 산들산들 바람이 부는 모양.

6) 重雲(중운) : 뭉게구름. 층층구름. 蔽白日(폐백일) : 태양을 가리다.

7) 閒雨(한우) : 한가로운 비. 紛微微(분미미) : 가늘게 어지러이 흩날리다.

8) 西園(서원) : 서쪽 정원.

9) 曄曄(엽엽) : 찬란하게 빛나는 모양. 紫葵(자규) : 자줏빛 해바라기.

10) 靡所揮(미소휘) : 술잔을 들고 마실 술이 없다.

悠悠待秋稼,[11] (유유대추가)　　　　근심스레 가을 추수를 기다리지만

廖落將晩遲.[12] (요락장사지)　　　　쓸쓸하니 수확 철이 더디게만 느껴진다.

逸想不可淹,[13] (일상불가엄)　　　　아득한 그리움을 억누를 수 없어

猖狂獨長悲.[14] (창광독장비)　　　　제멋대로 혼자서 한없이 서러워한다.

---

11) 悠悠(유유) : 근심하는 모양.

12) 廖落(요락) : 쓸쓸하다. 적막하다.

13) 淹(엄) : '㳌(몰)'과 같은 뜻.

14) 猖狂(창광) : 제멋대로 하고 싶은 바를 다하다.

작품해설

이 시는 대략 진 · 元興(원흥) 3년(404), 도연명의 나이 40세 때 지은 시이다. 〈時運(시운)〉은 이 해 봄에 쓰여졌고, 본 작품은 같은 해 仲夏(중하)에 쓰여져 〈시운〉에 이은 속편으로 볼 수 있다. 시인은 이 때, 上京里(상경리)에 살고 있었으며, 전년도 이른 봄에 南畝(남무)에서 몸소 농작을 시작했으며, 이 때는 〈始春懷古田舍(시춘회고전사)〉 2수를 지었으며, 수확에 따른 힘든 과정을 직접 체득하였다. 이 시의 8구는 전반부가 되고, 여름이 한창 때인 아름다운 풍경을 묘사하였으며, 뒤 8구는 후반부로써 세월이 흘러가는 것을 시작으로 몸소 밭을 갈며 스스로 체득한 어려움의 심정을 悲憤(비분)의 어조로 토로하고 있다.

《사기》를 읽고 지은 아홉 편(讀史述九章)

讀史述九章(독사술구장) 并序(병서)

　이 九章(구장)은 모두 四言韻文(사언운문)으로 이루어져 있으며, 南朝宋(남조송) · 永初元年(영초원년)(420), 도연명의 나이 56세 때 쓴 작품이다. '史(사)'는 《史記(사기)》를 가리키고, '述(술)'은 述懷(술회)를 의미한다. 수많은 인물 중에 작자는 이 九章의 인물을 선택하여 그들의 인간됨과 事迹(사적)에 대해 깊은 소감을 밝히며 읊고 있으며, 그들의 역사적 행적을 교훈 삼아 자신의 삶에 대한 경계(警戒)로 삼고자 하는 의미도 담겨 있다.

《사기》를 읽고 느낀 바가 있어서 짓다.
余讀(여독)《史記(사기)》,[1] 有所感而述之(유소감이술지).

---

1)《史記(사기)》: 중국 최초의 기전체 형식의 通史(통사). 西漢(서한)시대 司馬遷(사마천)이 지었다. 모두 130편으로 되어 있으며, 本紀(본기), 世家(세가), 列傳(열전), 表(표), 書(서) 등 5종의 방식으로 나누어 上古(상고)시대 黃帝(황제)로부터 한무제 太初年間(태초연간)까지 대략 삼천년의 역사를 기록하고 있다.

夷齊(이제)¹⁾

二子讓國,²⁾(이자양국)
相將海隅,³⁾(상장해우)
天人革命,⁴⁾(천인혁명)
絶景窮居,⁵⁾(절경궁거)
采薇高歌,⁶⁾(채미고가)
慨想黃虞.⁷⁾(개상황우)
貞風凌俗,⁸⁾(정풍능속)
爰感懦夫.⁹⁾(원감나부)

백이와 숙제(夷齊)

백이와 숙제는 서로 왕위를 양보하다가
두 사람 같이 북쪽 바닷가 모퉁이에 숨어서 살았다.
주나라 무왕이 하늘의 명을 받고 은나라를 치니
세상과 인연을 끊고 은둔하여 가난하고 어렵게 살았다.
고사리를 캐며 소리 높여 노래를 부르며
원통하고 슬픈 심정으로 황제와 순임금을 그리워했다.
고결한 풍격은 구차한 세속의 일들을 뛰어 넘었고
나약하고 겁 많은 사람들의 마음을 움직였도다.

---

1) 夷齊(이제) : 伯夷(백이)와 叔齊(숙제).
2) 二子(이자) : 백이와 숙제 두 형제를 가리킴. 讓國(양국) : 司馬遷(사마천)에 의하면 孤竹君(고죽군)의 아들이라고 전해지며, 孤竹(고죽)은 지금의 河北省(하북성) 盧龍縣(노룡현)이다. 고죽군은 막내아들인 叔齊(숙제)에게 나라를 물려주려고 하였다. 그가 죽은 뒤 숙제는 자신이 왕위를 물려받는 것은 예법에 어긋나는 일이라고 하여 맏형인 伯夷(백이)에게 자리를 양보했지만 백이 또한 받아들이지 않았다. 결국 두 사람은 함께 나라를 떠나 西伯(서백)인 文王(문왕)의 명성을 듣고 주나라로 갔지만, 이미 문왕이 죽은 뒤였고 그의 아들인 武王(무왕)이 문왕의 位牌(위패)를 수레에 싣고 은나라의 紂王(주왕)을 정벌하러 가려고 하는 중이었다. 이에 두 사람은 "아버지의 장례가 끝나기도 전에 병사를 일으키는 것은 不孝(불효)이며 신하로서 군주를 치는 것은 不仁(불인)이다"라고 하며 말렸지만 무왕은 듣지 않고 출정해 은을 멸망시키고 주의 지배를 확립했다. 두 사람은 주나라의 祿(녹)을 받는 것을 부끄럽게 여겨 首陽山(수양산 : 지금의 山西省(산서성) 永濟縣(영제현)에 숨어살면서 고사리를 캐먹고 지내다 굶어죽었다.
3) 相將(상장) : 서로. 다같이. 동시에. 海隅(해우) : 바다의 한 모퉁이. 구석진 곳.《孟子(맹자)·盡心(진심)》편에 "伯夷避紂(백이피주), 居北海之濱.(거북해지빈)"(백이와 숙제는 주나라를 피해, 북해의 바닷가에 살았다.) '북해'는 지금의 渤海(발해)를 가리킴.
4) 天人革命(천인혁명) : '천인'은 하늘의 명에 순응하는 사람.《易(역)·革卦(혁괘)·彖(단)》에 "湯武革命(탕무혁명), 順乎天而應乎人(순호천이응호인)."이라는 구절이 있다.(탕왕과 무왕의 혁명은 하늘의 뜻을 받들어, 백성들의 요구에 응한 것이다.) 革命(혁명) : 옛날 사람들은 왕이 하늘의 뜻을 받들어, 왕이 姓(성)을 바꾸고, 조대를 바꾸고 變革(변혁)하는 것이 하늘의 命(명)에 따르는 것이라고 생각했다. 여기에서는 주나라 무왕이 紂(주)를 정벌하여 周(주)나라의 朝代(조대)를 商朝(상조)로 교체한 것을 가리킨다.
5) 絶(경절경) : 몸을 숨기다. 窮(궁) : 외떨어진 곳. 편벽된 곳. 가난하다.
6)《史記(사기)·伯夷列傳(백이열전)》에 "隱於首陽山(은어수양산), 采薇而食之(채미이식지), 及餓且死(급아차사), 作歌(작가)."라는 구절이 있다. (수양산에 숨어, 고사리를 캐어 먹고 살다가 굶어죽었다.) 후인들이 의로움이 배어있는 이 노래를 〈采薇(歌)(채미가)〉라고 불렀다. "登彼西山兮(등피서산혜), 采其薇矣(채기미의). 以暴易暴兮(이포역포혜), 不知其非矣(부지기비의). 神農虞夏(신농우하), 忽焉沒兮(홀언몰혜), 我岸適歸矣(아안적귀의)? 于嗟徂兮(우차조혜), 命之衰矣(명지쇠의)! (저 수양산에 올라, 고사리를 캔다. 폭력을 폭력으로 바꾸고, 그 잘못됨을 모른다. 신농 우임금의 하나라, 홀연히 사라졌도다. 우리가 돌아갈 마땅한 곳이 어딘가? 아아 이젠 떠나리라, 천명이 다하였도다!)
7) 黃虞(황우) : 黃帝(황제)와 虞舜(우순).
8) 凌俗(능속) : 세상을 초월하다. 俗(속) : 속세. 구차하게 삶을 이어가는 세상.
9) 爰(원) : 이에. 문장 앞의 발어사. 感懦夫(감나부) : 나약한 사람들을 움직이다.《孟子(맹자)·萬章(만장)》에 "當紂之時(당주지시), 居北海之濱(거북해지빈), 以待天下之淸也(이대천하지청야). 故聞伯夷之風者(고문백이지풍자), 頑夫廉(완부염) 懦夫有立志(나부유입지)."라는 구절이 있다. (주왕이 다스릴 때에는 북쪽 바닷가에 살면서, 천하가 맑아지기를 기다렸고, 그리하여 伯夷(백이)의 기풍을 들은 사람은 어리석은 사람도 청렴해지고 나약한 겁 많은 사람은 뜻을 세우게 되었다.)

管鮑(관포)[1]

知人未易,[2] (지인미이)
相知實難.[3] (상지실난)

관중과 포숙아(管鮑)

남을 아는 것은 쉬운 일이 아니며
서로 참된 벗이 되기란 실로 어려운 일이다.

---

1) 管鮑(관포) : 管仲(관중)과 鮑叔牙(포숙아). 管仲(관중) : 중국 춘추시대 초기의 정치가이며 사상가이다. 이름은 夷吾(이오). 潁上(영상
: 지금의 安徽省(안휘성) 서북부) 사람이다. 齊(제)나라 桓公(환공) 때에 卿(경)의 벼슬에 올랐으며 환공의 개혁 추진을 도왔다. 토지등
급에 따라 세금을 걷고 농업을 발전시켰다. 동시에 염전과 제철업을 일으켜 춘추시대에 제나라를 가장 막강한 盟主(맹주)로 만들었
다. 《管子(관자)·牧民(목민)》에 "창고가 가득 찬 뒤에야 예절을 알게 되고, 먹을 것과 입을 것이 넉넉해야 영예와 치욕을 안다"라고 써
서 道德敎化(도덕교화)가 물질생활의 토대임을 설파했다. 또한 '四維(사유), 즉 禮(예), 義(의), 廉(염), 恥(치)가 널리 퍼지지 않으면 나
라가 곧 망한다.'라고 강조하여 도덕교화의 역할을 중시했다. 관중의 이름을 딴 《管子(관자)》는 86편 가운데 현재 76편만 전한다. 그
중 〈牧民(목민)〉, 〈權修(권수)〉, 〈形勢(형세)〉, 〈七法(칠법)〉 등은 관중의 언론사상을 기록한 것이다. 管仲(관중)이 어려울 때, 鮑叔牙
(포숙아)와 함께 장사를 하였다. 재물을 나눌 때는 자신이 이익금을 더 많이 가졌다. 포숙아는 그가 가난하였기 때문에 개의치 않았으
며, 집안이 가난하고 또 늙은 모친이 계신 것을 알고 있었다. 관중은 공자 糾(규)를 보좌하여 노나라에 도피하였다가 패하자 포로가
되었다. 포숙아는 공자 小白(소백)을 보좌하고 제나라로 돌아와 소백이 임금의 자리에 올라 桓公(환공)이라 일컬었다. 그가 포숙아를
宰相(재상)으로 임용하려 하자 포숙아는 온힘을 다해 관중을 천거하였다. 이에 관중은 제나라의 재상이 되었고, 제나라 환공을 도와
정치적 수완을 발휘하였고, 제나라는 여러 제후들을 통합하여 천하의 패권을 차지하였다. 관중은 일찍이 "生我者父母(생아자부모),
知我者鮑淑牙.(지아자포숙아)"('나를 낳아준 분은 부모님이고, 나를 알아주는 사람은 포숙아이다) 라고 말하였다. 管鮑之交(관포지
교) : 아주 친한 친구 사이의 사귐을 의미한다. 중국의 관중과 포숙아의 우정이 퍽 두터웠다는 중국의 고사에서 나온 말이다.

2) 知人(지인) : 남을 알다. 未易(미이) : 쉬운 일이 아니다.

3) 相知(상지) : 서로 마음을 알다. 知己(지기). 實難(실난) : 참으로 어렵다.

淡美初交,[4](담미초교)　　　담백하고 아름답게 시작한 처음의 우정이라도

利乖歲寒.[5](이괴세한)　　　이해득실로 어긋나고 어려운 상황에 처하면 냉담해진다.

管生稱心,[6](관생칭심)　　　관중의 마음이 흡족하면,

鮑叔必安.(포속필안)　　　포숙은 반드시 편안해진다.

奇情雙亮,[7](기정쌍량)　　　세상에 보기 드문 두 사람의 우정은 찬란하게 빛나고

令名俱完.[8](영명구완)　　　이들의 아름다운 이름과 미덕이 오래도록 전해진다.

---

4) 淡美(담미) : 淸談(청담)한 아름다움. 여기서는 처음 교제할 때의 우정을 가리킴.

5) 利乖(이괴) : 이해득실로 어긋나다. 歲寒(세한) : 嚴冬雪寒(엄동설한). 여기서는 추운 겨울의 열악한 상황을 가리킴.

6) 管(관) : 管仲(관중). 稱心(칭심) : 만족한 마음. 마음에 뜻한 바를 얻고 만족해하다.

7) 奇情(기정) : 세상에서 고상한 情操(정조)를 만나기란 어렵다. 雙亮(쌍량) : 서로의 사귐이 빛나다.

8) 令(영) : 아름다움. 完(완) : 완전하여 결함이 없음. 《管晏列傳(관안열전)》에 "天下不多管仲之賢(천하불다관중지현), 而多鮑叔能知
　人也.(이다포숙능지인야) (세상이 관중의 현명함을 논하는 것은 많지 않고, 포숙아의 사람 볼 줄 아는 안목을 많이 이야기하였다.)"
　라는 구절이 있다.

程杵(정저)[1]

정영과 공손저구(程杵)

遺生良難,[2](유생양난)	생명을 버린다는 것은 참으로 어려운 일이나
士爲知己,[3](사위지기)	선비는 자신을 알아주는 벗을 위해 죽는다.
望義如歸,[4](망의여귀)	대의를 흠모하여 죽기를 집으로 돌아가듯 여긴 것은
允伊二子.[5](윤이이자)	정영과 공손저구 두 사람은 진실로 이처럼 할 수 있었다.

1) 程杵(정저) : 程嬰(정영)과 公孫杵臼(공손저구) 춘추시대 晉(진)나라 사람. '정영'은 趙朔(조삭)의 친구였고, '공손저구'는 '조삭'의 門客(문객)이었다.《史略(사략)》에 의하면, 盾(순)이 朔(삭)을 낳았는데 大夫(대부) 屠岸賈(도안가)가 '삭'의 가족을 誅滅(주멸)할 때 삭에게는 遺腹子(유복자)인 武(무)가 있었는데 '도안가'가 찾아내지 못하였다. '삭'의 문객인 程嬰(정영)과 公孫杵臼(공손저구)가 서로 더불어 도모하여 말하길 趙氏(조씨) 孤兒(고아)를 부양하는 일과 죽는 일이 어느 것이 어려운가? 라고 하자 '정영'은 "죽는 일은 쉽고, 趙氏(조씨) '고아'를 부양하는 일은 어렵다"라고 말하자, 이에 '공손저구'는 "자네가 그 어려운 일을 하라."하였다. '공손저구'가 '정영'의 아이를 데리고 산 속에 숨었는데 '정영'이 나와서 거짓으로 "나에게 천금을 주면 내가 조씨(趙氏) '고아'가 있는 곳을 알려주겠다." 라고 하였다. 이에 대부인 '도안가'가 기뻐하여 사람을 시켜 '정영'을 따라가게 하여 '공손저구'와 '고아'를 죽였으나 조씨(趙氏)의 진짜 '고아'는 살아있었다. '정영'이 후에 武(무)와 더불어 '도안가'를 주멸하고 마침내 趙武(조무)를 세우고 스스로 목숨을 끊음으로써 宣孟(선맹)과 '공손저구'의 은혜에 보답하였다.

2) 遺(유) : 버리다. 良(량) : 진실로.

3) 士(사) : 선비. 知己(지기) : 마음이 서로 통하는 진실한 벗.

4) 義(의) : 大義(대의). 如歸(여귀) : 집으로 돌아가듯 하다. 여기서는 죽음을 마치 집으로 돌아가듯 두려워하지 않는 결연한 선비의 지조를 가리킴.

5) 允(윤) : 신용을 지키다. 성실. 진실.《詩經(시경)·小雅(소아)·車攻(거공)》에 ""允矣君子(윤의군자)"라는 구절이 있다. (진실로 훌륭한 군자로다.) 二子(이자) : 程嬰(정영)과 公孫杵臼(공손저구).

程生揮劍,[6](정생휘검)   정영이 검을 들어 스스로 목숨을 끊은 것은
懼兹餘恥.[7](구자여치)   죽음이 두려워 살아남은 수치가 무서웠기 때문이다.
令德永聞,[8](영덕영문)   아름다운 덕은 영원토록 사람들에게 전해져
百代見紀.[9](백대견기)   대대로 길이길이 사람들에게 기억되리라.

---

6) 程生揮劍(정생휘검) : 程嬰(정영)이 검을 들어 자결하다.
7) 餘(여) : 남아 있는 생명.
8) 令德(영덕) : 아름다운 미덕. 永聞(영문) : 영원히 사람들에게 전해지다.
9) 百代(백대) : 百代(백대) 이후까지. 대대로. 紀(기) : 기재하다. 기록하다.

韓非(한비)[1]

豐狐隱穴,[2](풍호은혈)
以文自殘.[3](이문자잔)
君子失時,[4](군자실시)
白首抱關.[5](백수포관)

한비(韓非)

살찐 큰 여우가 깊은 굴 속에 숨어 있었으나
아름다운 꽃무늬 털로 인하여 스스로를 해친다.
군자가 인생의 시기를 놓쳐 버린다면
늙어 흰머리 될 때까지 관문이나 지킨다.

1) 韓非(한비, 기원전 281년 경~기원전 233년)는 《韓非子(한비자)》를 저술한 戰國時代(전국시대) 말기 중국의 정치철학자, 사상가, 작가이다. 한비의 생애는 불분명하다. 알려진 司馬遷(사마천)의 《史記(사기)》에 따르면 그는 韓(한)나라의 공자 가운데 한 명으로 일찍이 형명과 법술을 익혀 중앙집권적 제국의 체제를 적극적으로 창도한 법가 이론의 집대성자 정도로 알려져 있다. 한비자는 보통 그의 저서로만 불리고 있다. 순자의 문인이며, 후에 순자 문하에서 함께 배웠던 李斯(이사)가 꾸민 음모에 휘말려들어 투옥을 당했고, 결국 음독자살로 생애를 마감했다고 한다. 그의 나이 49세였다.

2) 豐狐隱穴(풍호은혈) : 큰 여우가 굴속에 몸을 숨기다. 《莊子(장자) · 山木(산목)》에 "夫豐狐(부풍호), 文豹,(문표) 棲於山林(서어산림), 伏於巖穴(복어암혈)."(무릇 살찐 큰 여우와 아름다운 무늬의 표범이 산림 속에 살면서 바위굴에 숨어 있다.)이라는 구절이 있다.

3) 以文自殘(이문자잔) : '文'은 꽃무늬. 여기에서는 꽃무늬의 털가죽을 가리킴. 自殘(자잔) : 스스로를 해치다.

4) 失時(실시) : 시기를 놓치다. 때를 만나지 못하다.

5) 白首抱關(백수포관) : 늙을 때까지 비천한 관리를 면치 못하다. 白首(백수) : 흰머리. 抱關(포관) : 관문을 지키는 관리. 하급관리.

巧行居災,[6](교행거재)　　　요령과 교묘한 행동은 재앙에 처하게 하고
忮辨召患.[7](기변소환)　　　거칠고 뛰어난 유세는 재앙을 자초한다.
哀矣韓生,[8](애의한생)　　　참으로 애석하구나! 한비여!
竟死說難.[9](경사설난)　　　유세로 인해 결국 목숨을 잃었구나.

---

6) 巧行(교행) : 교묘하고 민활한 행위. 居災(거재) : 재앙에 처하다.
7) 忮辨召患(기변소환) : 거칠고 뛰어난 변론으로 화를 자초하다.
8) 哀矣韓生(애의한생) : 슬프구나, 한비여! 韓生(한생) : 韓非(한비)
9) 說難(경사설난) : 《韓非子(한비자)》속의 편명(篇名)으로 遊說(유세)의 어려움에 대해 논하고 있다.

魯二儒(노이유)[1]

易代隨時,[2] (역대수시)
迷變則愚.[3] (미변즉우)
介介若人,[4] (개개약인)
特為貞夫.[5] (특위정부)

노나라의 두 선비(魯二儒)

왕조는 수시로 바뀌고 바뀌는데
변화에 따르지 못하면 어리석은 자다.
바르고 솔직한 이 두 선비는
유달리 절개가 굳은 사람들이었다.

---

1) 魯二儒(노이유) : 노나라 땅(지금의 산동성 曲阜(곡부)) 지역의 두 사람의 儒生(유생). 《史記(사기)·劉敬叔孫通列傳(유경숙손통열전)》에 "於是叔孫通使徵魯諸生三十餘人(어시숙손통사징노제생삼십여인), 魯有兩生不肯行(노유양생불긍행), 曰(왈), 公所事者且十主(공소사자차십주), 皆面諛以得親貴(개면유이득친귀). 今天下初定(금천하초정), 死者未葬(사자미장), 傷者未起(상자미기), 又欲起禮樂(우욕기례락). 禮樂所由起(례락소유기), 積德百年而後可興也(적덕백년이후가흥야). 吾不忍爲公所爲(오불인위공소위). 公所爲不合古(공소위불합고), 吾不行(오불행). 公往矣(공왕의), 無汙我(무오아), 叔孫通笑曰(숙손통소왈), 若眞鄙儒也(약진비유야), 不知時變(불지시변)."(이에 숙손통은 노나라에 가서 선비 30여 명을 불러들였다. 그때 노나라의 두 선비가 가고 싶지 않다며 이렇게 말하였다. "당신은 열 명의 군주를 섬겼는데, 모두 앞에서 아첨하여 가깝게 되었고 존귀하게 되었습니다. 지금 천하가 겨우 평정되어 죽은 사람의 장례도 아직 치르지 않았고, 부상당한 사람은 일어설 수도 없는 상황인데, 또 禮樂(예악)을 일으키려 하고 있소. 예악은 덕을 100년 동안 쌓은 뒤라야 일어날 수 있는 것이오. 우리는 당신이 하려고 하는 일에 동참할 수 없소. 당신이 하려고 하는 일은 옛 법에 어긋나므로, 우리는 가지 않겠소. 당신은 그만 돌아가시오. 우리를 더 이상 더럽히지 마시오!" 이에 숙손통은 웃으며 이렇게 말하였다. "당신들은 참으로 고루한 선비들이군요. 시대의 변화를 모르고 있으니 말이요.") 라는 구절이 나온다.

2) 易代(역대) : 朝代(조대)가 바뀌다. 나라가 바뀌다.

3) 迷變則愚(미변즉우) : 시대의 변화를 따라 대처하지 못하면 어리석은 자다.

4) 介介(개개) : 바르고 곧다. 정직하고 솔직하다. 若人(약인) : 노나라 두 선비를 가리킴.

5) 貞夫(정부) : 품격이 고결하고 확고한 사람. 여기에서는 노나라 두 선비와 叔孫通(숙손통) 및 모든 선비들을 비교하는 말이다.

德不百年,(덕불백년)　　　　왕조가 덕을 세운지 백년이 되지 못하는데

汗我詩書.⁶⁾(오아시서)　　　이는 성현의 경전을 더럽히는 것이다.

逝然不顧,⁷⁾(서연불고)　　　소집에 불응한 채 단호하게 돌아보지 않고

被褐幽居.⁸⁾(피갈유거)　　　거친 베옷을 입고 숨어 살았다.

---

6) 詩書(시서) : 儒家(유가)의 경전인 《詩經(시경)》과 《書經(서경)》.

7) 逝然不顧(서연불고) : 단호하게 떠나며 돌아보지 않다. 叔孫通(숙손통)이 漢高祖(한고조)의 명을 받아 노나라에 가서 선비 30여명을 소집하여 조정에 초청하였으나, 그 중 두 선비는 초빙에 응하지 않았고, 단호하게 돌아보지도 않은 채 멀리 떠나 숨어 살았다.

8) 被褐幽居(피갈유거) : 거친 베옷, 즉 허름한 옷을 입고 숨어 살았다.(隱居)

張長公(장장공)[1]　　장장공(張長公)

遠哉長公,[2](원재장공)　　포부가 원대한 장공이시여!

蕭然何事.[3](소연하사)　　묵묵히 숨어 지낸 것은 무엇 때문인가?

世路多端,[4](세로다단)　　세상의 길 여러 갈래가 있고 복잡하나

皆爲我異.[5](개위아이)　　모두 나의 뜻과 희망과는 거리가 멀었다.

---

1) 張長公(장장공) : 西漢(서한)의 名臣(명신)인 張釋之(장석지)의 아들. 名(명)은 張摯(장지), 字(자)가 長公(장공)이다. 《史記(사기) · 張釋之列傳(장석지열전)》에 "張摯(장지), 字長公(자장공), 官至大夫(관지대부), 免(면). 以不能取容當世(이불능취용당세), 故終身不仕(고종신불사)."(장지의 자는 장공이며, 대부의 벼슬에 이르러 면직되었으며, 당세에 영합하지 못했기 때문에 종신토록 벼슬을 하지 못했다.)라는 구절이 있다.

2) 遠哉(원재) : 원대하구나!

3) 蕭然(소연) : 쓸쓸하고 적막하다.

4) 世路多端(세로다단) : 세상을 살아가는 길은 여러 갈래로 나뉘어져 있고 복잡하다. 《列子(열자) · 說符篇(설부편)》에 "大道以多岐亡羊(대도이다기망양), 學者以多方喪生."(큰 길은 갈래가 많아서 양을 잃어버리고, 학문을 하는 사람은 다양한 방법이 있어서 삶을 잃어버린다.)이라는 구절이 나온다.

5) 皆爲我異(개위아이) : 모두가 나의 희망과 다르다. 《史記(사기) · 張釋之列傳(장석지열전)》에 "張長公(장장공), 性公直(성공직), 不能曲屈見容於當世(불능곡굴견용어당세)."(장장공은 성품이 곧고 강직하여, 세상에 굴곡되어 바르지 못한 것을 보아 넘길 수 없었다.)라는 구절이 있다.

斂轡揭來,[6](염비걸래)   벼슬길 말고삐 돌려 고향에 돌아와서는
獨養其志.[7](독양기지)   홀로 나의 의지를 지키며 수양했노라.
寢跡窮年,[8](침적궁년)   종적을 감추고 일생을 마감하니
誰知斯意.[9](수지사의)   누가 이 깊은 뜻을 알 수 있겠는가?

---

6) 轡(비) : 말고삐. 재갈. 揭(걸) : 가다.
7) 獨養其志(독양기지) : 홀로 그 의지를 기르다(키워나가다.).
8) 寢跡(침적) : 자취를 감추다. 행적을 감추다. 窮年(궁년) : 죽음에 이르다. 인생이 다하다.
9) 誰知斯意(수지사의) : 누가 이 뜻을 알겠는가?

箕子(기자)[1]

去鄕之感, (거향지감)
猶有遲遲.[2] (유유지지)
矧伊代謝,[3] (애애기자)
云胡能夷.[4] (운호능이)

기자(箕子)

고향을 떠나갈 때 느끼는 서글픈 심정
차마 발걸음마져 떨어지질 않았다.
하물며 朝代(조대)가 다시 바뀌었으니
눈에 보이는 것들이 본래의 풍경이 아니다.

---

1) 箕子(기자) : 명은 서여, 상주(商紂)의 諸父(제부)로 백부(伯父) 혹은 숙부(叔父)이며, 太師(태사)를 역임했다. 紂王(주왕)의 음난한 생활과 폭정을 일삼자 箕子(기자)가 수차례 諫言(간언)을 했지만 듣지 않았다. 미자(微子), 기자(箕子)와 함께 상(商)나라 말기의 세 명의 어진 사람[三仁]으로 꼽히는 比干(비간)이 다시 강하게 간언하자 주왕은 비간을 살해했다. 《史記(사기)·殷本紀(은본기)》에 "紂怒曰(주노왈) : 吾聞聖人心有七竅(오문성인심유칠규), 剖比干觀其心(부비간관기심) 주왕이 노하여 말하기를, "내가 듣기로 성인은 심장에 일곱 개의 구멍이 있다고 하는데" 하고, 비간을 죽여 해부해 그 심장을 보았다.) 기자는 이에 거짓으로 미친척을 하며 노비가 되려고 하였으나 주왕은 그를 幽閉(유폐)시켰다. 후에 周武王(주무왕)이 주왕을 토벌하자 그를 석방하였지만, 기자(箕子)는 주(周)의 신하가 되기를 거부하며 상(商)나라의 유민(遺民)을 이끌고 북쪽으로 이주했다고 기록되어 있다.

2) 遲遲(지지) : 더디고 느린 모양.

3) 矧(신) : 하물며. 伊(이) : 句(구)의 助詞(조사). 代謝(대사) : 朝代(조대)가 바뀐 것을 가리킴.

4) 云(운) : 助詞(조사). 夷(이) : 평안.

狹童之歌,¹⁾(교동지가)　　　참으로 슬프고 슬픈 기자여!

悽矣其悲.(처의기비)　　　　　　마음이 어찌 편안할 수 있었겠는가?

狹童之歌.(교동지가)　　　　　　〈개구장이 아이〉의 노랫소리

悽矣其悲.(처의기비)　　　　　　참으로 처량하고 슬프구나!

---

1) 狹童之歌(교동지가) : 麥秀之詩(맥수지시)를 가리킴. 《史記(사기). 宋微之世家(송미지세가)》에 "其後箕子朝周(기후기자조주), 過故殷虛(과고은허), 感宮室毀壞(감궁실훼괴), 生禾黍(생화서), 箕子傷之(기자상지), 欲哭則不可(욕곡즉불가), 欲泣為其近婦人(욕읍위기근부인), 乃作麦秀之詩以歌詠之(내작맥수지시이가영지). 其詩曰(기시왈) : 麦秀漸漸兮(맥수점점혜), 禾黍油油(화서유유). 彼狹僮兮(피교동혜), 不與我好兮(불여아호혜)! 所謂狹童者(소위교동자), 紂也(주야).... 그 후 기자가 주왕을 알현하기 위해 옛 은나라의 도읍지를 지나가다가, 궁실은 훼손되고 파괴되어 벼와 기장이 자라고 있는 것을 보고, 감정이 복받쳐 울고 싶었으나 울 수 없었고, 울먹이자니 부녀자과 비슷한 꼴이 되는 듯하여, '맥수(麥秀)'의 시를 지어 그것을 노래했다. 그 시에는 "보리는 점점 자라나 높이 솟아오르고, 벼와 기장은 싹이 파릇파릇 피어올랐구나. 개구장이 어린 아이야! 나와 더불어 좋게 지냈더라면.! 소위 개구장이 어린 아이는 바로 상(商)의 주왕을 가리킨다.)"라 기록되어 있다.

七十二弟子(칠십이제자)[1]　　공자의 72제자(七十二弟子)

恂恂舞雩,[2] (순순무우)	공손한 자세로 가르침 따르던 舞雩(무우)의 제자들
莫曰匪賢[3] (막왈비현)	어질고 덕을 지니지 않은 사람이 없었다.
俱映日月,[4] (구영일월)	그들은 모두 해와 달과 더불어 눈부시게 빛났고
共餐至言.[5] (공찬지언)	모두들 함께 지극한 이치를 담은 말씀을 들었다.
慟由才難,[6] (통유재난)	인재를 얻는 일이 어렵다는 것을 애통해 하셨고
感爲情牽.[7] (감위정견)	제자들의 깊은 정에 이끌려 감동하셨다.
回也早夭,[8] (회야조요)	顔回(안회)는 일찍 요절하였으나
賜獨長年.[9] (사독장년)	子貢(자공)은 홀로 오래도록 살았다.

---

1) 공자의 72제자:《史記(사기)》. 孔子世家(공자세가)》에 "孔子以詩書禮樂敎(공자이시서예악교), 弟子蓋三千焉(제자개삼천언), 身通六藝者七十有二人(신통육예자칠십유이인).(공자는 詩(시) . 書(서) . 藝(예) . 樂(악)을 가지고 가르쳤는데, 제자가 대개 3,000명에 이르렀고, 六藝(육예)를 몸에 통달한 자가 72명이었다.)"라 기록되어 있다.

2) 恂恂(순순): 믿음직하고 공손하고 겸손한 모양. 舞雩(무우): 고대 비를 구하는 祈雨祭(기우제).

3) 莫(막): '無(무)'의 뜻. 없다. 匪(비): '非(비)'와 同字(동자). 아니다. 부정의 뜻.

4) 映日月(영일월): 해와 달과 더불어 함께 빛나다. 이것은 공자의 72제자들의 도덕과 인품을 가리킴.

5) 餐(찬): (음식을) 맛보다. 여기에서는 "자세하게 직접 체득하다."의 뜻. 至言(지언): 여기서는 공자의 가르침을 뜻함.

6) 慟(통): 극도의 슬픔. 才難(재난): 인재를 얻기 어렵다.

7) 情牽(정견): 정에 이끌리다.

8) 回也早夭(회야조요): '回'는 '顔回(안회)'를 가리킴. 夭(요): 젊은 나이에 죽음. 안회는 31세에 요절했다.

9) 賜獨長年(사독장년): '賜(사)'는 '端木賜(단목사)'를 가리키며, 字(자)는 子貢(자공). 長年(장년): 장수하다. 오래살다.

屈賈(굴가)[1]   굴원과 가의(屈賈)

進德修業,(진덕수업)   덕을 베풀고 몸을 수양했었던 것은
將以及市.[2](장이급시)   장차 때가 되면 공업을 이루려고 했음이라!
如彼稷契,[3](여피직설)   저 后稷(후직)과 契(설)과 같은 현인인들
孰不願之.(숙불원지)   누군들 원하지 않았겠는가?
嗟乎二賢(차호이현)   아아, 이 두 어진 현자는
逢世多疑[4](봉세다의)   의심과 시기 많은 세상을 만났네.
候詹寫志,[5](후첨사지)   詹尹(첨윤)에게 점을 쳐서 뜻을 나타냈고
感鵬獻辭.[6](감복헌사)   鵬鳥(복조)를 보고 느낀 바를 글로 바쳤네.

---

1) 屈賈(굴가) : 屈原(굴원)과 賈誼(가의)를 가리킴. 굴원의 名(명)은 平(평)이고 전국시대 楚(초)나라 사람이다. 저서로는 《離騷(이소)》,
   《天問(천문)》,《九歌(구가)》 등이 있다. 賈誼(가의)는 西漢(서한)시기 雒陽(낙양), 지금의 중국 하남성 洛陽(낙양) 사람이다. 저서로는
   《治安策(치안책)》,《吊屈原賦(조굴원부)》,《鵬鳥歌(붕조가)》 등이 있다.
2) 及時(급시) : 등용할 시기가 오다.
3) 稷(직) : 后稷(후직)을 가리키고, 후직의 이름은 棄(기)이다. 요임금 때 등용되어 農官(농관)을 맡아 모든 곡식의 파종을 관장했다. 契
   (설) : 요임금 때 등용되어 舜(순)임금을 이어 司徒(사도)를 맡았으며, 인륜의 敎化(교화)를 관장했다.
4) 疑(의) : 疑忌(의기)의 뜻. 시기하고 의심하다.
5) 候(후) : 점의 徵驗(징험). 詹(첨) : 太卜(태복)인 鄭詹尹(정첨윤)을 가리킴. 寫志(사지) : 《卜居(복거)》를 지어 자신의 뜻을 나타냄.
6) 《史記(사기)·屈原賈誼列傳(굴원가의열전)》에 관련 내용이 있음. 鵬鳥(복조)는 부엉이과의 새로 불길한 징조를 나타내는 새로 인식
   되었음.

도연명의 옛 거처를 찾아서...

尋田園詩人陶淵明故居
(심전원시인도연명고거)

전원시인 도연명의 옛 거처를 찾아서

申榮大(신영대)

尋陶潛廬萬里來,(심도잠려만리래)
不知何處在故居.(부지하처재고거)
廬山周圍搜所聞,(여산주위수소문)
繼臨村巷向幽處.(재임촌항향유처)
結廬已變軍兵站,(결려이변군병참)
方外地人禁出入.(방외지인금출입)
依依不奈暫徘徊,(의의불내잠배회)
託付鄉老快引余.(탁부향노쾌인여)
隨墻披榛入幽徑,(수잠피진입유경)
忽然中路現小口.(홀연중로현소구)
怡然直上靖節墓,(이연직상정절묘)
松間蕭颯無顧人.(송간소삽무고인)
千古不變大文章,(천고불변대문장)
依舊南山東籬邊.(의구남산동리변)
愛酒菊士何處有,(애주국사하처유)
回看故宅已盡滅,(회간고택이진멸)
至今獨遺一片碑,(지금독유일편비)
回覺人生無常事,(회각인생무상사)
人生行路亦如此,(인생행로역여차)
歸路添增思慕情.(귀로첨증사모정)

도잠의 거처를 찾아 만 리 길을 달려왔건만
옛 살던 곳 어디인지 몰라라.
여산 주변을 묻고 물어서
겨우 마을에 이르러 묘지로 향하였네.
옛 집은 이미 군대 병참으로 바뀌어
외지인은 출입을 금하고 있었네.
안타까워 어쩔 줄 몰라 서성이다가
촌로에게 부탁하니 흔쾌히 인도하네.
담장을 따라 숲을 헤치며 오솔길로 드니
홀연 담장 중간쯤에 작은 구멍 나타나네.
기쁜 마음에 곧바로 도잠 묘로 올라가니
솔 나무 쓸쓸한 바람 뿐 돌보는 이 없네.
뛰어난 문장은 오랜 세월 변하지 않고
남산(여산)과 동쪽 울타리 옛 그대로인데
국화와 술을 좋아하던 그는 어디에 있는가?
돌아보니 옛 집은 이미 사라져 없어지고
지금에 이르러선 비문 하나만 남았어라.
돌이켜 생각하니 인생사 무상하거늘
우리네 인생길도 이와 같을 지어니
귀로에 그를 향한 사모의 정 깊어만 가네.

2000년 12월 28일 필자가 중국 灣陽(심양, 지금의 江西省(강서성) 九江市(구강시))에 숙소를 정해놓고 朱熹(주희)의 白鹿洞書院(백록동서원)을 경유하여 우여곡절 끝에 군대 兵站(병참) 안에 있는 盧山(여산) 부근 陶淵明(도연명) 선생의 故居(고거)와 墓(묘)를 찾게 되었는데 그 때 감회에 젖었던 마음을 담아 직접 지어본 시이다. 아래 도연명의 묘역은 필자가 비디오카메라로 찍은 동영상에서 캡처한 사진이다.

전원시인 도연명 묘역에서 바라본 여산(왼쪽)과 묘 앞에 세워진 비문(오른쪽)

도연명 묘역의 표지석(왼쪽)과 묘역 전경(오른쪽)

도연명이 출생한 중국 심양(현재의 강서성 구강시)에서 17년 전의 필자

● ● ●
후　기

　　아마도 고등학교 2학년 무렵으로 기억되는데 당시 서울 종로에 있는 어느 서적에 들려 책을 고르다가 우연히 도연명 시집을 발견하게 되었다. 시집을 펼쳐본 순간 필자는 왠지 모르게 시 내용에 공감대를 느끼게 되었고 구구절절 가슴에 와 닿았다. 그 순간 언젠가는 도시생활을 벗어나 전원생활을 영위하며 자연과 벗을 삼아 궁경(躬耕)하는 삶을 살아가리라 마음먹었다. 어릴 때부터 시골생활을 하면서 산과 들, 계곡을 종횡으로 누비며 좋아했던 필자였던지라 세상을 알지 못했던 당시 어린 나이에도 불구하고 도연명에 대한 진한 여운은 쉽게 가시질 않았다. 그때 받았던 감동적인 순간은 인생의 방향을 바꾸어 놓았고 훗날 중국고전문학과 시가(詩歌)를 전공하게 되는 시발점이 되었으며 동양고전에 심취하게 되는 결정적인 영향을 주었다. 동시에 유불도(儒佛道) 삼가(三家)에 대해 본격적인 탐색과 연구를 시도하는 계기가 되었고 음양오행을 바탕으로 자연의 이치를 궁구하는 역경(易經)과 풍수지리를 연구하게 되는 결정적인 영향을 주었다. 제주에 온 지도 어언 20여년이 훌쩍 넘었다. 시비가 난무하는 혼탁한 세상 속에서 출사(出仕)를 거듭했던 도연명의 인간적 고뇌는 시대를 뛰어넘어 오늘에 사는 우리 자신과도 별반 차이가 없다는 생각이 든다. 새장 같은 세속을 떠나 전원에 돌아와 초탈한 삶을 영위하다 간 도연명의 삶처럼 필자 또한 비록 세상일에 바삐 매여 살아가고 있지만 자연 속에서 궁경자족(躬耕自足)하며 소박한 삶을 이루어 가겠다는 뜻을 한순간도 버린 적이 없다. 도법자연(道法自然), 즉 '도는 자연을 본받는다.'라는 말처럼 한적한 농촌마을에서 새벽에 일어나 텃밭과 마당 잔디에 풀 뽑고 고운 새소리 들으며 출근하고, 퇴근 후 밤에는 쏟아지는 별빛과 달을 대하며 살아가는 필자 또한 도연명의 삶을 닮아가고 있는 것은 아닌지.......

참 고 문 헌

郭維森・包景誠 譯註 ≪陶淵明集全譯≫, 貴州人民出版社, 貴州, 1996.

龔斌 著≪陶淵明傳論≫, 華東師範大學出版社, 2001.

洪順隆 評析譯注 ≪陶淵明≫, 林白出版社, 臺北, 1980.

王光前 編著 ≪陶淵明和他的作品≫, 前程出版社, 高雄, 1986.

廖仲安 著 ≪陶淵明≫, 日中出版, 東京, 1984,

李華 主編 ≪陶淵明詩文賞析集≫, 巴蜀書社出版, 四川省, 1988.

逯欽立 校注 ≪陶淵明集≫, 里仁書局, 臺北, 1986.

郭建平 解評≪陶淵明集≫, 山西出版集團 三晉出版社, 2008.

晉陶潛 選 淸陶澍 注 ≪陶靖節全集注≫, 世界書局印行, 臺北, 1967.

一海知義 入矢義高 注 ≪陶淵明 寒山≫, 岩波書店, 東京, 1984.

陳怡良 著 ≪陶淵明之人品與詩品≫, 文津出版社, 臺北, 1994.

廖仲安 著 ≪陶淵明≫, 上海古籍出版社, 上海,

宋丘龍 著 ≪陶淵明詩說≫, 文史哲出版社, 臺北, 1985.

劉維崇 著 ≪陶淵明評傳≫, 黎明文化事業公司, 臺北, 1979.

張基槿 編著 ≪陶淵明≫, 太宗出版社, 서울, 1988.

方祖燊 著 ≪陶淵明≫, 國家出版社, 臺北,

賈延祥 注解≪陶淵明 詩文選≫, 黃山書社, 2007.

柯寶成 編著≪陶淵明全集≫, 崇文書局, 2011.

정재서 역주≪산해경≫, 민음사, 1997.

袁行霈 撰 ≪陶淵明硏究≫, 北京大學出版社, 北京, 1997.

沙少海, 徐子宏≪老子全譯≫, 貴州人民出版社, 1995.

이치수 역주≪도연명 전집≫, 문학과지성사, 2011.

李錦全 著 ≪陶潛評傳≫, 南京大學出版社, 2011.

金學主 譯《新譯 陶淵明》, 明文堂, 2002.

張基槿 譯著《新譯 陶淵明》, 明文堂, 2002.

禹玄民 譯注 ≪老子≫, 博英社, 서울, 1996.

朱光潛 ≪詩論≫, 鄭相泓, 譯, 東文選, 서울, 1991.

馮友蘭 ≪中國哲學史≫, 鄭仁在, 譯, 螢雪出版社, 서울, 1993.

金達鎭 ≪莊子≫, 高麗苑, 서울, 1991.

王國瓔 ≪中國山水詩硏究≫, 聯經出版事業公司, 臺北, 1987.

劉夢芙 評注《山水詩百首》, 安徽文藝出版社, 2010.

宋志英 監修 ≪韓非子≫, 成東鎬, 譯, 弘新文化社, 서울, 1986.

森三樹三郎 ≪佛敎와 老莊思想≫, 吳鎭鐸, 譯, 경서원, 서울, 1992.

[梁] 鍾嶸 ≪詩品≫, 徐達, 譯注, 貴州人民出版社, 1992.

沙少海·徐子宏 譯 ≪老子全譯≫, 貴州人民出版社, 1995.

[戰國]莊周 ≪莊子全譯≫, 張耿, 貴州人民出版社, 1995.

袁珂 譯注 ≪山海經全譯≫, 貴州人民出版社, 1995.

周才珠·齊瑞端 譯注 ≪墨子全譯≫, 貴州人民出版社, 1995.

梁海明 譯注 ≪老子≫, 武漢出版社, 1997.

雷仲康 譯注 ≪莊子≫, 武漢出版社, 1997.

孔穎達, 《周易正義》(《十三經注疏》本), 臺北, 藝文印書館影印本.

熊朋來, 《五經說》, 《文淵閣四庫全書184》, 原文電子版.

《論語》, 大本原式精印, 四部叢刊正編, 影印本, 法仁文化社.

《孟子》, 大本原式精印, 四部叢刊正編, 影印本, 法仁文化社.

《尙書大傳》, 大本原式精印, 四部叢刊正編, 影印本, 法仁文化社.

《十三經注疏·周易》, 喜慶二十年重刊宋本 大化書局 影印 臺北.

《十三經注疏·尙書》, 喜慶二十年重刊宋本 大化書局 影印 臺北.

《十三經注疏·詩經》, 喜慶二十年重刊宋本 大化書局 影印 臺北.

《十三經注疏·禮記》, 喜慶二十年重刊宋本 大化書局 影印 臺北.

《十三經注疏·論語》, 喜慶二十年重刊宋本 大化書局 影印 臺北.

《十三經注疏·孟子》, 喜慶二十年重刊宋本 大化書局 影印 臺北.

《十三經注疏·左傳》, 喜慶二十年重刊宋本 大化書局 影印 臺北.

《十三經注疏·周禮》, 喜慶二十年重刊宋本 大化書局 影印 臺北.

《春秋經傳集解》, 大本原式精印, 四部叢刊正編, 影印本, 法仁文化社.

《春秋公羊經傳解詁》, 大本原式精印, 四部叢刊正編, 影印本, 法仁文化社.

《春秋穀梁傳》, 大本原式精印, 四部叢刊正編, 影印本, 法仁文化社.

《孝經》, 大本原式精印, 四部叢刊正編, 影印本, 法仁文化社.

찾 아 보 기

저자소개

신 영 대

부산대학교 일반대학원 중국어 중국문학 문학박사
제주대학교 일반대학원 중국어 중국문학 문학석사

現) 제주관광대학교 관광중국어계열 교수 / 학과장

　　제주관광대학교 평생교육원 풍수지리(초급, 중급, 심화과정) 지도(2006~2016년 현재)

　　경암풍수지리연구회 명예회장 및 지도교수 / (현) 제주학회 회원

　　제주중문학회 이사 / 제주관광대학교 한국어학당 원장 역임

　　사단법인 제주국제명상센터 이사

　　제주관광대학교 평생교육원 교원연수 제주의 오름과 풍수 지도교수(2004~2016년 현재)

　　『제주의 오름과 풍수, 관상, 명상』과 관련하여 각 기관 연수 특강

前) 일여제 문하 도학, 한학 및 단학 사사 / 영성지도자

　　한국연정원 봉우선생(우학도인) 문하 제1기생 단학 수련

　　사단법인 한국역술인협회 및 한국역리학회 정회원

　　사단법인 한국역리학회 중앙학술위원 / 사단법인 영주연묵회(한시회) 회원

　　월간 시사문단 한시로 시인 등단 및 빈여백 동인

　　월간 시사문단 〈한시의 이해와 감상〉 연재

　　월간 시사문단 『제1회 북한강문학제』, 풀잎문학상 수상

　　한라일보 한라산학술대탐사기간 풍수분야 전문답사위원 활동

　　제주도 우슈협회 이사 및 대한우슈협회 전국 심판 역임

　　대한우슈협회 우슈공인4단 및 사회생활체육 우슈지도자 자격

　　2005, 중국청도 국제태극권 대회 2개 부문 금상 획득

　　2012, 제6회 영남대학교 영남대학원 풍수지리 심포지엄 토론

　　2012, 남원읍 주민자치위원회 제2차 열린주민사랑방교실 '행복과 운을 부르는 생활풍수' 강연

　　2013, 제주자연사박물관 전통문화강좌 '제주풍수의 특징과 명당' 강연

　　2014, 한겨레신문 '짬' 제주 오름 전문가 소개

　　2014, MBC제주방송 〈생방송 제주가 좋다〉 '복을 부르는 집안 풍수' 방송

　　2014, 세계자연유산 제주사랑탐구활동 I 탐라교육원 직무연수 '오름, 계곡 그리고 힐링' 지도

　　2014, 세계자연유산 제주사랑탐구활동 II 탐라교육원 직무연수 '제주환경의 가치 이해와 힐링' 지도

　　2016, 서귀포 문화원 문화대학 '생활풍수와 건강한 자연환경' 강연

　　2016, 안덕농협중앙회 '복을 부르는 생활풍수' 특강

　　2016, MBC제주방송 〈생방송 제주가 좋다〉 '복을 부르는 집안 인테리어 풍수' 출연

　　2016년 후반기 한양대학교 풍수대토론회 '치유적 개념의 힐링풍수' 발표

　　2016, 동아일보 '신 명인열전' 풍수전문가 소개

　　2016, KBS 〈보물섬〉 제주어 다큐드라마 '불휘 지픈 제주'의 '명당' 출연

　　2016, MBC제주방송 〈생방송 제주가 좋다〉 '산, 바다, 계곡 떠나요' 출연

　　2016, 이도초등학교 단위학교 역량강화 '숲과 오름에서 만나는 자연에너지와 치유명상' 지도

　　2016, 광산김씨 제주특별자치도 청년회 수련대회 '생활풍수지리와 조상과의 동기감응' 강연

MBC제주라디오방송, 『행운과 복을 부르는 생활풍수』 생방송, 2010, 5~10월(6개월)

MBC제주방송, 풍수관련 다수 출연 및 특별기획, 『주부를 위한 에코힐링』 지도, 2011

KBS제주방송, 풍수와 오름 관련 인터뷰 다수 출연

아리랑TV, 세계자연유산관련 『제주의 오름』 인터뷰, 2010

2017, (사)제주여성포럼 '건강한 삶을 위한 생활풍수 인테리어' 초청강연

2017, 제주대학교 행복드림 JOB사업단 '서귀포 치유의 숲 일자리매칭교육과정' 강연

2017, 녹지국제의료중심 국제의료코디네이터 1기 심화교육 '중국문화의 이해' 강연

2017, 국립국제교육원 '중국문화의 이해' 초청 강연

한라일보, 『한라대맥을 가다』, 풍수와 오름 관련 칼럼 다수

2016, 웰니스 코디네이터 아카데미 교육과정 '명상프로그램 실제' 강연

2015, 2016, 2017, 제주교도소 수형자 인문학 교육 강의

〈주요 저서 및 논문〉

《질환별 동의보감》, 아트하우스(공저), 2013.

《명리학원리대전》, 백산출판사, 2003.

《풍수지리학 원리》, 경덕출판사, 2004.

《제주의 오름과 풍수》, 백산출판사, 2009.

《제주 속 풍수와 오름의 관광문화코스개발》, 연구보고서, 2008.

한라산총서 《구비전승·지명·풍수》편에서 제3장 《제주의 오름과 풍수》.

《자연유산지구 7개 마을 보고서》 풍수분야 참여.

〈제주문화 속의 오름〉, 제주대학교 탐라문화연구소, 2004.

〈제주오름의 풍수적 형국〉, 제주발전연구원, 2008.

〈입도조 묘역에 나타난 제주의 형기론 풍수지리〉, 제주학회, 2009.

《카지노 중국어》, 백산출판사(공저), 2003.

《배우기 쉬운 카지노 중국어》, 백산출판사(공저), 2004.

《생활 중국어》, 형설출판사(공저), 2006.

《흰 구름 벗을 삼아 읽어보는 당시선》, 백산출판사, 2009.

《영해창수록》, 간행위원회, 도서출판 각출판사, 2011 외 다수

사 진

김 도 경

홍익대학교 산업미술대학원 사진디자인 전공, 미술학석사

現) 2011~현재, 제주관광대학교 관광중국어계열 교수

前) 2012, 숭실사이버대학교 중국학, 문학사

2014, 제주대학교 대학원 중어중문학 문학석사

2015, 외국어로서의 한국어학 전공, 문학사

2015, 한국어교원 2급 자격증

1993~2011, 제주관광대학교 방송사진영상과 교수

저자와의
합의하에
인지첩부
생략

전원시인 도연명 시선

2017년 7월 25일 초판 1쇄 인쇄
2017년 7월 30일 초판 1쇄 발행

편역자 신영대
사 진 김도경
펴낸이 진욱상
펴낸곳 백산출판사
교 정 편집부
본문디자인 김윤진
표지디자인 오정은

등 록 1974년 1월 9일 제406-1974-000001호
주 소 경기도 파주시 회동길 370(백산빌딩 3층)
전 화 02-914-1621(代)
팩 스 031-955-9911
이메일 edit@ibaeksan.kr
홈페이지 www.ibaeksan.kr

ISBN 979-11-5763-350-0
값 30,000원